MICHELLE RICHMOND | Im blauen Licht der Nacht

Das Buch
Viele Jahre nach dem Tod ihrer Jugendfreundin unternimmt Jenny in China eine Schiffsreise, um Amanda Ruths Asche im Jangtse-Fluss zu verstreuen. Begleitet wird Jenny von ihrem Ehemann Dave. Es ist ein letzter Versuch, die Ehe der beiden zu retten, der schnell fehlschlägt. Dave fängt bald eine Affäre mit einer jungen attraktiven Frau an, und als Jenny eines Abends an Deck den Australier Graham näher kennenlernt, vertraut sie sich ihm an. Bis heute meint Jenny, Schuld zu sein am gewaltsamen Tod der Freundin, denn die Wahrheit über die heimliche Liebesbeziehung der beiden Mädchen schockierte damals deren Familien zutiefst. Erst mit Grahams Hilfe findet Jenny die Kraft, die Vergangenheit hinter sich zu lassen. Doch auch Graham ist auf Jennys Freundschaft und Beistand angewiesen.

Die Autorin
Michelle Richmond schrieb mehrere erfolgreiche Romane, darunter den *New York Times*-Bestseller *Ein einziger Blick*, der auch in Deutschland auf der Bestsellerliste stand. Die Autorin lebt mit ihrer Familie in San Francisco.
Mehr unter: www.michellerichmond.com

Pressestimmen
»Manche Kinderfreundschaften sind so glücklich, dass sie unser Leben prägen und wir uns später fragen, warum sie nicht länger gehalten haben. Richmond fängt diese Bindungen auf eine so elegante und leichtfüßige Weise ein, dass man meint, es seien die eigenen Beziehungen.« *USA Today*

»Dieses Buch ist wunderbar aufgebaut und mitreißend erzählt, mit wahren und anschaulich geschilderten Gefühlen.« *Booklist*

»Michelle Richmond hat sich als Meisterin eines literarischen Krimis etabliert, der die Kraft eines guten Thrillers mit klugen Erkenntnissen und psychologischem Tiefgang aufwertet.«
London Daily Mail

MICHELLE RICHMOND

Im blauen Licht der Nacht

Roman

Aus dem Englischen von Ursula Bischoff

Diana Verlag

Die Originalausgabe *Dream of the Blue Room* erschien
bei MacAdam/Cage Publishing, San Francisco

Verlagsgruppe Random House FSC-DEU-0100
Das für dieses Buch verwendete
FSC®-zertifizierte Papier *Holmen Book Cream*
liefert Holmen Paper, Hallstavik, Schweden.

Taschenbucherstausgabe 01/2013

Umschlagmotiv | © plainpicture/Vanessa Chambard; shutterstock
Umschlaggestaltung | t.mutzenbach design, München
Satz | Leingärtner, Nabburg
Druck und Bindung | GGP Media GmbH, Pößneck
Printed in Germany 2013
978-3-453-35697-9

www.diana-verlag.de

I

In meinem Traum ist Amanda Ruth nicht tot, sondern schläft nur. Wir liegen unter einer Platane neben einem felsigen Bergpfad. Das Gras ringsum ist übersät mit den Kernen der Früchte, die wir gegessen haben: Pfirsiche und Feigen, Pflaumen und Nektarinen. Ihre Finger sind noch nass von unserer Schlemmerei. Sie glänzen in dem kühlen Berglicht. Sie schläft anmutig, ein Bein unter dem Körper leicht angewinkelt, einen Arm auf dem Gras ausgestreckt.

Ich streife den Träger des Strandkleides von ihrer glatten braunen Schulter. Sie rührt sich nicht. An der Vorderseite des Kleides befindet sich eine lange Reihe kleiner blauer Knöpfe, die bis zum Saum hinunterreicht. Ich öffne sie, einen nach dem anderen, behutsam, um sie nicht zu wecken. Es beginnt zu nieseln. Ich spüre ihre Finger in meinem Haar und sehe, dass sie wach ist und mich lächelnd betrachtet.

»Du siehst verändert aus«, sage ich. »Älter.«

»Stimmt. Ich bin inzwischen zweiunddreißig.«

»Ich dachte, du wärst tot.«

»Tot? Wovon redest du?«

Ich sage, egal. Ich sage, es war nur ein Traum. Sie bittet mich, ihn zu beschreiben. Ich sage: »Du warst tot. Du warst seit langem tot. Ich habe dich schrecklich vermisst. Ich bin nach China gereist, um dich wiederzufinden.«

»Nein«, erwidert sie. »Du bist nach China gereist, um mich loszuwerden.«

»Du hast Recht. Um dich loszulassen. Doch das spielt jetzt keine Rolle mehr.«

Der Wind raschelt in den Bäumen. Regentropfen peitschen die Blätter, das Geräusch wird zunehmend lauter. Bald werden sich die Tropfen ihren Weg durch das Geäst bahnen und auf uns herabrinnen.

»Du warst in China?«

»Ja.«

»Und was hast du gesehen?«

»Mmmm.« Ich schließe die Augen und versuche mich zu erinnern, versuche mit einer Antwort aufzuwarten, einer Wahrheit, die sie zufrieden stellen wird.

»War es schön?«

»Ja«, will ich sagen. Ich will ihr sagen, dass China genau so ist, wie sie es sich erträumt hat, ein exotisches, gleichwohl seltsam vertrautes Land. Ich will ihr sagen, dass es mir endlich gelungen ist, mein Versprechen einzulösen, und dass wir gemeinsam den Mittelpunkt der Erde besucht haben. Doch dann hört der Regen auf, die Berge verschwinden und Amanda Ruth ist fort.

2

Der Schellack fühlt sich glatt an unter meinen Fingern, er bildet leichte Wölbungen über den Bildern, eine vom Zufall diktierte Blindenschrift, die ich auswendig kenne. Amanda Ruth hätte gelacht über das mangelnde Stilempfinden ihrer Mutter, die Collage der Fotos, die sie sorgfältig ausgeschnitten und auf dem Deckel der runden Keksdose aus Weißblech angeordnet hatte: Amanda Ruth als Baby, auf dem Arm ihres stolzen Vaters, Amanda Ruth in ihrem Majorettenkostüm, Amanda Ruth, auf dem schmalen Bett ihres Zimmers im Studentinnenwohnheim von Montevallo sitzend. Die Dose liegt auf meinem Schoß und ich lehne mich im Liegestuhl zurück. Die Sitzfläche aus Metall ist nass von der Gischt.

Dave, mein Mann, ist unten in unserer Kabine und schläft. Er schläft für zwei. Ich wache für zwei. Ich gehöre zu den Menschen, die unter Schlaflosigkeit der klassischen Art leiden. Ich warte nächtelang darauf, dass meine Gedanken endlich zur Ruhe kommen, und beuge mich morgens über die Kaffeekanne, mit Händen, die vor Erschöpfung und vom Koffein zittern. Seit wir New York vor zwei Tagen verlassen haben, habe ich kein Auge zugetan.

Es ist fünf Minuten nach Mitternacht. Gedämpfte Stimmen driften von der Lounge herauf. Lichter flackern am

Flussufer. Ich nehme die kühle, dunkle Strömung des Jangtse wahr, den Geruch nach Fäulnis. Ich spüre eine willkommene Schwere in meinen Gliedern, ein sanftes Gewicht, das gegen meine Augen drückt. Ich träume von Wasser, von einem weißen Körper, der nackt an der Oberfläche treibt. Ich strecke den Arm aus und ziehe ihn zu mir heran, erblicke das runde nasse Gesicht von Amanda Ruth. Sie öffnet die Augen, nimmt meine Hand und steht auf. Wir befinden uns nun an Land, gehen zu Fuß, die spitzen Kieselsteine bohren sich in meine bloßen Füße. Amanda Ruth kann es kaum erwarten, mir etwas zu zeigen. Wir marschieren mehrere Stunden und kommen schließlich zum Eingang einer Höhle. Der Zugang ist von Dickicht überwuchert.

Als ich aufwache, fühle ich mich so ausgeruht, als hätte ich lange geschlafen. Ich hebe meinen Arm, um das Mondlicht einzufangen und auf dem kleinen silbernen Zifferblatt meiner Uhr zu erkennen, wie spät es ist.

»Viertel vor eins«, sagt eine Stimme. Verdutzt drehe ich mich um und sehe einen Mann wenige Schritte entfernt sitzen. Er ist hoch gewachsen, schlank und grauhaarig, mit einem anziehenden Gesicht und buschigen Augenbrauen. Er sieht wie Anfang fünfzig aus, könnte allerdings auch einige Jahre älter oder jünger sein. Er trägt ein weiß gestreiftes Baumwollhemd, mit Ärmeln, die bis zum Ellenbogen hochgekrempelt sind, eine locker fallende Leinenhose und braune Sandalen. Seine Zehen sind nach innen gebogen, ein seltsamer Kontrast zur schlanken, symmetrischen Silhouette seines Körpers. Er hält ein Glas Weißwein in jeder Hand.

»Für Sie«, sagt er.

Ich nehme das Glas entgegen, halte es am Stiel. »Danke. Vermutlich haben Sie vor, mich betrunken zu machen und mich dann über Bord zu werfen, in den längsten Fluss der Welt.«

»Den drittlängsten, wenn ich Sie berichtigen darf.« Er hat einen australischen Akzent. »Nach dem Kongo und dem Nil. Doch keine Bange, das wäre mir zu riskant. Man würde morgen das ganze Schiff auf den Kopf stellen, sobald Ihr Mann Sie als vermisst gemeldet hat.« Er spricht langsam, als fiele es ihm schwer, die Worte zu formulieren, doch in seinen Augen ist nichts vom umnebelten Verstand eines Betrunkenen zu erkennen.

»Australien?«

»Perth.«

»Vielleicht würden sie denken, ich sei freiwillig über Bord gegangen. So etwas wäre bestimmt nicht zum ersten Mal passiert.« Ich koste den Wein, der mir zu süß ist. Innerhalb von Sekunden verspüre ich einen angenehmen Schwindel. »Was macht Sie so sicher, dass ich verheiratet bin?«

»Ich habe Sie heute Nachmittag in Shanghai mit ihm gesehen. Sie haben einen Schal gekauft, bevor Sie an Bord gingen. Er war dunkelgrün. Die Frau, die ihn verkauft hat, meinte, er passe gut zu Ihren Augen.«

»Sie sprechen Mandarin?«

»Ich bemühe mich.« Er lacht. »Doch ich würde mich nicht auf meine Übersetzung verlassen.« Er sucht den Fluss mit den Augen ab. Ich betrachte sein Gesicht im Profil – die lange Linie des Kiefers, die muskulösen Sehnen am Hals, das winzige Muttermal hoch oben am Wangenknochen. Plötzlich dreht er sich um und erwidert meinen Blick auf eine Weise, wie Männer es tun, wenn sie merken, dass man sie anstarrt.

Ich wende den Blick ab, räuspere mich. »Sind Sie geschäftlich hier?«

»Privat. Gewissermaßen.«

»Reisen Sie alleine?«

»Wer möchte das wissen?«

»Ich bestimmt nicht, ich bin schließlich verheiratet.« Er sieht mich versonnen an, die Augen auf eine Stelle unweit meines Mundes gerichtet. Ich kann mich nicht entsinnen, wann ich das letzte Mal geflirtet habe. Ein gutes Gefühl.

»Ja«, antwortet er. »Ich bin alleine unterwegs.« Er hebt sein Glas und deutet in meine Richtung. »Auf Sie, Jenny, und Ihre erste Chinareise.«

Ich zögere. »Ich habe Ihnen nicht gesagt, wie ich heiße.«

»Tut mir Leid. Ich hörte heute Nachmittag, wie Ihr Mann Sie rief. Er versuchte Sie einzuholen. Sie waren auf dem Markt in der Huaihai Road, erinnern Sie sich? Er schrie mehrmals Ihren Namen und schließlich blieben Sie stehen und warteten auf ihn.«

»Haben Sie uns nachspioniert?«

»Das klingt so finster aus Ihrem Mund. Ich habe lediglich Beobachtungen angestellt. Ich mache Ihnen einen Vorschlag: Ich werde Ihnen etwas über mich erzählen, dann sind wir quitt. Mein Name ist Graham. Ich bin dreiundfünfzig Jahre alt. Ich habe keine Kinder, keine Ehefrau, keine Geschwister, überhaupt keine Familie, die der Erwähnung wert wäre. Ich war zwanzig Jahre lang in der

Baubranche tätig, Sicherheitssysteme für Baukräne, genauer gesagt. Ich esse weder Karotten noch Kürbis, dafür liebe ich Süßigkeiten aller Art, insbesondere den Zitronenkuchen von Key. Ich bin lausig beim Pokern, spiele jedoch gut Backgammon.« Er trinkt einen kräftigen Schluck Wein. »So, nun wissen Sie mehr über mich als ich über Sie, was bedeutet, dass Sie in unserer Beziehung eine Machtposition entwickelt haben.«

Ich kann nicht anders, ich muss über Grahams atemlosen Monolog lachen. »Eins zu null für Sie.«

»Was haben Sie da?« Sein Blick ruht auf der Blechdose.

Ich greife zu einer Lüge. »Nichts weiter, nur ein paar Postkarten.«

»Sie werden noch genug Zeit zum Schreiben haben. Laut Wettervorhersage wird es regnen. Natürlich übertreibt die Nachrichtenagentur Xinhua schamlos bei ihren Meldungen von Überschwemmungen, um die Werbetrommel für diesen grässlichen Staudamm zu rühren.«

Durch das Schiff geht ein Ruck, es neigt sich nach steuerbord. Instinktiv strecke ich die Hand aus und umklammere Grahams Arm. Das Schiff richtet sich von alleine wieder auf. Verlegen lasse ich los, bemerke die rosafarbenen Male, die meine Fingernägel auf seiner Haut hinterlassen habe. »Woher wussten Sie, dass ich zum ersten Mal in China bin?«

»In Shanghai sahen Sie so angespannt aus, als wären sie soeben auf einem fremden Planeten gelandet. Lassen Sie mich raten. Sie stammen aus dem Mittleren Westen Amerikas. Einer Region, in der überwiegend Weizen und Mais angebaut wird.«

»Nicht ganz. Ich lebe auf einer kleinen Insel in der Nähe von New Jersey. Vielleicht haben Sie davon gehört.«

»New York City?«

Ich nicke.

»Da wollte ich schon immer mal hin.« Er füllt mein Weinglas nach.

Die Luft riecht nach Regen, vermischt mit einem Hauch Essig. Ich merke, dass ich mich zum ersten Mal entspanne, seit Dave und ich zu unserer Chinareise aufgebrochen sind. In der Maschine vom JFK-Flughafen nach Hongkong haben wir nur gestritten. Von Hongkong bis Shanghai haben wir kaum ein Wort gewechselt. Als ich meine Hand während der letzten Etappe des Fluges über die Armlehne streckte, in der Hoffnung auf einen Waffenstillstand, zog er seine Hand weg, wie von der Tarantel gestochen. Jetzt frage ich mich natürlich, ob Graham ein Auge auf mich geworfen hat. Vielleicht sieht er mir an, dass ich meine Ehe zu kitten versuche. Verströme ich einen vagen Geruch der Verzweiflung und Vernachlässigung, der mich zur leichten Beute von Männern auf der Pirsch macht? Befänden wir uns auf freier Wildbahn, wäre ich längst tot oder trächtig, wie ich aus der Sendung *Animal Planet* weiß.

»Ich sah Ihren Mann vorhin mit dem Kapitän«, sagt Graham.

»Das wundert mich nicht. Bis morgen kennt Dave jede Menschenseele auf dem Schiff.« Ich stelle mir vor, wie er dasteht, die Hände in den Hosentaschen, und den Kapitän einem Kreuzverhör unterzieht. Er hat sich gewiss erkundigt, was es mit der Astronavigation auf sich hat, ihm nach und nach die Geschichte seiner maritimen Laufbahn entlockt, ihn nach Frau und Kindern ausgefragt. Das ist eine Eigenschaft, die ich schon immer an meinem Mann bewundert habe. Er schafft es binnen Minuten, Fremde aus der Reserve zu locken und sich mit ihnen anzufreunden.

Graham macht es sich in seinem Liegestuhl bequem, als hätte er vor, lange darin zu verweilen. Kein einziger Stern ist am Himmel zu sehen und das Licht des Mondes wirkt äußerst gedämpft. Die runde Scheibe mit ihrem warmen Schein taucht nur von Zeit zu Zeit hinter dem dichten, langsam weiterziehenden Dunstschleier auf. Niedrige Hügel erzeugen weiche Silhouetten, die sich gegen den Himmel abzeichnen. In der Dunkelheit wirkt der Fluss schwarz und endlos.

Graham wirft einen Blick auf mein leeres Glas. »Beeindruckend.« Er hebt die Flasche, um nachzuschenken.

Mein Kopf fühlt sich warm und leicht benommen an. »Lieber nicht. Ich trinke nur, wenn ich nervös bin.«

»Mache ich Sie nervös?«

»Es passiert nicht oft, dass ich einen fremden Mann ertappe, der mich beim Schlafen beobachtet.«

»Bei mir ist das eine Gewohnheit, wie ich zugeben muss. Die meisten Leute machen einen wesentlich freundlicheren Eindruck, wenn sie schlafen.«

»Trifft das auch auf mich zu?«

»Ja. Kaum waren Sie aufgewacht, haben Sie mich auch schon mit Ihren Fragen in die Mangel genommen und verlangt, dass ich alle möglichen Erklärungen über mich abgebe. Während Sie schliefen, konnte ich Sie ungehindert anschauen, ohne mir Ärger einzuhandeln.«

»Sieh da, ein Voyeur reinsten Wassers!«

»Sie waren ganz Sie selbst, nicht darauf bedacht, einen Schutzwall zu errichten. Genau wie heute auf dem Markt. Dave und Sie waren unter Fremden und Sie dachten, Sie würden die Leute ohnehin nie wieder sehen, deshalb machten Sie sich gar nicht erst die Mühe, taktvoll zu sein. Ich sah Sie sogar streiten.«

Ich denke an die kleinen Scharmützel am Nachmittag zurück. Es gab mehrere, doch ich kann mich auf kein einziges konzentrieren. Graham sieht mich erwartungsvoll an, als rechne er damit, etwas über die Ursache meiner Eheprobleme zu erfahren.

»In letzter Zeit geraten wir uns ständig wegen irgendwelcher Lappalien in die Haare. Dave wollte eigentlich gar nicht nach China.«

Was ich Graham nicht erzähle, ist, dass Dave und ich seit zwei Monaten getrennt sind, dass jeder sein eigenes Leben auf entgegengesetzten Seiten des Central Park lebt. Die Chinareise hatten wir schon Monate vor der Trennung geplant und bezahlt. Es spricht für Dave, dass er verstand, wie groß mein Bedürfnis war, sie zu machen, um einer stillschweigenden Verpflichtung gegenüber Amanda Ruth nachzukommen, und wahrscheinlich erklärte er sich deshalb schlussendlich einverstanden, mich zu begleiten. Als wir gemeinsam mit dem Taxi von seiner Wohnung zum Flughafen fuhren, die beiden Seesäcke zwischen uns auf den Sitz gequetscht, hoffte ich wohl insgeheim, mit dieser Reise unsere Ehe zu retten. Ich dachte, wenn es mir gelingen würde, ihn von New York wegzulotsen, aus dem alten Trott herauszureißen, hätten wir vielleicht eine Chance.

Ich stellte mir vor, wir könnten einander in diesem exotischen Land, in dem die alten Mechanismen außer Kraft gesetzt waren, neu entdecken.

Plötzlich steht Graham auf und rückt seinen Liegestuhl näher heran, dann nimmt er wieder Platz. »Was denken Sie von mir?«

Ich wäge meine Worte gründlich ab. Wir sind beide erwachsen und kennen die Spielregeln, zumindest im Ansatz. Zwei Erwachsene auf einem Schiff in der Dunkelheit, während mein Mann, der mich nicht mehr liebt – sich entliebt hat –, schläft. Alles, was ich von jetzt an zu Graham sage, ist Verhandlungssache. Jedes Wort definiert die Grenzen zwischen uns. »Ich habe mir noch keine klare Meinung gebildet.«

Wir sitzen eine Weile schweigend da und ich stelle mich schlafend. Irgendwann zersplittert ein Glas. Als ich die Augen öffne, sehe ich Grahams Weinglas in Scherben zu seinen Füßen liegen.

»Meine Hände«, sagt er entschuldigend, sein Gleichmut ist mit einem Mal wie weggeblasen. Seine Hände liegen im Schoß, die Handflächen nach oben gekehrt, und er sieht sie an, als gehörten sie jemand anderem. »Vermutlich denken Sie jetzt, ich sei betrunken.« Er schiebt die Splitter mit der Sandale unter den Liegestuhl. »Sie kommen an Deck, um einen ruhigen Abend zu genießen, und ich benehme mich wie ein Elefant im Porzellanladen. Möchten Sie, dass ich Sie alleine lasse?«

»Ist schon gut. Ich fühle mich ganz wohl in Ihrer Gesellschaft.«

»Was ist mit Dave?«

»Der merkt nicht einmal, dass ich weg bin.«

»Was ist, wollen wir die ganze Nacht hier oben verbringen?«

»Einverstanden.«

»Gut. Ich bekomme in letzter Zeit nicht viel Schlaf.«

»Da haben wir etwas gemeinsam. Ich leide auch unter Schlaflosigkeit.«

»Stimmt nicht. Ich habe Sie beim Schlafen ertappt.«

»Nur ein kleines Nickerchen.«

»Ihre Augäpfel haben sich bewegt. Was haben Sie geträumt?«

»Ich kann mich nicht erinnern. Es war nichts Besonderes, nur ein Traum.«

»›Lernen wir träumen, meine Herren, dann finden wir vielleicht die Wahrheit.‹«

»Wie?«

»Friedrich Kekulé, der deutsche Chemiker.«

Im College gab es einen jungen Mann, der kein einziges Buch zu Ende las, sondern sich auf die ersten Kapitel beschränkte. Aus diesen stellte er Zitate zusammen, die er in einem großen roten Notizbuch unter verschiedenen Stichworten vermerkte: Natur, Romantik, Todesangst usw. Einmal, in einem Lower-East-Side-Apartment, gestand er mir nach drei Martini, dass er diese Zitate auswendig lernte, um bei Frauen Eindruck zu schinden. Er pflegte sie bei Partys, in Bars oder beim ersten Rendezvous in die Unterhaltung einzuflechten. Seine Taktik schien zu funktionieren – er war selten unbeweibt. Seither habe ich mir angewöhnt, jedem Mann, der ein interessantes Zitat zum Besten gibt, auf den Zahn zu fühlen.

»Kekulé?«, frage ich. »War das nicht der Wissenschaftler, der behauptet hat, Politik sei nichts weiter als angewandte Biologie?«

»Nein, Sie meinen Ernst Haeckel. Kekulé hat die Molekularstruktur von Benzol entdeckt. Sie ist ihm im Traum erschienen.« Er erzählt ein paar Minuten von Kekulé, dann bricht er mitten im Satz ab, vielleicht hat er das mangelnde Interesse meinerseits bemerkt. »Ich entwickle mich langsam zur Nervensäge«, sagt er errötend.

Wir verfallen in ein angenehmes Schweigen. Unter uns das leise Grollen des Schiffsmotors, in meinen Knochen ein dumpfes Vibrieren. Hin und wieder passiert das Schiff eine Ansammlung von Lichtern am Ufer oder ändert den Kurs, um eine Barke zu überholen, die mit großen, rechteckigen Kisten beladen ist. Die Lichter der Sampans, die an uns vorüberfahren, blinken in der Dunkelheit. Einer dieser breiten Ruderkähne mit Verdeck hält direkt auf uns zu und ich bin sicher, die *Red Victoria* wird ihn aufschlitzen, doch in der letzten Minute dreht er ab und gibt uns den Weg frei.

»Was machen die da?«

»Sie schütteln ihre Dämonen ab«, erklärt Graham. »Früher, in alter Zeit, glaubten die Chinesen, dass sich die Dämonen mit einer unsichtbaren Schnur an die Boote binden. Sie sind deshalb so nahe vor dem Bug unseres Schiffes im Zickzack gefahren, um die Schnur zu durchtrennen. Jetzt haben sich die Dämonen an unser Schiff geheftet, wie ihr Aberglaube besagt.«

»Das heißt, wir haben jetzt eine ganze Schar von Dämonen im Schlepptau?«

»So ist es.«

Ich habe kein Bedürfnis, das Gespräch zu beenden oder es auf die nächste Ebene zu lenken. Dann und wann schlägt Graham nach einer Mücke oder ich bewege mich in meinem Liegestuhl, um eine bequemere Stellung zu finden. Die ganze Nacht lang döse ich in regelmäßigen Abständen, schlafe jedoch nie richtig ein. Immer wenn ich meine Augen öffne und nicht gleich weiß, wo ich bin, höre ich Grahams Stimme, die mich mit einem behutsamen Anstoß den Fängen des Schlafes entreißt und mir berichtet, wie spät es ist: »Zwei Uhr fünfzehn«, sagt er. »Nach menschlichem Ermessen sollten wir nun ungefähr siebzig Kilometer von Yangzhou entfernt sein.« Und dann, für den Fall, dass ich es vergessen haben sollte: »Ich bin's, Graham. Wir befinden uns auf dem Jangtse. Ihr Mann ist unter Deck und schläft. Sie sind dem Charme eines fremden Mannes verfallen.«

Um drei Uhr dreißig schrecke ich hoch und merke, dass mein Kopf auf seiner Schulter ruht. Er hat seinen Liegestuhl so dicht an meinen herangezogen, dass sich die Metallrahmen berühren. Sein Arm liegt auf der gemeinsamen Armlehne, seine Hand baumelt zwei Finger breit neben meinem Bein herab. Mein Sarong ist über dem Knie verrutscht, der Oberschenkel entblößt; wenn ich mein Bein auch nur einen Bruchteil anheben würde, würde sich unsere Haut berühren.

»Sind Sie wach?«

»Ja.« Er lässt seine Hand fallen und eine Sekunde lang streifen seine Finger meinen Schenkel, jagen mir eine Gänsehaut über das Bein. Es ist Monate her, seit Dave mich auch nur andeutungsweise mit einem sexuellen Hintergedanken berührt hat. Ich sorge dafür, dass meine Finger Grahams streifen, nur kurz. Ich rede mir ein, dass es nichts zu bedeuten hat, dass die Berührung versehentlich erfolgt ist, doch ich habe das untrügliche Gefühl, soeben eine unsichtbare Grenze überschritten zu haben.

Ich denke an Dave und die Frau, die er vor zwei Jahren aus einem brennenden Autowrack an der Palisades Küstenstraße gerettet hat. Ich denke an ihre monatlichen Treffen in einem Café in Chelsea und wie Dave sein Erscheinungsbild ein letztes Mal im Spiegel überprüft, bevor er losfährt. Dave macht kein Geheimnis aus diesen Treffen. Er hat immer geschworen, dass sie völlig harmlos sind, dass er sich lediglich verpflichtet fühlt, für eine einsame und dankbare Frau da zu sein. Ich stelle mir die beiden vor, wenn sie zusammen sind, ihre Knie berühren sich unter einem kleinen runden Tisch. Ich male mir aus, wie sie mit ihrem verbrannten, vom Unfall vernarbten und glänzenden Gesicht dasitzt, an einem Glas eisgekühlter Limonade nippt und jede seiner Bewegungen mit den Augen verfolgt. Obwohl er nie ein Wort darüber verloren hat, glaube ich, dass sie ihn hoffnungslos liebt. Wenn sie meinen Mann betrachtet, sieht sie in ihm den Menschen, der ihr das Leben gerettet hat, der sie jeden Monat aufs Neue errettet, wenn er mit dem C-Zug nach Chelsea fährt, um sich mit ihr zu treffen. Ich weiß, dass sie früher einmal schön war, vor dem Unfall, weil Dave mir ein Bild von ihr gezeigt hat, ein Geschenk von ihr. Ich kann nicht umhin, mich zu fragen, wie oft die Hand dieser Frau Daves Schenkel gestreift hat, auf die gleiche intime Art wie Grahams gerade den meinen, und wie oft Dave sich vorgestellt hat, wie es wohl wäre, mehr mit dieser Frau anzufangen, sie zu küssen oder sogar mit ihr ins Bett zu gehen. Doch selbst wenn er daran gedacht, es sich ausgemalt, sich danach gesehnt haben sollte, weiß ich, dass er es nicht getan hat.

»Es sind keine Postkarten«, sage ich, plötzlich ein Bedürfnis nach Nähe verspürend, und die Bereitschaft, mich ihm zu offenbaren.

»Pardon?«

»In der Blechdose. Sie enthält keine Postkarten.«

»Das dachte ich mir schon. Sie haben das Ding umklammert, als wäre es mit Diamanten gefüllt.«

»Das ist eine lange Geschichte.«

»Wir haben zwei Wochen Zeit.«

Und so beginne ich, ihm von Amanda Ruth zu erzählen. Ich erzähle ihm von der Asche, wie ihre Mutter wenige Tage nach der Trauerfeier mit der Blechdose zu mir kam und sagte: »Amanda Ruth wollte immer nach China. Du bist der einzige Mensch, den ich kenne, der tatsächlich dorthin reisen könnte.« Amanda Ruth kannte den Namen des Dorfes nicht, in dem ihr Vater geboren wurde, sie wusste nur, dass es irgendwo am Ufer des Jangtse lag.

»Ich will die Asche in den Drei Schluchten verstreuen«, erkläre ich. »Ich denke, dort wäre sie gerne.«

Ich habe damit gerechnet, dass Grahams Miene einen Hauch von Belustigung verrät, gepaart mit einem leichten Naserümpfen über eine derartige Gefühlsduselei, doch er nickt nur. »Macht Sinn, finde ich.« Ermutigt vertraue ich ihm Dinge an, die ich nur Dave erzählt habe, Dinge, die ich seit Jahren nicht mehr erwähnt habe. Ich erzähle ihm von den langen Tagen auf dem Demopolis River in Alabama, wie Amanda Ruth riesige Töpfe Reis kochte und wir mit Stäbchen aus kleinen Porzellanschalen aßen, die wir auf dem Flohmarkt entdeckt hatten. Wie wir mehrere Fünf-Pfund-Säcke Reis im Kleiderschrank von Amanda Ruths Zimmer horteten, weil Mr. Lee jeglichen Reis weggeworfen hatte, den er in der Küche gefunden hatte. Bauernfraß, nannte er ihn.

Ich erzähle Graham von dem Foto, das vor vierzehn Jahren in der Zeitung erschienen war. Als ich vom Hunter College in mein Elternhaus zurückgekehrt war, um dort die Weihnachtsferien zu verbringen, betrachtete ich, allein in meinem alten Zimmer, die Aufnahme mit dem Vergrößerungsglas, auf der Suche nach Antworten. Sie trug Jeans und ein weißes T-Shirt. Um den Hals war ein langer Schal in einer blassen Farbe geschlungen. Wäre nicht der absonderliche Winkel ihres Beines, die steife Pose und das unvorstellbare Gewirr der Haare auf dem Asphalt gewesen, hätte man annehmen können, es handle sich um die Fotografie einer Schlafenden. »College-Studentin Ermordet«, lautete die Schlagzeile. Der erste geheimnisumwitterte Mordfall in der Stadt.

Als ich mit meiner Geschichte am Ende bin, fühle ich mich leer und ausgebrannt und ein wenig schuldbewusst. »So viel habe ich schon seit Jahren nicht mehr von ihr erzählt. Ich wusste nicht, wie ich ihr gerecht werden sollte.«

»Versuchen Sie es. Wie sah sie aus?«, spornt Graham mich an.

»Lange dunkle Haare. Schlank, gut proportioniert. Ich wüsste gerne, wie sie jetzt wohl aussähe.« Ich versuche es mir vorzustellen, gealtert im Laufe der Jahre und mit den ersten Krähenfüßchen um die Augen. Doch in meiner Vorstellung ist Amanda Ruth immer siebzehn und taucht mit einem Kopfsprung in den Demopolis River, ihr Badeanzug von einem augenfälligen Blau, das sich vom erdigen Braun des Flusses abhebt. Oder sie erscheint mir wie ein Zeitungsfoto in Schwarz-Weiß, hingegossen wie ein schlafendes Mannequin hinter der Kunsteisbahn. In den Nahaufnahmen, die mir die Polizei während der Vernehmung zeigte, waren Amanda Ruths Lippen geöffnet, als wollte sie gerade etwas sagen, wozu sie jedoch nie mehr kam.

Plötzlich verschwindet der Mond. Einen Augenblick lang sind keine anderen Boote mehr zu sehen und ich fühle mich, als wären wir ganz allein im dunklen toten Mittelpunkt des Universums. Gleich darauf kommt ein Lastenkahn in Sicht, die *Red Victoria* lässt ein Warnsignal erschallen und der Mond taucht wieder auf, ein matt orangefarbenes Loch im schwarzen Firmament.

»Jetzt sind Sie an der Reihe«, sage ich. »Erzählen Sie mir etwas.«

»Wie wäre es mit einem Gedicht?«

»Von wem?«

»Ping Hsin, ein chinesischer Dichter aus dem zwanzigsten Jahrhundert:

Heller Mond –
Jede Trauer, Betrübnis, Einsamkeit durchlebt –
Felder aus silbernem Licht –
Wer bläst, am anderen Ufer des Baches
Eine jubilierende Flöte?«

»Das ist schön.«

Um fünf Uhr morgens, als es zu dämmern beginnt, sitzen wir immer noch an Deck. Die niedrigen Hügel wurden von hohen Bergen abgelöst, deren zerklüftete Gipfel eine Zickzacklinie am Himmel bilden, die bis zum Horizont verläuft. Graham ist schließlich eingenickt, die Beine nach vorne ausgestreckt, die Arme hängen zu beiden Seiten des Liegestuhls herab. Sein Hemd ist verrutscht, sein Gesicht von den Spuren des Schlafes gezeichnet.

Ich könnte mich leicht hinüberbeugen und ihn berühren, doch bin ich völlig unvorbereitet auf den nächsten Schritt, wie immer dieser auch beschaffen sein könnte. Ich möchte ihn mit einem Kuss in die Welt des Bewusstseins zurückholen, wie der Prinz in dem Märchen das Mädchen weckte, das Kriege und Jahrhunderte und Hungersnöte verschlief. Ich begnüge mich damit, seine Hand zu berühren. Er regt sich nicht. Ich schleiche mich davon. Eine kleine Gruppe von Passagieren macht unter Anleitung von Elvis Paris, einen chinesischen Universitätsstudenten knapp über zwanzig und unser Reiseleiter für die gesamte Kreuzfahrt, ungelenk Tai-Chi-Übungen neben dem Swimmingpool.

Ich gehe durch die hell erleuchteten Gänge. Ich höre das Wasser in den Leitungen rauschen, das Summen der Duschen. Ich denke an die Ferien während meiner Kindheit, die ich mit meiner Familie in Alabama verbrachte. Wir standen auf, als es draußen noch dunkel war, ließen den Wagen die Ausfahrt zurückrollen, ohne Scheinwerfer, ohne den Motor anzulassen. Flüchten, nannte mein Vater diesen heimlichen Aufbruch: seine Vorstellung von einem

Abenteuer. In jenen frühen Morgenstunden, bevor die Nachbarn aufstanden, wenn die Luft noch klar und kühl war, die Umrisse der Jasmin- und Azaleenbüsche kaum erkennbar in der Dämmerung, erschien mir unsere kleine Stadt in Alabama so exotisch und facettenreich wie China, wie ein Land, das gerade erst entdeckt worden war.

Manchmal fuhren wir zu Amanda Ruth, die mit ihrer Mutter auf der Veranda vor dem Haus zu warten pflegte, ihr kleiner roter Koffer war auf der untersten Stufe abgestellt. Mein Vater stieg aus, lud Amanda Ruths Gepäck in den Kofferraum und öffnete den Schlag für sie wie ein Chauffeur. Während der Fahrt berührten sich unsere Schenkel und wir machten uns ein Zelt aus den Picknickdecken, die wir über unseren Köpfen aufhängten, und in unserer geheimen Höhle erzählte mir Amanda Ruth lange, ausgedachte Geschichten über ihre Vorfahren in China.

Unten in der Kabine hat sich Dave auf dem Bett ausgebreitet. Ich ziehe mich aus und lege mich dazu. Das Doppelbett vermittelt seltsamerweise den Eindruck von Nähe. Zu Hause in New York haben wir eine Matratze in Übergröße, die das ganze Schlafzimmer einnimmt. Unsere Körper berühren sich kein einziges Mal während der Nacht. *Berührten*, verbessere ich mich. Nach zwölf Jahren Ehe fällt es mir schwer, in der Vergangenheitsform zu denken. Ich stelle mir immer noch vor, die Trennung sei ein Scherz, dessen Dave irgendwann überdrüssig sein wird. Ich gebe die Hoffnung nicht auf, dass ich eines Tages in unserer Wohnung Ecke 85. Straße und Columbus Avenue aufwachen und ihn im Tiefschlaf neben mir finden werde, wie jetzt. Ein paar Haare an seinen Schläfen sind grau geworden. Ich lege mein Gesicht an seinen Hals und atme tief ein. Er riecht gut und sauber. Obwohl er kein Eau de Cologne benutzt, hat er für mich immer besser als alle anderen Männer gerochen. Seit er ausgezogen ist, habe ich sein Kopfkissen nicht mehr gewaschen. Wenn ich abends schlafen gehe, liegt sein Kopfkissen fein säuberlich auf der linken Bettseite, doch wenn ich in der Frühe aufwache, umklammere ich es wie eine trauernde Witwe. Jeden Morgen nehme ich seinen Geruch wahr, noch immer, obwohl er mit jedem Tag ein wenig mehr verblasst.

Um Punkt viertel nach sechs erschallt eine weibliche Stimme aus den Lautsprechern, die in regelmäßigen Abständen in sämtlichen Gängen angebracht sind: »Bitte in Jangtse-Raum kommen für köstliches Frühstück. Heute wir haben viele interessante Aktivität für Ihr Vergnügen.« Dave rollt zu mir herüber, noch im Halbschlaf, und legt seinen Arm über meinen Bauch. Der Arm ist schwer und fühlt sich warm an auf meiner Haut. Ich streichle ihn und spüre die feinen Härchen unter meinen Fingern, ich betrachte sein Gesicht. Ich würde ihn gerne in die Arme nehmen, wage es jedoch nicht. Er öffnet die Augen, sieht einen Moment lang verwirrt aus. Dann huscht ein Ausdruck des Wiedererkennens über sein Gesicht. Er hat das Schiff, die Kabine, das Bett eingeordnet. Hat mich eingeordnet.

»China«, sagt er lächelnd. Er streckt die Arme zur Decke, die Handflächen nach oben gekehrt, die Finger miteinander verschränkt, und reckt sich, bis die Knöchel knacken. Eine Welle der Liebe durchflutet mich. Ich kenne diese Bewegungen durch und durch, habe sie mir in den zwei Monaten seiner Abwesenheit jeden Morgen vorgestellt. Dieses Aufwachritual gleicht einem Fingerabdruck: Jeder Mensch wacht auf seine ureigene Weise auf. Es kommt mir so vertraut vor, dass ich einen Augenblick lang das Gefühl habe, wir hätten wieder zu unserem gewohnten Leben, unserer Ehe zurückgefunden, als wäre alles so, wie es sein sollte, als sei die Nacht, die ich mit Graham an Deck verbracht hatte, nur ein kleiner Ausrutscher gewesen, den ich unter allen Umständen vor meinem Mann geheim halten müsste, der mich immer noch liebt.

»Wie spät ist es?«

»Früh.«

»Wann bist du ins Bett gekommen?«

Da er den Unterschied ohnehin nicht bemerken würde, weil er wie ein Toter schläft und ich wochenlang verschwinden könnte, ohne dass es ihm auffiele, sage ich, gegen Mitternacht.

»Wir haben einen langen Tag vor uns«, erwidert er gähnend.

3

WAS AN UNSEREM WARMEN FLUSS in Alabama geschah, hatte für Amanda Ruth größere Bedeutung als alles, was ihr hier jemals widerfahren könnte. In Shanghai bahnte ich mir meinen Weg durch ein Gewühl von Menschen, die Männer in geknöpften Hemden und Plastiksandalen, die Frauen in hautfarbenen Söckchen, die ihre schlanken Fesseln umspielten. Ich spähte unter ihre breitkrempigen Hüte, auf der Suche nach Amanda Ruths Gesicht. Doch es gab keine, die ihr glich. Dafür hatte ihre Mutter gesorgt, mit ihrem welligen Haar, der schmalen Nase und dem Schwung ihrer gerundeten Hüften unter den engen Röcken aus weich fallendem Stoff, denen Amanda Ruths Vater bis nach Alabama gefolgt war, ans andere Ende der Welt, bevor er wusste, wie ungastlich dieser Landstrich für einen Chinesen sein konnte, der eine Callahan behext hatte.

»Eine von uns mit einem von denen«, sagten sie. Nicht hinter vorgehaltener Hand, sondern laut. Er sollte es hören.

In dieser weltoffenen, lichtvollen Stadt, deren buckelige Silhouette zu beiden Ufern des Jangtse aufragt, sah ich Männer, die mich an Mr. Lee erinnerten, den Mann, dessen verwirrte Miene an dem Tag, als er uns in dem Bootshaus fand – Amanda Ruth mit gewölbtem Rücken auf dem

Boden, die langen Haare über die Holzplanken schleifend, während ich ihren Bauch und ihre Beine mit Küssen bedeckte –, in blanke Wut umschlug. Mr. Lee brüllte ein einziges Mal den Namen seiner Tochter, dann kippte er den Grill um, bedeckte uns mit Asche. Der Geruch nach verbrannten Garnelen haftete an jenem Nachmittag in unseren Haaren, während wir wie betäubt auf dem Fußboden saßen, nachdem er gegangen war, unfähig zu entscheiden, ob wir gehen oder bleiben sollten, da uns beides gleichermaßen Angst machte. Es gab für diesen Augenblick kein Lächeln in seinem Katalog des Lächelns, keine Mundwinkel, die nach oben wiesen, um den Zorn über die Entdeckung zu verbergen, dass seine Tochter des Teufels war, eines Teufels, an den zu glauben seine Frau ihn gelehrt hatte.

»Wie hätte er ihr auch widerstehen können?«, sagte Amanda Ruth jedes Mal, wenn sie mir erzählte, wie sich ihre Eltern kennen gelernt hatten. »Sie war vermutlich die aufregendste Missionarin, die jemals nach San Francisco geschickt wurde, um die Sünder zu erretten.« Der Seelsorger hatte offenbar nie in Erwägung gezogen, dass sie mit einer eigenen Sünde zurückkehren könnte, dem Mann, den sie stets als »John Lee, amerikanischer Staatsbürger« vorstellte, obwohl sie ihm insgeheim andere Namen gaben: Chinamann, Schlitzauge, Chink. Für seine Frau hatte er jeden Funken Ehre aufgegeben, es war nichts mehr übrig, um es für seine Tochter zu opfern.

Was hätte Amanda Ruth aufgegeben? Nichts, oder alles, je nach Tageszeit. Sie war so unbeständig wie alle amerikanischen Mädchen in den achtziger Jahren mit ihrem aufgeblähten Reagan-Ära-Ego, dem Versprechen vom ewigen Reichtum. Pizza Hut, Esprit, Madonna – diese Sprache war im gleichen Maß ihre wie meine. Sie brachte mir die einzigen Worte in Mandarin bei, die sie kannte, Danke und Hallo, obwohl sie aus ihrem Mund nicht minder hohl und geborgt klangen als aus meinem. »Shay-shay«, bedankten wir uns jedes Mal, wenn uns die Kassiererin im K&B, wo wir kleine, mit chinesischen Landschaften bemalte Teetassen und billige Emailleohrringe in bunten Cloisonné-Farben kauften, das Wechselgeld herausgab. Wenn wir uns an Amanda Ruths Spind in der Schule trafen, Spind Nummer acht (eine Glückszahl, wie sie meinte), begrüßten wir uns mit »Ni hao!«. Sie sagte es laut, spöttisch, als wollte sie den kleinen, jedoch feinen Unterschied im Schnitt ihrer Augen wieder gutmachen.

Ich höre den Fluss, der unter mir tost, und denke an das Paar, das wir damals waren, vor dem schrecklichen Augenblick der Entdeckung. Vor Dave und allen jungen Männern, die vor ihm kamen. Bevor Amanda Ruth, das Gesicht eine verschmierte Collage aus Tintenklecksen, zum ersten geheimnisumwitterten Mordfall in unserer Stadt wurde, der wochenlang für Schlagzeilen sorgte.

Wie konnte ich die Vormittage unter dem Landungssteg vergessen – ihre Haut, die silbern schimmerte wie der Bauch eines Fisches, die Haare, frisch nach Fluss duftend und feucht, unsere Zehen, miteinander verschränkt in der öligen Wärme des Wassers, Fischschwärme, die federleicht zwischen unseren Waden hindurchglitten? Bevor sie zu beweisen versuchte, dass sie die Tochter war, die ihre Eltern sich wünschten.

Samstagnachmittags wusch sie ihre Strumpfhose sorgfältig unter fließendem Wasser im Waschbecken des Badezimmers und hängte sie anschließend zum Trocknen über die Duschstange, damit sie für den Sonntag frisch war. Sie wurde vereinnahmt von diesen Sonntagen, von den Diakonen der Anglikanischen Kirche, die behaupteten, Gottes Kinder zu lieben, doch ihrem Vater keine Liebe entgegenbrachten, und von den Bibelstunden, in denen keine Spur von Jesus zu finden war, weil der Jesus, den sie aus den Erzählungen ihrer Eltern kannte, es niemals ertragen hätte, sich den boshaften Klatsch und die unsinnigen Fragen anzuhören. »Amanda Ruth, stimmt es, dass dein Vater aus dem Orient stammt? Esst ihr zu Hause Affenfleisch? Betet ihr zu Buddha?«

»Buu-dah«, äffte sie die Leute nach, wenn wir am Telefon im Flüsterton miteinander sprachen. Ich stellte mir Amanda Ruth vor, eingeschlossen in ihrem Zimmer, das ich wie mein eigenes kannte, mit Ausnahme der Veränderungen, die Mr. Lee nach der Begebenheit im Bootshaus vorgenommen hatte. »Er hat mir sämtliche Madonna-Poster weggenommen und durch Andy Gibb ersetzt!«, flüsterte sie und sogar ich fand die Vorstellung lachhaft, die ihr Vater von normalen amerikanischen Jugendlichen hatte. Er wünschte sich mehr als alles in der Welt, dass seine Tochter zu einem typisch amerikanischen Mädchen heranwuchs.

4

Es ist Winter in New York City und Dave und ich fahren die Palisades entlang nach Norden. Wir haben anlässlich unseres zehnten Hochzeitstages ein Zimmer in einer kleinen Frühstückspension in den Pocono Mountains reserviert, die uns ein herzförmiges Bett und Satinlaken verspricht. Ein Versuch, unsere Ehe zu kitten, die allmählich zu Bruch geht.

Dave fährt langsam, weil die Küstenstraße vereist ist. Wir kutschieren schon seit etlichen Meilen immer hinter demselben roten Wagen her. Das Radio ist eingeschaltet; Terri Gross hat einen bekannten Komponisten zu Gast und sie unterhalten sich über die Rolle der Symphonie im einundzwanzigsten Jahrhundert. Dave und ich haben seit der George-Washington-Brücke kein Wort miteinander geredet. Ich versuche krampfhaft, mir unverfängliche Gesprächsthemen auszudenken, die ich anschneiden könnte, etwas Unpersönliches, bei dem die Katastrophe nicht gleich vorprogrammiert ist. Mittlerweile gibt es bei uns nur noch wenige Diskussionen, die nicht zu einem Streit führen. Folglich gehen wir immer häufiger jeder Unterhaltung aus dem Weg, hüllen uns in Schweigen. Während unser Jeep mit Allradantrieb am Rande der vereisten Straße entlang schleicht, überlege ich, wann genau unsere Ehe aus dem Ruder zu laufen begann. Doch es gibt keinen bestimmten Zeitpunkt, kein großes Problem, keine folgenschwere Untreue, die zum derzeitigen Zustand der Zerrüttung geführt haben könnten. Es trat vielmehr eine allmähliche Entfremdung ein. Die Nabelschnur, die uns miteinander verband, wie immer sie auch beschaffen sein mochte, wurde nicht durchtrennt, sondern langsam und unmerklich geschwächt.

Trotzdem gebe ich die Hoffnung nicht auf. Ich liebe meinen Mann nach wie vor. In meinem Koffer befinden sich, gut versteckt, Dessous aus Seide. Unser Zimmer in der Frühstückspension hat einen eigenen Whirlpool. Bei unserem Telefonat hatte mir die Inhaberin einen idyllischen Landgasthof für unser Abendessen am Hochzeitstag empfohlen – Kerzenlicht, Champagner, Pralinen –, ich beabsichtige, alle Register zu ziehen, um die Leidenschaft neu zu entfachen. Ich weigere mich, das Handtuch zu werfen und diese Ehe kampflos aufzugeben.

Vor uns blitzt etwas auf, ein Sonnenstrahl trifft auf Metall, blendet. Der Wagen vor uns schert mit einem Mal nach links aus, dann nach rechts und gerät ins Schleudern. »Festhalten«, sagt Dave. Er wechselt abrupt auf die nächste Fahrbahn über, um dem Wagen auszuweichen, der sich zweimal um die eigene Achse dreht, bevor er über die Böschung schliddert, in die Tiefe. Nach einer Sekunde, höchstens zwei, ist der Spuk vorbei. Dave fädelt sich wieder in die rechte Fahrbahn ein und fährt vorsichtig auf den schmalen, unbefestigten Randstreifen. »Könnte schlimm sein«, sagt er und setzt zurück, in Richtung Unfallort. Autos rasen mit überhöhter Geschwindigkeit an uns vorüber. Dave hält an und steigt aus, späht über die Böschung, die Klippen hinab, wo der Wagen qualmend auf der Seite liegt, die Tür auf der Fahrerseite nach oben. Die Klippen sind steil, der Wagen befindet sich etwa fünfzig Meter unter uns. Im Innern bewegt sich etwas. »Ruf die 911«, sagt er zu mir, dann ruft er der Fahrerin zu: »Ganz ruhig. Ich komme runter und hole Sie.«

Er geht zur Rückseite unseres Jeeps, öffnet die Heckklappe, nimmt Seil, Karabiner, Messer und Anseilgurt heraus. Ich sehe zu, wie er die Ausrüstung aus dem Hut zu zaubern scheint, während ich wähle. Nach dem vierten Läuten geht endlich jemand ran. Ich melde die erforderlichen Einzelheiten. »Mein Mann ist Rettungssanitäter«, füge ich hinzu. »Er kennt sich aus.«

Dave schnallt den Gurt um, befestigt ihn am Seil. Wir sichern das andere Ende an der Abschleppstange des Jeeps. In dem Augenblick, als er sich rückwärts die Böschung hinunterlässt, schießt eine Stichflamme aus der Motorhaube des umgekippten Wracks empor. »Durchhalten!«, schreit er der Fahrerin zu und dann zu mir: »Ich brauche Wasser! Und den Erste-Hilfe-Kasten!« Mein Herz rast, als er sich in Richtung der Flammen abseilt. Ich hole eine Sechserpackung Wasserflaschen vom Rücksitz und den Erste-Hilfe-Kasten unter dem Sitz hervor. Ein weiteres Auto fährt rechts ran. Drei junge Männer im College-Alter steigen aus und gesellen sich zu mir auf den Randstreifen, blicken nach unten, sichtlich unentschlossen, was sie tun sollen. Einer von ihnen beginnt, die Böschung hinunterzuklettern, sie ist steil und vereist und er hat kein Seil. Sein Freund streckt die Hand aus und zieht ihn wieder hoch. In der Zwischenzeit pendelt Dave keine Handbreit über dem brennenden Wrack hin und her, das sich hoch oben auf dem Gipfel eines Felsens befindet, in einer prekären Lage. Von panischer Angst ergriffen, bete ich laut.

Irgendwie gelingt es ihm, die Tür auf der Fahrerseite zu öffnen, den Sitzgurt zu durchtrennen und die Fahrerin herauszuziehen; ihr Kopf bewegt sich und ich sehe, dass er etwas zu ihr sagt. Mit dem brennenden Auto in so unmittelbarer Nähe bleibt keine Zeit, sie ordnungsgemäß zu sichern. Er schiebt einen Arm unter ihre Knie, den anderen unter ihren Rücken, wie bei einer Braut, die über die Schwelle getragen wird. »Hochziehen!«, brüllt er und die drei jungen Männer erwachen aus ihrer Erstarrung. Sie ergreifen das Seil und ziehen nach Leibeskräften. Er hält die Frau eisern fest, arbeitet mit, indem er sich mit den Beinen auf dem felsigen Boden abstützt. Wenige Augenblicke später steht er auf dem Randstreifen, die Frau in seinen Armen. Sie hat schlimme Verbrennungen davongetragen.

»Alles in Ordnung«, sagt er zu ihr. »Machen Sie sich keine Sorgen.« Er blickt zuerst mich, dann die fassungslosen Zuschauer an. »Dritter Grad«, fügt er leise hinzu. »Ich brauche eine Kompresse zum Kühlen.«

Während ich Verbandsmaterial mit Wasser befeuchte, bettet Dave die Frau auf den Boden, überprüft ihren Puls. Behutsam legt er die Kompresse auf die schneeweiße Haut ihres Gesichts, redet beschwichtigend auf sie ein. *Können Sie mich hören? Spüren Sie das? Wie viele Finger halte ich hoch?* Ihr Atem geht stoßweise. Sie stammelt etwas, Worte ohne erkennbaren Zusammenhang. »Fahrrad«, sagt sie.

»Lampe. Handtasche. Billy.« Dave beobachtet sie genau, während wir auf die Ankunft der Ambulanz warten.

Ich blicke zurück auf die Stadt, eine kantige Oase, die silbern im kalten Licht des Nachmittags schimmert. Die klaren Linien der George-Washington-Brücke wirken magisch aus dieser Entfernung. Ich gehöre in diese Stadt, die so leicht durchschaubar ist mit ihren nummerierten Straßen und übersichtlichen U-Bahnen, ihren akkurat ausgerichteten Straßenquadraten und den breiten Boulevards, die parallel zueinander von Norden nach Süden verlaufen. Daves Platz hingegen ist hier – auf einer Klippe am Rande einer vereisten Straße, eine sterbende Frau bergend.

Wenn ich ihn bei der Arbeit sehe, liebe ich ihn mehr denn je. Während er sich um das Opfer kümmert, stehe ich untätig daneben, spüre die Nähe und Intimität des Austausches, der zwischen Rettern und Geretteten stattfindet. Und verstehe zum ersten Mal, was ihm bei mir fehlt: Ich habe keine Verbrennungen oder Brüche erlitten. Ich klammere mich nicht an das Leben.

5

»LIEGT DAS AN MIR oder schlafen wir in einer Diskothek?« Dave setzt sich abrupt im Bett auf und beäugt die Kabine. Die Inneneinrichtung ist im Stil der späten siebziger Jahre gehalten, typischer Euro-Chic: ein Bett mit glänzendem schwarzen Plastik-Kopfteil und passender Frisierkommode, fadenscheinige rote Satinbettwäsche und schwarzer Bettüberwurf aus Velours. An der Wand über dem Bett hängt ein verblichener Druck von Big Ben in einem zerkratzten Plastikrahmen.

»In den siebziger Jahren befand sich das Schiff im Besitz einer britischen Reederei«, kläre ich ihn auf, aus der Informationsbroschüre zitierend, die ich vom Reiseveranstalter in New York erhalten hatte. »Es wurde in den achtziger Jahren nach China verkauft und von *Victoria* in *Red Victoria* umbenannt.«

»Gott schütze die Königin.« Dave schüttelt die Decken ab. Er fährt sich mit den Händen durch die Haare. Am liebsten würde ich ihn anschreien, dass er damit aufhören soll. Dass es nicht fair ist, vor meinen Augen Dinge zu tun, die mir den Verstand rauben, weil sie so vertraut sind. Ich kann meinen Blick nicht von seinen Händen lösen. Ich erinnere mich, wie ich mit ihm in John's Pizza an der 65. Straße in New York City saß, kurz nachdem wir uns zum ersten Mal begegnet waren. Wir hatten gerade eine große Pizza mit Peperoni und zwei Cola bestellt. Seine Hände lagen verschränkt auf dem Tisch, als wolle er vor dem Essen beten. Seine Hände hatten etwas beunruhigend Weibliches, eine Sanftheit, die nicht mit seiner überdurchschnittlichen Körpergröße und seiner tiefen Stimme übereinstimmte. Monate später lag er schwer atmend in meinem Bett. Er schlief auf dem Rücken, die Hände lagen auf dem Bauch; sie wirkten rundum dynamisch und perfekt positioniert, während sich der Rest seines Körpers unruhig und stöhnend hin und her warf in seinem typisch männlichen, unerfreulichen Schlaf. Manchmal fühle ich mich beim Anblick seiner Hände, die so lebendig aussehen können, als wären sie vom Rest des Körpers getrennt, wie ein unbeschriebenes Blatt, als hätten wir uns gerade erst kennen gelernt, als läge der Austausch von Intimitäten noch vor uns.

Er steht auf. »Und, wie hast du geschlafen?«

»Überhaupt nicht.«

»Warum nimmst du nicht die Tabletten, die ich dir gegeben habe?« Er geht unter die Dusche, ohne die Antwort abzuwarten. Seine Bauchmuskulatur sieht fester aus seit seinem Auszug, beinahe zu stramm, wie bei den Muskelprotzen in den Westernsendungen am Sonntagmorgen, die Trainingsgeräte in ihren mit Informationen gespickten Fernsehwerbesendungen verkaufen.

»Du siehst irgendwie anders aus«, sage ich.

»Findest du?« Er macht die Tür hinter sich zu. Die Dusche beginnt zu rauschen.

In der nächsten halben Stunde manövrieren wir uns in

der engen Kabine geschickt aneinander vorbei. Ich tauche aus der Dusche auf, in ein Handtuch gewickelt, und stöbere in meinem Koffer, als ich spüre, dass Dave mich beobachtet. »Was ist denn das?«, fragt er mit Blick auf eine rote Schramme, die vom Oberschenkel bis zum Knie verläuft.

»Rollerblade-Unfall im Park.«

»Seit wann gehst du rollerbladen?«

»Seit du weg bist.« Ich wünschte, er würde fragen, mit wem ich beim Rollerbladen war. Wenn er es täte, würde ich ihm nicht auf die Nase binden, dass ich alleine unterwegs war. Ich würde ihm vielmehr ein Lügenmärchen auftischen, von einem Mann, den ich bei einer Dinnerparty kennen gelernt habe, sportlich, geistreich, mit einem gut bezahlten Job.

»Hey.« Er streckt die Hand aus und berührt die obere Spitze des Kratzers. Mein Herz beginnt zu hämmern.

»Was ist?«

»Du solltest die Wunde mit Jod desinfizieren.« Es gelingt mir, den Mund zu einem angedeuteten Lächeln zu verziehen, in der Hoffnung, einen sorglosen, unbekümmerten Eindruck zu machen. Dave sitzt auf der Bettkante und fängt an, seine Stiefel zuzubinden.

»Man könnte glauben, alles sei völlig normal«, sage ich.

»Was denn?«

»Die ganze Situation. Das Morgenritual. Aufstehen. Anziehen. Wie gehabt.«

»Hmmm.«

»Das ist schön«, füge ich hinzu. Dave wendet den Blick ab, heuchelt lebhaftes Interesse für seine Schnürsenkel und ich komme mir auf der Stelle töricht vor, weil ich so viel von mir preisgegeben habe.

Er steht auf, steckt sein Hemd in den Hosenbund, rückt den Hemdkragen zurecht. »Wie lange ist es her, dass wir uns getrennt haben? Zwei Monate?«

»Und vier Tage.«

Er schaltet den Fernseher ein, sucht Nachrichten in englischer Sprache. Ich weiß, was diese Geste zu bedeuten hat: Ende der Diskussion. »Schau dir das an«, sagt er. »Ein Erdbeben in Japan. Ein schlimmes. Immenser Schaden. Was gäbe ich darum …«

Er beendet den Satz nicht, doch ich weiß, was er sagen will: Was gäbe ich darum, dort zu sein, den Bergungsmannschaften bei der Rettung von Menschenleben zu helfen. Und nicht hier, bei mir. »Es heißt, dass der Jangtse häufig über die Ufer tritt und es flussaufwärts Überschwemmungen gibt«, biete ich an. »Möglicherweise von katastrophalen Ausmaßen.«

»Ja?« Seine Miene hellt sich auf, allerdings nur für einen Moment. »Das glaube ich erst, wenn ich es mit eigenen Augen sehe.«

* * *

Um viertel vor sieben gehen wir frühstücken. Die Tische sind mit weißem Porzellan, auf Hochglanz poliertem Silber und Leinenservietten in kräftigen Blau- und Grüntönen gedeckt. »Tisch sieben«, sagt die Empfangsdame, als Dave ihr unseren Kabinenschlüssel zeigt. Sie bringt uns an unseren Tisch, an dem ein dürres junges Mädchen mit rot geränderter Brille Diät-Cola aus der Dose trinkt.

»Sehr nette Gesellschaft«, erklärt die Empfangsdame. »Ich sicher, alle haben glücklich zusammen.«

Unsere nette Gesellschaft trägt eine weiße Bluse, die schlaff von ihren knochigen Schultern hängt. Sie ist jung, kreidebleich und sieht ungesund aus, mit dunklen Ringen unter den Augen und gefärbten blonden Strähnen im Haar. »Morgen«, begrüßt sie uns grinsend. Bevor wir uns vorstellen können, erscheint ein Steward mit Speisekarten und zwei großen Tassen mit heißem Kaffee. Nirgendwo im Restaurant gibt es etwas Chinesisches: keine Stäbchen oder dampfenden Nudeln, keine Tassen mit grünem Tee. Alle Mitglieder der Mannschaft haben sich westliche Namen zugelegt. Auf dem Namensschild unseres Stewards steht in knalligen gelben Druckbuchstaben »Matt Dillon«.

Nette Gesellschaft deutet auf das Namensschild. »Wie der Schauspieler?«

Matt Dillon strahlt. »Ja. Ich mag sehr den Film *Flamingo Kid*. Und *Rumblefish*.« Er nimmt unsere Bestellungen auf, verspricht, bald wiederzukommen. Das junge Mädchen wendet sich uns zu. »Ich heiße Stacy. Ich habe an der Michigan State Kunst studiert und gerade mein Examen gemacht. Meine Eltern haben mich hergeschickt, um Landschaften zu malen. Und wer sind Sie?«

Dave reicht ihr die Hand zur Begrüßung. »Ich bin Dave. Und das ist Jenny. Wir sind auf Urlaub hier, von New York.«

»Und was machen Sie beide beruflich?«

»Ich bin derzeit Geschäftsführerin einer Kleiderboutique in Manhattan.« Ich falte meine Serviette auseinander und lege sie auf meinen Schoß, bemüht, jede weitere Unterhaltung über dieses Thema zu vermeiden.

»Wie schön. Da lernen Sie bestimmt viele interessante Leute kennen.«

Ich würde ihr gerne erzählen, dass ich früher andere, ehrgeizigere Ziele hatte. Dass ich ebenfalls Künstlerin bin, in meinem Herzen, obwohl ich nicht weiß, welcher Art. Es versetzt mich immer wieder in Erstaunen, dass ich im Einzelhandel gelandet bin, zumal ich einkaufen hasse. »Das ist nur vorübergehend«, sage ich und füge lachend hinzu: »Wenn man acht Jahre vorübergehend nennen kann.«

Stacy wendet sich an Dave. »Und Sie?«

»Ich bin Rettungssanitäter.«

»Rettungssanitäter?« Stacy rückt ihre Brille zurecht. Die Brille sieht aus, als wäre sie im Grunde überflüssig, eher ein modisches Bekenntnis als eine Notwendigkeit.

»Ja, Rettungssanitäter.«

»Faszinierend. Muss spannend sein, wenn man sieht, was man mit seiner Arbeit bewirken kann.«

Kurz nach unserer Heirat hängte Dave seine lukrative Stellung als Wertpapierhändler an den Nagel, um seinen Traumjob zu ergreifen, den er heute, nach elf Jahren, immer noch liebt – die Gefahr und den Adrenalinschub, die Möglichkeit, bei jedem Einsatz Menschenleben zu retten. Meine eigene Tätigkeit bietet keinerlei Nervenkitzel dieser Art. Die Frauen, die in der Boutique an der 74. Straße Ecke Columbus Avenue einkaufen, warten selten mit Überraschungen auf. Sie gehören zu der Sorte, die es irgendwie schafft, in ihren Seidenkostümchen kühl auszusehen und erlesen zu duften, während die restliche Bevölkerung New Yorks schwitzt. Sie behandeln mich höflich, jedoch von oben herab, lassen mich spüren, dass sie meinen Geschmack in puncto Kleidung bewundern, mich allerdings nie zu ihren Dinnerpartys einladen würden. Daves Klientel ist eine völlig andere: Er spielt den Helden bei Drogensüchtigen und den Opfern von Herzanfällen. Seine Hand ist die letzte, an die sich einige Menschen vor dem Tod klammern, und sein Gesicht das erste, das diejenigen zu sehen bekommen, die in die Welt der Lebenden zurückgeholt werden. Obwohl er niemals ein Wort darüber verlauten lassen würde, weiß ich, dass er immer ein bisschen enttäuscht war, wenn er nach einem Einsatz nach Hause zurückkehrte und die sichere und irdische Welt unserer Wohnung in der Upper West Side betrat, wo er das Geschirr abgewaschen, die Sofakissen gerade gerückt und seine Frau gesund und munter vorfand.

Matt Dillon kehrt mit den drei bestellten »weltberühmten« Jangtse-Pfannkuchen zurück. Stacy gießt Ahornsirup auf ihren Teller und sagt: »Jetzt bin ich aber erleichtert. Ich hatte schon Angst, dass sie uns Affen oder so etwas in der Art vorsetzen würden.«

Während des Frühstücks behalte ich unauffällig die Tür im Auge. Wir haben unsere Mahlzeit fast beendet, als Graham alleine auf der Schwelle des Speisesaals erscheint. Er entdeckt mich und kommt an unseren Tisch. »Morgen.« Seine Gesicht und seine Stimme verraten nicht das Geringste über die Intimität der gemeinsam verbrachten Stunden und ich frage mich, ob das Gefühl der Verbundenheit, das ich in seiner Gegenwart verspürt habe, einseitig war. Vielleicht bin ich schon so lange verheiratet, dass ich verlernt habe, die Absichten eines Mannes einzuschätzen.

»Ihr kennt euch?«, fragt Dave.

»Ich habe gestern Nacht Ihrer Frau ein Gespräch aufgedrängt, als Sie bereits in der Kabine waren und Schäfchen zählten. Graham ist mein Name.«

»Dave.« Dave reicht Graham die Hand, die Handfläche nach oben gekehrt. So schüttelt er anderen immer die Hand – er beeilt sich zu versichern, dass er nicht auf ein Kräftemessen bedacht ist, kein Interesse daran hat, der Konkurrenz um eine Nasenlänge voraus zu sein. Das ist eine der Eigenschaften, die ich anziehend fand, als wir uns kennen und lieben lernten. Er war völlig anders als die jungen Männer, die ich aus meiner Heimatstadt kannte, die Macho-Typen mit den polternden Stimmen, dem festen Händedruck und dem Bedürfnis, jede Situation unter Kontrolle zu haben.

»Wir legen heute Abend in Nanjing an«, sagt Graham. »Ich kenne dort ein ausgezeichnetes Restaurant. Wie wär's, hätten Sie beide nicht Lust, mitzukommen?«

Dave legte seinen Arm um meine Schultern, als wären wir ein Herz und eine Seele, als wäre die ganze Reise seine Idee. »Klingt fantastisch.«

* * *

Dave und ich sind der grünen Gruppe zugeteilt worden, mit Elvis Paris als Reiseleiter. Stacy, einen Skizzenblock und ein Etui mit Bleistiften in der Hand, schlängelt sich an uns heran. »Was dagegen, wenn ich das fünfte Rad am Wagen spiele?«

Wir gehen in Yangzhou von Bord, bei Nieselregen, der aufs Gemüt drückt. Als wir von der Gangway auf das Schwimmdock treten, verteilt Elvis Paris Anoraks. »Folgen bitte!«, ruft er und schwenkt den grünen Wimpel über seinem Kopf. Wir gehen durch schmale Gassen, in denen rege Geschäftstätigkeit herrscht. Hier werden Waren aller Art feilgeboten: Glasflaschen mit Arzneimitteln, Plastiksandalen, bunte Hemden, Porzellanschalen, Kämme, Teetassen, Kameras, Jadeschmuck, Geldbörsen aus Lederimitat, Batterien, Essstäbchen, Zahnpasta, Lampen, Strümpfe, Radios, Kugelschreiber, Postkarten.

Eine ältere Frau schneidet ihren Kunden auf dem Gehsteig die Haare. Ihr Salon besteht aus einem rostigen Metallstuhl, einem gelben Kamm, einer Schüssel Wasser, einer Schere, einem Handspiegel und einer Blechbüchse, in der sie ihre Einnahmen aufbewahrt. Ein kleiner Junge in roten Shorts kauert nicht weit entfernt auf dem Boden und verkauft Getreideähren aus einem Plastikeimer, den er zwischen die Beine geklemmt hat. Alle naselang hockt eine Gruppe alter Männer rund um einen Tisch unter einer Markise, das Klicken der Mahjongg-Steine hallt in den Straßen wider. Ein kleiner Junge mit geschlitztem Hosenboden bleibt stehen und verrichtet seine Notdurft auf dem Gehsteig, während die Mutter ihn an den Unterarmen hält; er plappert auf uns ein, als wir vorübergehen. Ein mit Wassermelonen beladener Karren steht unmittelbar neben einer modernen Eiscreme-Gefriermaschine, die Bilder von Eis am Stiel, Trommelstöcken und einem lächelnden Vorsitzenden Mao schmücken. Eine junge Frau in einem blauen Kleid reicht ihren Kunden frisch gebügelte weiße Wäsche aus einem noch dampfenden Korb. Ein Mann ohne Beine verkauft Räucherstäbchen vom Rücksitz einer Rikscha aus.

Hinter Elvis Paris hertrottend, Handtaschen und schwere Kameras unter der Regenausrüstung an den Körper gepresst, gleichen wir einer hirnlosen, unförmigen Hammelherde. Die Einheimischen starren uns an, zeigen mit den Fingern auf uns. Aus allen Richtungen ruft man uns ein lautstarkes »Hal-lo« zu. Eine Frau im altmodischen Mao-Anzug zupft an meinem Ärmel und versucht, mir einen Stapel Postkarten aufzuschwatzen. »Zwanzig Yuan«, sagt sie. »Zwanzig Yuan.« Als ich den Kopf schüttele, geht sie auf fünfzehn runter und als ich abermals ablehne, wendet sie sich an Dave; danach versucht sie ihr Glück bei allen anderen Mitgliedern unserer Reisegruppe.

Die offenen Garküchen am Straßenrand und die Restaurants erfüllen die Luft mit einem exotischen Duftgemisch: in Dampf gegarte Hefeklöße, Schüsseln mit Reis und Rindfleisch, würzige Suppen, grüne Gemüse, Schweinefleisch, in glänzende Bananenblätter gehüllt. Wir zahlen zwei Yuan pro Person Eintritt für einen Park, in dem sich ältere Leute in Reih und Glied aufgestellt haben, um ihre Tai-Chi-Übungen zu machen. Es ist heiß trotz des Regens, die Luft vibriert vom Klang der Musik, die aus den tragbaren Kassettenrekordern ertönt – chinesische Opern und einige patriotische Lieder als Muntermacher. Es sind auch andere, natürliche Töne zu hören: Vogelgezwitscher. Ein Mann geht mit einem kleinen Bambuskäfig an uns vorüber; in diesem hockt eine winzige Nachtigall, die mit dem Schnabel die Gitterstäbe bearbeitet. An den Ästen der Bäume hängen hunderte ähnlicher Käfige. In jedem Käfig befinden sich zwei winzige Porzellanschälchen, kunstvoll bemalt, und ein einziger gefangener Vogel, der für seinen Herrn singt.

Draußen vor dem Park führt uns Elvis Paris zu einer Reihe bunt geschmückter Marktstände und drängt uns zum Kauf. Dave ersteht eine Leinentischdecke für seine Mutter. Ich wähle eine handbemalte Haarspange für meine Nichte. »Darf ich Ihnen Dave kurz entführen?«, fragt Stacy. »Er hat die gleiche Statur wie mein Bruder.« Dave spielt Kleiderpuppe für sie, die Arme zu beiden Seiten ausgestreckt, während sie ihm ein Hemd nach dem anderen anhält. Sie sieht mich an. »Was meinen Sie?«

»Mir gefällt das gelbe.«

»Mir auch.« Sie bezahlt das Hemd, es ist aus Baumwolle, mit winzigen Delphinen bedruckt.

Eine halbe Stunde später schwenkt Elvis Paris den grünen Wimpel über dem Kopf und führt seine Herde zum Schiff zurück, wo das Mittagessen auf uns wartet. Mir läuft immer noch das Wasser im Mund zusammen von den köstlich duftenden Gerichten in der Stadt, doch an Bord setzt man uns eine entschieden unchinesische Mahlzeit vor: Salat mit einem schweren Dressing, Mais in Sahnesoße und ein Huhn, zäh wie Gummi, offenbar in Salzlauge getränkt.

Stacy stochert mit ihrer Gabel im Mais herum. »Wie in Luby's Cafeteria«, sagt sie.

Dave lacht. »Das Zeug könnte man mit einem Strohhalm trinken.«

»Wie sind Sie auf die Idee gekommen, Rettungssanitäter zu werden?«, fragt sie.

»Rein zufällig. Ich war Wertpapierhändler – und Amateurfotograf. An einem Wochenende begleitete ich eine Ambulanz beim Einsatz, um Aufnahmen für eine Reportage unter dem Motto ›Ein Tag im Leben von ...‹ zu machen, die in einer unabhängigen Wochenzeitschrift erscheinen sollte. Der erste Notruf kam von einem Verkehrsunfall auf dem West Side Highway. Überall Blut, Qualm, Menschen, die um Hilfe schrien. Da war ein Junge, nicht älter als sechs oder sieben, dessen Beine unterhalb der Knie völlig zerschmettert waren. Ich beugte mich hinunter, um ein Foto zu machen, und sah durch das Objektiv, dass sein Gesicht völlig ausdruckslos war. Nicht verängstigt oder schmerzverzerrt, sondern völlig ausdruckslos. Ich schoss ein paar Bilder und dann hörte ich den Jungen sagen: ›Hey, Mister.‹ Ich war so verdattert, dass mir die Kamera beinahe aus der Hand gefallen wäre. ›Hey‹, sagte er abermals. ›Kann ich einen Schluck Wasser haben?‹ Ich gab ihm zu trinken. Von dem Augenblick an war es um mich geschehen. Plötzlich kam mir der ganze Wertpapierhandel wie ein fauler Zauber vor.«

Dave kam an jenem Nachmittag mit Blutflecken an Hemd und Hose nach Hause. Er konnte nicht aufhören, über den Unfall zu reden und über den Selbstmordversuch an der Amsterdam Avenue, zu dem die Ambulanz anschließend gerufen wurde, und über das Opfer eines Herzanfalls im Lincoln Plaza. »Ich sattle um«, sagte er beiläufig beim Abendessen. Ich gratulierte ihm. Ich dachte, er würde seinen lang gehegten Traum verwirklichen und sein Geld als Fotograf verdienen. Als er mir erzählte, dass er Rettungssanitäter werden wolle, lachte ich. Ich dachte, das sei ein Scherz. Man hat bestimmte Erwartungen, bestimmte Überzeugungen in Bezug auf das Persönlichkeitspotenzial des Menschen, den man heiratet. Natürlich kann man sich nie ganz sicher sein; ein Restrisiko bleibt immer. Obwohl man in der Regel ein gutes Gespür für die Palette der Möglichkeiten hat. Bei Dave hätte ich Haus und Hof verwettet: Er war vernarrt in die Fotografie, schleppte ständig die Kamera mit sich herum und die Wände seiner Wohnung waren mit meisterhaften Schwarz-Weiß-Fotos tapeziert, von denen jedes seine eigene Geschichte erzählte.

Über unserem Bett hängt noch ein Foto, das er an einem Sommertag in der Bronx aufgenommen hat. Es zeigt drei Kinder auf einem Klettergerüst. Zwei hängen kopfunter an den Stangen, mit baumelnden Armen. Das dritte, ein Mädchen, posiert im Vordergrund, eine Hand auf der Hüfte; es blickt in die Kamera, lächelt. Nach Daves Auszug betrachtete ich stundenlang das Foto, versuchte mir vorzustellen, wie das Mädchen den Fremden hinter der Kamera wahrgenommen hatte, was für ein Mensch mein Mann in ihren Augen war. Als ich nun Stacy anschaue, geht mir die gleiche Frage durch den Kopf: Was sieht sie in ihm? Einen Mann, der ein paar Jahre älter ist als sie, Erfahrung hat? Spürt sie beim Anblick seines Ringfingers, der schmucklos ist, dass er den Glauben an seine Ehe verloren hat? Irgendwann verweilen ihre Augen ein wenig länger auf der blassen Narbe über seinem Nasenbein und ich frage mich, ob sie diese Unvollkommenheit genau wie ich attraktiv findet, beunruhigend sexy.

Dave und Stacy sind während der Mahlzeit in eine Unterhaltung unter vier Augen vertieft. Sie lachen hin und wieder über einen Scherz, während mich unsere Tischgenossen, ein Paar mittleren Alters aus London namens Winifred und Mack, mit langatmigen Geschichten über ihre alljährlichen Reisen nach Alaska und Hawaii ergötzen. »Wir haben Fische durch ein Loch in der Eisscholle gefangen«, sagt Winifred. »Wie richtige Eskimos!« Mack nickt und fügt enthusiastisch hinzu: »Und auf Molokai sind wir einem echten Leprakranken begegnet.«

Nach dem Dessert reckt sich Dave und gähnt. »Ich habe die Zeitverschiebung immer noch nicht richtig überwunden. Ich denke, ich werde ein Nickerchen machen.«

»Ich komme mit«, sage ich und stelle mir eine Verführungsszene am Nachmittag vor – zerknüllte Laken, verschwitzte Gliedmaßen, Stöhnen, so laut, dass die Leute im Gang einen Moment stehen bleiben und uns um unsere Leidenschaft beneiden.

»Ganz wie du meinst«, erwidert er. Ich spüre, wie etwas in meinem Innern zusammenfällt. »Warum kommen Sie nicht mit, wenn wir in Nanjing essen gehen?«, sagt er zu Stacy, als er sich zum Gehen anschickt.

Sie sieht mich an. »Macht es Ihnen nichts aus?«

»Je mehr, desto besser.«

»Dann bin ich dabei.«

Nach dem Mittagessen mache ich dann doch lieber einen Spaziergang über das Schiff, auf der Suche nach Graham, obwohl ich mir albern vorkomme. Was soll ich ihm sagen, wenn ich ihm über den Weg laufe? Ich entdeckte ihn an der Reling, er steht an derselben Stelle, an der wir uns letzte Nacht zum ersten Mal begegnet sind. Er grinst. »Sie haben mich also gefunden.«

Irgendetwas in meinem Innern sagt mir, dass es besser wäre zu gehen, die Geschichte unter einem Vorwand zu beenden, noch bevor sie begonnen hat, doch dann denke ich an Dave und Stacy, die beim Mittagessen die Köpfe zusammengesteckt und sich prächtig amüsiert haben. Ich denke an die Leichtigkeit der Unterhaltung zwischen den beiden, während jedes Gespräch mit mir ihn Mühe zu kosten scheint. Ich denke an die Frau, mit der er sich jeden Monat in einem Café in Chelsea trifft, die Frau, die er an jenem Nachmittag die Klippe hinauftrug, weg von dem brennenden Autowrack, die sich in seine Arme schmiegte wie eine Braut; ich erinnere mich, wie er am Rand der Schnellstraße stand, keuchend vom Aufstieg, und die verbrannte, blutende Frau mit einem Gesichtsausdruck betrachtete, der an Liebe grenzte. Ich denke daran, wie leicht es für ihn ist, mir millionenfach untreu zu sein, auf harmlose Weise, und nehme meinen Platz an der Reling neben Graham ein.

Die Sonne lugt hinter einer dunklen Wolkendecke hervor, der Fluss gleitet rasch unter uns dahin. Die Hänge der Hügel weichen vom Ufer zurück, jede Handbreit Land wurde urbar gemacht, durch die leuchtend grünen Reihen ziehen sich Streifen orangefarbener, verbrannter Erde. Wir fahren an zwei Jungen vorbei, die an der Böschung spielen. Neben ihnen liegt ein Bambusfloß, eine stabil wirkende Konstruktion, mit einem Seil zusammengebunden.

Der eine Junge ist nackt, der andere trägt weiße Unterwäsche. Als sie uns bemerken, springen sie in den Fluss, schwimmen auf uns zu und schreien. Graham übersetzt: »Ich bin ein großer Fisch. Ich schwimme zu eurem Boot. Ich werde euch fressen. Fürchte mich, kleines Boot, denn ich bin der große Fisch des tosenden Flusses.«

»Wenn die beiden groß sind, werden sie bestimmt Dichter«, sage ich.

Graham winkt ihnen zu. »Oder Verbrecher.«

Ein Stück flussabwärts steht ein Mädchen im Wipfel eines Baumes. Die Kleine trägt ein braunes Kleid, das ihr bis zu den knochigen Knien reicht. Vorsichtig dreht sie uns den Rücken zu. Der Ast, auf dem sie steht, schwankt, ist sehr dünn und ich bin sicher, dass er brechen wird. Sie ruft etwas in die Trauerweiden hinein, die beim Klang ihrer Stimme in Bewegung geraten. Eine ältere Frau taucht aus dem grünen Blattwerk auf. Sie lächelt und winkt dem Boot zu, schreit und das Mädchen beginnt ebenfalls zu winken.

»Was sagen sie?«

»Die Frau fordert uns auf, an Land zu kommen«, sagt Graham. »Sie möchte uns Schildkrötenwein verkaufen.«

Ochsen baden unweit der schlammigen Flussufer, ihre massigen Körper rollen im braunen Wasser hin und her. Hier und da wird ein vereinzelter Ochse von seinem Besitzer geführt, ein ausgefranster Strick ist um seinen Hals geschlungen. Wenn sie nass sind, haben Ochsen ein glänzendes schwarzes Fell, dann schimmern ihre breiten Rücken. In trockenem Zustand ist ihre Haut grau und staubig und sie sehen ausnahmslos alt und verbraucht aus.

Der Anblick ist mir so vertraut, dass ich sofort denke, es muss der Kadaver eines Ochsen sein, als ich eine aufgeblähte Silhouette erspähe, die flussabwärts auf unser Schiff zutreibt. Doch dafür ist sie viel zu klein.

»Sehen Sie!«

Graham hat sie bereits entdeckt und beugt sich über die Reling, um sie genauer in Augenschein zu nehmen. »Ist das etwa …?«, fragt er. Offenbar denkt er das Gleiche wie ich.

»Schwer zu sagen.«

Endlich kommen wir ganz nahe heran. Die Leiche treibt mit dem Gesicht nach unten im Fluss; das graue Hemd und die Hose sind vom Wasser aufgebläht. Das einzige sichtbare Fleisch ist der groteske Nacken und ein bleicher Fuß, die auf das Doppelte ihrer normalen Ausmaße angeschwollen sind. »O mein Gott.«

»Besser, Sie gewöhnen sich daran«, sagt Graham. »Sie werden noch einige zu Gesicht bekommen. Während der Regenzeit kommt es oft vor, dass Leute, die auf den Dämmen arbeiten, vom Fluss mitgerissen werden und ertrinken. Dort, wo es Stromschnellen gibt, ist es nichts Ungewöhnliches, dass jemand aus dem Sampan fällt und einfach verschwindet. Und nicht zu vergessen die Selbstmorde.«

»Hält niemand nach ihnen Ausschau?«

»Selten. Die Chinesen haben eine ziemlich fatalistische Einstellung zum Fluss. Die Familien trauern natürlich, unternehmen allerdings nur selten Anstrengungen, die Leiche zu bergen.«

»Warum nicht?«

»Das wäre fast unmöglich. In den britischen Logbüchern, die zu Beginn unseres Jahrhunderts geführt wurden, wimmelt es von Meldungen über Passagiere, die über Bord gingen, oder Einheimische, die in Ufernähe ertranken. Selbst in Fällen, wo es ein Leichtes gewesen wäre, jemanden zu retten, machten die Chinesen mit ihren Booten unweigerlich einen großen Bogen um ihn. Damals war jeder, der einen Menschen aus dem Fluss rettete, bis zu seinem Lebensende für ihn verantwortlich. Niemand konnte es sich leisten, einen weiteren Esser durchzufüttern.«

Eine Welle erfasst die Leiche, rollt sie herum wie ein großes, aufblasbares Spielzeug. Der andere Fuß wird sichtbar, er steckt in einem roten Stoffschuh. Ich blicke in das Gesicht eines jungen Mannes, aufgedunsen, wächsern und trotz der starren Miene seltsam lebensecht. Die Augen sind geschlossen, die Haut wirkt glitschig.

»Was machen wir jetzt?«, frage ich.

»Wir können nichts tun.«

»Sollten wir nicht jemanden von der Mannschaft informieren?«

Wie auf Stichwort taucht Elvis Paris neben uns auf. »Sehr einladende Landschaft, ja?«

»Wir haben gerade eine Leiche entdeckt.«

Elvis Paris ist nicht gewillt, die Möglichkeit auch nur ansatzweise in Betracht zu ziehen. »Ich denke, hier keine Leichen.«

»Überzeugen Sie sich selbst.« Ich deute auf den Leichnam, der von uns wegdriftet, sich langsam flussabwärts bewegt. Der rote Schuh, die Kleidung und die Hände, die soeben aufgetaucht sind und aussehen, als würden sie uns zuwinken, wären für jeden ein hinlänglicher Beweis, dass es sich um eine menschliche Gestalt handelt.

»Das keine Leiche.« Er lächelt gönnerhaft, wie ein Erwachsener, der ein Kind zu beschwichtigen sucht, das glaubt, dass sich unter dem Bett ein Gespenst verbirgt.

»Wenn es keine Leiche ist, was ist es dann?«, fragt Graham. Elvis wirft abermals einen flüchtigen Blick hinüber, Interesse vortäuschend. »Aha, ist Hundekadaver!«

Graham lächelt. »Ist der Leichnam dafür nicht etwas zu groß?«

»Ist sehr großer Hund«, erwidert Elvis Paris, ohne eine Miene zu verziehen.

Graham lacht. »Seit wann tragen Hunde Schuhe?«

Elvis denkt kurz nach. Er zieht die Augenbrauen hoch. »Vielleicht ist sehr wohlhabender Hund! Vielleicht Hund ist Kapitalist Straßenarbeiter!« Er macht auf dem Absatz kehrt und geht, lacht über seinen eigenen Witz. Graham und ich stehen Seite an Seite an der Reling und sehen zu, wie der Leichnam kleiner wird, verschwindet.

»Ich schätze, Leichen sind schlecht für den Tourismus.«

Nach wenigen Minuten habe ich die Gesichtszüge des Toten bereits vergessen. Ich versuche, ihn in Gedanken ein zweites Mal zu erschaffen, doch nur der rote Schuh und die winkenden Hände ergeben ein klares Bild. Der mächtige Fluss nimmt meine Fantasie gefangen. Er ist breit an dieser Stelle, eine Heimstätte für hunderte von Booten, deren kollektives Geknatter mich an Alabama erinnert, an dutzende von Rasenmähern, die samstagmorgens mit einem Ruck zum Leben erwachten. Überall entlang dem Flussufer waschen Frauen Wäsche, baden ihre Kinder. Die Sonne brennt vom Himmel, ein roter Feuerball. Ich suche mit den Augen den Fluss nach Fischen ab, entdecke jedoch keine. Es ist seltsamerweise kein Vogel in der Luft. Graham ist verstummt. Er stützt sich auf die Reling, seine Hände zittern heftig.

»Fehlt Ihnen etwas?«

Er schweigt einen Moment, als müsse er entscheiden, ob er reden oder schweigen soll. »Was wollen Sie über mich wissen?«

Ich wende meinen Blick ab, mustere die mir fremde Landschaft und spreche genau das aus, was ich denke: »Alles.«

Sein Hemd riecht leicht nach Stärke. Seine Hände, die sich festklammern und zittern, kommen mir schön vor. Ich stelle mir diese Hände unter meinem Rock vor, wie sie an der Rückseite meiner Oberschenkel hinaufgleiten. Ich stelle sie mir auf meinen Brüsten vor, den leichten Druck auf meinem Hals.

»Also gut«, sagt er. »Ich habe ALS.«

»ALS?«

»Amyotrophe Lateralsklerose. Der reinste Zungenbrecher. Auch Lou-Gehrig-Krankheit genannt.«

Ich bin sprachlos, unfähig, angemessene Worte zu finden. Die Telethon-Sendungen am späten Abend kommen mir in den Sinn, in denen irgendein Sitcom-Schauspieler, einer der vielen ehrenamtlichen Helfer, telefonisch um Spenden für die Stiftung zur Erforschung von Muskelerkrankungen bittet. Im Hintergrund laufen die Telefone heiß, während die Zahlen auf dem Bildschirm blinken und zum Handeln auffordern. *Mit nur einem Dollar pro*

Tag, dem Preis für eine Tasse Kaffee, können Sie uns bei der fieberhaften Suche nach einem Heilmittel unterstützen. Ich sage das Einzige, was mir in den Sinn kommt: »Wie lange wissen Sie es schon?«

»Elf Monate.«

Ich versuche, mich an jemanden zu erinnern, der meines Wissens ALS hat, irgendeinen Bekannten oder Freund meiner Eltern, doch mir fällt niemand ein. Natürlich habe ich von dieser Krankheit gehört, ich weiß allerdings nichts über ihre Ursachen und Auswirkungen, ob sie tödlich verläuft oder nicht und welchen Tribut sie den Opfern abverlangt. »Haben Sie Schmerzen?«

»Sie kommen und gehen. Im Augenblick tun mir meine Hände weh. In einer Stunde vielleicht nicht mehr. Dann habe ich vielleicht Muskelkrämpfe. Manchmal brennen meine Augen. Die Füße schwellen an. Bisweilen habe ich Sprachstörungen. Die Liste ist endlos. Ich möchte Sie nicht langweilen.«

»Gibt es ein Heilmittel?«

»Nein. Nur Schmerzmittel und ein Medikament namens Rilutek, das die Schübe verzögert, die Krankheit selbst jedoch nicht zum Stillstand bringt. Sie wird schlimmer und schlimmer, führt unausweichlich zum Tode. Die Hälfte der Betroffenen stirbt innerhalb von achtzehn Monaten nach der Diagnose. Ich gehöre zu den Glückspilzen. Die Ärzte meinen, ich hätte möglicherweise noch ein Jahr zu leben.«

Ich ergreife seine Hand, spüre das Zittern. »O Gott. Ich weiß nicht, was ich sagen soll. Es tut mir so Leid.« Ein Jahr Aufschub, ein Todesurteil. Und niemand kann ihn retten. Hier geht es nicht um ein brennendes Auto, ein Erdbeben, eine Überdosis. Hier geht es nicht um eine Katastrophe, deren Folgen sich eindämmen lassen.

Er rückt näher, so nahe, dass ich die Hitze auf meinem bloßen Arm spüre, den Druck seines Beines an meinem. Wir stehen Seite an Seite, schweigen, als der Himmel seine Schleusen öffnet. Es ist kein leichter Schauer wie in New York City, der im Vergleich dazu lachhaft ist. Der Regen ist hier genauso wie in Alabama während des Sommers: Es beginnt mit einem Wolkenbruch. Und endet genauso.

6

Ich ertappe mich dabei, dass ich immer wieder an Amanda Ruth denke, an die Sommer am Demopolis River und das kleine Blockhaus ihrer Eltern in Greenbrook mit dem schmalen Pfad, der zum Fluss hinunterführte. Nachmittags pflegten Amanda Ruth und ich auf den Landungssteg hinauszugehen, der so heftig unter uns schwankte, dass wir fürchteten, er könne zusammenbrechen und uns in das schlammige Wasser hinabstürzen, wo dünne Schlangen ihre glänzenden harmlosen Leiber um die mit Rankenfußkrebsen bewachsenen Stelzen wanden. Am Ende des Landungsstegs befand sich das Bootshaus mit seiner von der Sonne ausgebleichten Tür. Sie schob einen Finger unter den rostigen Schnapper, löste ihn mit viel Geduld aus der Öse und schwang die Tür auf. Als das Licht hineinflutete, flüchteten dutzende von Kakerlaken in die Ecken.

Das Bootshaus hatte nur zwei Räume. Unser Raum war der am weitesten von der Tür entfernte, der blaue Raum. Er hatte keinen Fußboden, nur das Wasser, das gegen drei Holzwände schwappte, und an der hinteren Seite einen Vorhang aus blauem Segeltuch. Bei Ebbe sah man den dünnen Film, der an den Wänden zurückgeblieben war, eine schleimige grüne Linie, die den Wasserstand markierte. In unserem Raum war das Boot vertäut, das wie ein riesiges Fiberglas-Spielzeug an der Wasseroberfläche auf und ab hüpfte. Amanda Ruth stieg stets als Erste hinein, dann reichte sie mir die Hand, wenn ich vorsichtig über die Reling kletterte. Wir stiegen in die Kajüte hinunter und legten uns auf die schmalen Vinylsitze. Wir schlossen die Augen, lauschten dem Geräusch des Bootes, das gegen die Holzwände stieß; die Stelzen des Bootshauses knarrten unter uns und gelegentlich hörten wir das Summen vorbeiflitzender Jet-Skis oder die Stimmen von Jugendlichen, die sich in Schlauchbooten flussabwärts treiben ließen. Dort, in unserer geheimen Zufluchtsstätte, erzählte mir Amanda Ruth Geschichten aus dem Leben ihrer Großeltern in China und von ihrem Vater, der als Junge nach San Francisco ausgewandert war. Die Geschichten waren frei erfunden, eine facettenreiche Biografie als Ersatz für die echte, die ihr Vater sich zu enthüllen weigerte. »Ich gehöre also zur ersten Generation, wie du siehst«, pflegte sie zu sagen.

»Die erste Generation von was?«

»Von waschechten Amerikanern, du Schlafmütze. Mein Dad sagt, dass er mich eines Tages nach China mitnehmen wird, in das Dorf, in dem meine Vorfahren lebten.«

Das war reines Wunschdenken. Wir wussten beide, dass Mr. Lee nie und nimmer mit ihr dorthin reisen würde. China war Amanda Ruths heimliche Liebe, nicht die ihres Vaters.

Die Tür vom Landungssteg führte in den Grillraum, in dem ein kleiner Metalltisch und zwei Holzstühle standen sowie ein Grill auf Rädern, dessen Haube immer geöffnet war und einen zu Staub zerfallenen Holzkohlestoß enthüllte. In einer Ecke lag, neben einer Kühltruhe, eine alte Matratze. Ein kleines Fenster bot einen Ausblick auf den Fluss. Es war im Grillraum, wo Mr. Lees Zorn im zweiten Highschool-Jahr über uns kam: Amanda Ruth lag auf dem Rücken, der kurze Sommerrock hoch über die Knie geschoben, der nackte Bauch glänzend vom Schweiß. Wir hatten das Transistorradio eingeschaltet, irgendeine herzzerreißende Melodie von Ella Fitzgerald, so dass wir die Gummisohlen seiner Bootsschuhe, die über den Landungssteg stapften, nicht hörten. Ich erinnere mich, dass sich ein Lichtstrahl in den Raum ergoss, als er die Tür öffnete, und Amanda Ruths Beine plötzlich zu glühen schienen; für den Bruchteil einer Sekunde, bevor ich ihn sah, dachte ich, es handle sich um eine übersinnliche Erscheinung, eine wundersame Verwandlung, ausgelöst durch meine Berührung. Amanda Ruth stockte der Atem, sie fuhr mit einem Ruck hoch und zupfte an ihrem Rock, doch dann kreuzte Mr. Lees Schatten das Sonnenlicht und ich wusste, dass wir in der Falle saßen. Seine Hand sauste mit voller Wucht auf das Transistorradio herab, die Musik verstummte und wortlos stieß er den Grill um, so dass er Amanda Ruth an der Schulter traf. Holzkohlenstaub wirbelte hoch, trübte unsere Sicht und genauso schnell, wie er gekommen war, war er auch wieder verschwunden. Asche und verkohlte Garnelenreste setzten sich in unseren Haaren, auf unseren Zungen fest.

Amanda Ruth weinte, sie hatte sich eine Platzwunde an der Schulter zugezogen, die blutete. »Lass uns gehen«, sagte ich. »Wir können zu mir.« Doch Mobile war eine halbe Stunde entfernt und abgesehen davon besaßen wir beide noch keinen Führerschein.

Es dauerte nur wenige Minuten, bis sich Amanda Ruth wieder gefasst hatte: sie fuhr sich mit den Fingern durch die Haare, trocknete ihre Augen und erklärte sachlich: »Wir warten, bis er wegfährt, dann gehen wir hoch, ins Haus. Mom wird mit ihm reden und ihn besänftigen.«

»Was ist, wenn er zurückkommt?«

»Macht er bestimmt nicht.«

»Denkst du, dass er meine Eltern anruft?«

»Nein. Das wäre ihm viel zu peinlich.«

Wir kauerten schweigend in dem Raum, in dem er uns zurückgelassen hatte, mit einem Mal verunsichert, wie wir miteinander umgehen, wie wir uns verhalten sollten. Die Sonne brannte auf das Bootshaus herab. Wir hatten Durst, wagten jedoch nicht, ins Haus hinaufzugehen, um Wasser zu holen. Den ganzen Tag saßen wir reglos da, horchten auf seine Schritte, die nicht kamen. Am Abend, als es kühler wurde und ein leichter Wind die Oberfläche des Wassers riffelte, schliefen wir ein, vor Langeweile und Erschöpfung gleichermaßen. Mitten in der Nacht hörten wir endlich, wie sein Wagen in der Einfahrt ansprang.

* * *

Am nächsten Tag erteilte Mr. Lee Amanda Ruth verschärften Arrest – Fernsehen, Musik, Wochenendausflüge mit Freunden und sonstige Vergnügungen waren gestrichen – und untersagte ihr den Umgang mit mir. Wir sahen uns nur noch in der Schule und in der Mittagspause, wenn wir mit Klassenkameraden unter der Eiche neben dem Naturwissenschaftsgebäude aßen. Sie musste nach der siebten Stunde sofort nach Hause und die einzigen Aktivitäten, an denen er ihr teilzunehmen gestattete, waren Veranstaltungen für die Jugendgruppe in der Kirche, der ihre Familie angehörte. Zwei Jahre lang schickte er sie während der Sommerferien nach North Carolina, in ein teures Ferienlager in den Blue Ridge Mountains, wo am Lagerfeuer religiöse Lieder gesungen wurden, Ausritte stattfanden und die Teilnahme an den »bunten Abenden« mit den jungen Burschen aus dem benachbarten Ferienlager zwingend vorgeschrieben war. Bei diesen bunten Abenden durfte nicht getanzt werden. Sie begnügten sich damit, Scrabble zu spielen, mit Baseball-Schlaghölzern auf unzerbrechliche *pinata*-Tontöpfe einzudreschen, sich mit Chips und Miniaturbrezeln voll zu stopfen und Cola zu trinken, nicht aus Dosen, sondern aus Flaschen. »Wie in den fünfziger Jahren«, schrieb sie in einem ihrer Briefe aus dem Ferienlager. »Jeden Moment rechnet man damit, dass Richie Cunningham hereinspaziert und die Musikbox anschmeißt.«

Im Sommer nach Beginn unseres letzten Schuljahres änderte sich die Situation. Mr. Lee hatte Probleme mit seiner Druckerei, das Geschäft ging schlecht. Er konnte es sich nicht mehr leisten, Amanda Ruth ins Ferienlager zu schicken, und hatte keine Zeit, sie selbst wie ein Zerberus zu bewachen, eine Aufgabe, mit der er Mrs. Lee betraute, die es insgeheim ablehnte, die strikten Regeln ihres Mannes durchzusetzen. In jenem Sommer verbrachte ich viel Zeit mit Amanda Ruth am Demopolis River. Ihr Vater hielt sich während der Woche im Haus der Familie in Mobile auf und kam nur an den Wochenenden zum Fluss. Am Freitagmorgen durchsuchten wir die Hütte nach verräterischen Anzeichen meiner Anwesenheit: meine Sandalen in Größe 37, Kleidungsstücke in der Wäsche, Haare in den Zinken ihrer Haarbürste. Amanda Ruths Mutter wurde zu unserer Verbündeten und beteiligte sich an den wöchentlichen Fahndungsaktionen, um jede Spur von mir auszulöschen.

Im Wald, ein paar hundert Meter vom Blockhaus am Fluss entfernt, gab es einen Tümpel unter den Weiden, an dem Amanda Ruth und ich uns aufhielten, wenn der Landungssteg zu heiß wurde. Kaulquappen bildeten dichte Trauben an den seichten Stellen, ihre winzigen Körper schimmerten blau in den Lachen aus Sonnenlicht. Aus der Entfernung hätte man den Wirbel, den sie an der Wasseroberfläche veranstalteten, fälschlicherweise für einen gerade einsetzenden Regenschauer halten können. Libellen tummelten sich am Ufer des Tümpels, flogen auf und ab, schwirrten bisweilen keine Handbreit an unseren Köpfen vorbei, lauter als Bienen oder Hornissen, ein Geräusch wie ein Reißverschluss, der unmittelbar neben unseren Ohren hochgezogen wurde. Die Libellen spielten immer paarweise. Sie hatten grüne Körper mit maronenfarbenen oder schwarzen Flügeln, die an der Spitze farblos wurden. Manchmal landete eine auf unserem Handtuch und lag so starr da, dass wir dachten, sie sei dabei zu verenden.

Amanda Ruth war von den Lebensumständen der Insekten fasziniert, konnte gar nicht genug davon bekommen: von den Grillen mit ihren hohen, wippenden Schrillleisten, den Wespen mit ihrer Lethargie, wie sie ungeschickt über die Fliegengitter an den Fenstern trippelten – sie schienen fortwährend zu stolpern, unsicher, welche Richtung sie einschlagen sollten, doch sie wirkten dennoch gefährlicher als die Bienen, die ihre pelzigen Köpfe in die Blütenkelche der Wildblumen versenkten. Einmal ließ sich eine Wespe taumelnd auf dem Top nieder, das Amanda Ruth über ihrer Bikinihose trug. Bis wir ihr das Oberteil heruntergerissen hatten, hatte die Wespe bereits ihren Weg ins Innere gefunden und sie in den Rücken gestochen. Ich forderte sie auf, sich bäuchlings auf ein Handtuch zu legen, während ich den winzigen Stachel mit meinen Fingernägeln entfernte. Der Sommer hatte begonnen und wir hatten bereits Stunden im Schlauchboot verbracht, uns mit geschlossenen Augen treiben lassen, während wir uns unterhielten und planten, problemlos unsere Freundschaft erneuerten, die uns seit der Kindheit und noch als Heranwachsende verband. Unsere Haut, blass von den Tagen in geschlossenen Räumen, bekam schnell einen Sonnenbrand und ihre Schultern fingen an, sich zu schälen. Nachdem ich den Stachel entfernt hatte, rieb ich ihr den Rücken mit Sonnenlotion ein, dann setzte ich mich neben sie in den Schatten und begann, Grashalme zu flechten.

»Das ist nicht fair«, sagte sie. »Du trägst dein Oberteil.«

»Und?«

»Zieh es aus.«

»Soll das eine Aufforderung zum Tanz sein?«

»Klar, zum doppelten Rittberger.«

Ich band die Schleifen im Nacken und zwischen den Schulterblättern auf, dann warf ich mein Bikinioberteil ins Gras. Ich legte mich auf sie, spürte die samtige Kühle ihrer Haut, die Biegung ihres Rückens unter meinem Bauch.

Ich hatte kein anderes Mädchen angerührt seit dem Tag, als wir erwischt worden waren, beide nur noch ein Häufchen Elend, in Tränen aufgelöst, voller Angst und Scham. Die Jungen in der Schule mochten mich und ließen nicht locker; mehrmals war ich splitterfasernackt im Schlafzimmer derjenigen gelandet, die sturmfreie Bude hatten. Meistens machte es mir Spaß, obwohl mir schien, als sei nur mein Körper beteiligt, während meine Gefühle und mein Verstand Distanz hielten. Die Jungen kamen mir ausnahmslos unreif vor, entweder waren sie zu sehr von sich selbst eingenommen oder zu schüchtern. Ihre Körperbehaarung sah zerrupft aus, bildete unregelmäßige Muster. Vielen hafteten Schweißgeruch an oder, schlimmer noch, der überwältigende Duft von Eau de Cologne. Sie sprachen über Dinge, die mich nicht interessierten: Fußball, Bier, Fernsehen und über laute Highschool-Bands mit nichts sagenden Namen wie *Fruit* und *Not the Senate*, deren Musik mich nicht vom Hocker riss.

Als ich auf Amanda Ruth lag, hatte ich Schmetterlinge im Bauch, doch gleichzeitig das Gefühl, meinen Platz im Leben gefunden zu haben, bei ihr. Ich verspürte eine innere Harmonie, die ich seit unserem letzten Beisammensein nicht mehr empfunden hatte. Ihr Körper war mir genauso vertraut wie mein eigener, obwohl sie sich seit jenem Tag im Bootshaus verändert hatte, eine nie da gewesene Sanftheit und Ruhe ausstrahlte. Sie war noch schmaler gebaut als die Jungen, die ich kannte, ihre Taille war so schmal, dass ich mir vorstellte, wenn ich ein Mann von kräftiger Statur wäre, könnte ich sie mit meinen beiden Händen umspannen, so dass sich die Fingerspitzen berührten.

Nach einer Weile bewegte sie sich; wir drehten uns auf die Seite, den Kopf auf die Hand gebettet, unsere Gesichter unmittelbar gegenüber auf dem Handtuch. Wir lagen eine Minute oder länger da, blickten uns an und ich wusste nicht, was ich tun sollte. Ich spürte, dass sie sich inzwischen verändert hatte, erfahren war.

»Hat es seither andere Mädchen in deinem Leben gegeben?«, fragte sie, nahm den Grashalm, den ich zu flechten begonnen hatte, und ließ die Spitze über meine Haut gleiten, langsam, vom Nabel zum Brustbein.

»Nein. In deinem?«

»Eine, im Ferienlager. Wir schreiben uns. Ihr Name ist Celine.«

»Was ist mit Jungen?«

»Nichts dergleichen. Und du?«

»Ein paar.«

»Hätte ich mir denken können.«

»Was soll das heißen?«

»Für mich gibt es nur Mädchen.« Sie hatte die Hand auf meiner Hüfte und sah mir eindringlich in die Augen. Ich kam mir seltsam vor, wie ich dort lag, oben ohne, in ein ernsthaftes Gespräch vertieft. Ihr Bikinioberteil hatte grüne Blätter auf schwarzem Grund. Auf ihrem Oberschenkel war der Abdruck von Gräsern zu erkennen. »Du bist im Gegensatz zu mir unschlüssig, für welche Seite du dich entscheiden sollst.«

»Muss ich das denn?«

»Es wäre einfacher, wenn du es wüsstest.«

»Einfacher für wen?«

Sie antwortete nicht. Sie küsste mich. Und ich dachte, so einfach ist das. So sollte es sein. Sie küsste mich sanft, ihre Hand berührte leicht meine Brust und als sie näher rückte, streiften ihre Haare meine Schultern. Ihre Haare waren lang und weich und fielen mir in die Augen, als sie mich küsste, einige Strähnen gerieten in meinen Mund. Sie war überall ganz warm. Sie drehte mich behutsam auf den Rücken, küsste meinen Hals, mein Schlüsselbein, meinen Bauch. Ich spürte ihre Finger, so nahe, den Druck ihrer Hand auf mir, eine Bereitschaft, mich zu öffnen, eine Zärtlichkeit, wie ich sie nie zuvor erlebt hatte. Sie nahm ihre Hand weg und legte sich auf mich, schob ihren Oberschenkel behutsam zwischen meine Beine. Wir fanden ohne weiteres einen gemeinsamen Rhythmus, ich spürte, wie wir uns im Einklang bewegten. Sie flüsterte mir etwas ins Ohr, beinahe lautlos, Worte, die kein Junge je zu mir gesagt hatte. »Komm, Jen. Bitte komm.« Unser Tun war ohne Angst, ohne Scham, ohne das Gefühl, lasterhaft zu sein, das ihr Vater damals in uns hervorgerufen hatte. Ich spürte, wie die Wärme aus meinem Schoß rann, den tiefen letzten Stoß, das Loslassen. Und danach das Pulsieren und die Weichheit von Amanda Ruth, die reglos auf mir lag; ihr Atem ging so schwer wie mein eigener und ihr Herz raste, so dass ich die Schläge nicht zu zählen vermochte, obwohl ich das Bedürfnis hatte, dem, was gerade geschehen war, eine Zahl oder einen Namen zuzuordnen, Bilanz zu ziehen und das Ergebnis schriftlich festzuhalten.

So ging es den ganzen Sommer weiter. Allmählich verblasste unsere Furcht vor ihrem Vater, wenn wir uns im Schatten neben dem abgeschiedenen Tümpel oder im Bootshaus liebten. Sie bestand darauf, es im Grillraum zu tun, in dem wir einen endlos langen, schreckerfüllten Nachmittag verbracht hatten, und in jenem Raum war sie leidenschaftlicher als anderswo, als wollte sie die Vergangenheit durch ihre Verwegenheit auslöschen, die Uhr zurückdrehen.

Bis Mitte des Sommers hätte man meinen können, Mr. Lee sei von der Bildfläche verschwunden. Er kam auch am Freitagabend nicht mehr zum Fluss. Er hatte zwei Mitarbeiter in seiner Druckerei entlassen und musste an den Wochenenden arbeiten. Mrs. Lee blieb bis zum späten Nachmittag in ihrem Zimmer, wenn wir Burger oder Garnelen grillten oder selbst gebackenes Brot in dicken Scheiben in der Pfanne goldbraun brieten, knusprig und leicht süß, mit Zitronensaft beträufelt. Wir aßen auf der hölzernen Veranda hinter dem Haus, die nicht überdacht war, genossen das Sommerlicht, lauschten dem leisen Plätschern des träge dahinfließenden Flusses, dem Hundegebell in der Ferne, den Stimmen der Mütter, die ihre Kinder zum Essen riefen. Wir tranken Limonade auf zerstoßenem Eis und Mrs. Lee schien sich über unsere Gesellschaft zu freuen.

»In einer reinen Frauenrunde hat man viel mehr Spaß«, pflegte sie zu sagen und eine zerknirschte Miene aufzusetzen, als wären ihr die Worte herausgerutscht. Manchmal nahm ich einen süßlichen Hauch Alkohol an ihr wahr und einmal entdeckten wir drei Flaschen mit einem weinhaltigen Getränk, unter einer Papiertüte in der Speisekammer versteckt. »Nichts gegen deinen Vater«, sagte sie zu Amanda Ruth. »Doch so ist die Atmosphäre einfach entspannter.«

In der Woche, bevor Amanda Ruth Mobile verließ, um aufs College zu gehen, hatten wir das Haus für uns alleine. Es regnete sechs Tage am Stück. Wir igelten uns im Bootshaus ein, das sich sanft auf den spindeldürren Stelzen wiegte, während das Wasser stieg und stieg, und gingen nur in die Blockhütte hinauf, um zu essen und zu duschen. Nachts befürchteten wir, von der Strömung mitgerissen zu werden, wenn es so weiterregnete. Der Fluss führte Hochwasser, hatte bereits mehrere tiefer gelegene Häuser überschwemmt. Er kam nur wenige Handbreit unter den Bodendielen des Bootshauses zum Stillstand.

An unserem letzten Abend saßen wir am Ende des Landungssteges und ließen die Beine bis zur Mitte der Wade im Wasser baumeln. Der Fluss war kalt nach dem Regen, trübe vom Schlamm und vom Sand, die flussabwärts getrieben waren. Obwohl der Regen aufgehört hatte, riss die Wolkendecke nicht auf. Das verhangene, lähmende Licht, das sich nur zum Schlafen eignet, würde vermutlich noch mehrere Tage anhalten. Geschlafen hatten wir genug und nun fühlte sich mein Körper schwer an, mein Gehirn umnebelt, meine Sinne abgestumpft.

»Ich habe eine Überraschung für dich«, sagte Amanda Ruth.

»Was denn?«

»Eine Reise.«

»Wohin?«

»Die Universität von Montevallo hat ein Austauschprogramm mit China, eine Partnerstadt namens Yibin am Oberlauf des Jangtse. Ich fliege nächsten Sommer hin. Ich möchte, dass du mich begleitest.«

»Das kostet ein Vermögen.«

»Ich habe alles genau durchgerechnet. Wenn wir beide nebenher arbeiten und ein Studentendarlehen aufnehmen, können wir es schaffen.«

»Wir fliegen ans andere Ende der Welt. Und wir sprechen kein Wort Chinesisch.«

Sie lachte. »Du findest am Hunter garantiert jemanden, der dir Einzelunterricht erteilt, und ich besorge mir jemanden in Montevallo. Ich wette, dass ich dich überreden kann. Bis Mai bist du Feuer und Flamme, das verspreche ich dir.« Ich sagte ihr nicht, dass mir die Chinareise genauso einleuchtend erschien wie eine Reise zum Mond.

Amanda Ruth wurde ernst. »Was ist mit uns beiden?«, sagte sie. »Gehen wir mit anderen aus?«

Die Frage kam mir merkwürdig vor, zwang mich, zum ersten Mal ernsthaft darüber nachzudenken, was aus uns werden sollte. Sie war meine beste Freundin, die Person, der ich blind vertraute, mit der ich am liebsten beisammen sein wollte. Doch ich hatte unsere Beziehung nie als etwas von Bestand betrachtet, so dauerhaft wie die zwischen Jungen und Mädchen sein konnte. Ich hatte angenommen, dass ich während meiner College-Zeit mit Männern ausgehen und mich verlieben würde, alles ganz »normal«. Die Männer, die ich in New York kennen lernen würde, würden sich mit Sicherheit von den linkischen, groben Burschen unterscheiden, die mir bisher über den

Weg gelaufen waren. Sie würden einfühlsam und intelligent sein, über ein gewisses Maß an Weichheit verfügen, würden wissen, wie sie mich physisch befriedigen konnten. Ich hielt mich nicht für ein Mädchen, das auf andere Mädchen gepolt war. Ich liebte Amanda Ruth, das war alles.

Mehrere Minuten vergingen. Ein Ochsenfrosch quakte am gegenüberliegenden Ufer, der tiefe, unangenehme Laut hallte in der Stille wider. Der Mond stand tief und voll am Himmel, die Bäume warfen ihre Schatten auf den Fluss. Amanda Ruth rückte auf dem Landungssteg eine Spur von mir ab, so dass sich unsere Oberschenkel nicht länger berührten. »Du hast mir noch nicht geantwortet.«

»Darüber habe ich nie nachgedacht.«

»Ich habe kaum an etwas anderes gedacht.«

»Was ist gegen Verabredungen einzuwenden?«, sagte ich. »Findest du nicht, dass wir im College unseren Spaß haben sollten?«

»Haben wir das jetzt nicht?«

»Das ist etwas anderes.«

»Wieso?«

Ich konnte ihr nicht in die Augen sehen, mir fiel keine Antwort ein, die nicht völlig falsch klang. Amanda Ruth begann zu weinen. »Hab schon verstanden«, sagte sie.

»Da gibt es nichts zu verstehen.« Ich legte meinen Arm um ihre Schultern. Sie sträubte sich, doch nur einen Moment lang. »Du bist meine beste Freundin und ich deine. Wir hatten den ganzen Sommer für uns. Ist das nicht genug?«

In jener Nacht regnete es erneut, ein regelrechter Wolkenbruch ging nieder. Wir brachten frische Bettwäsche aus dem Blockhaus nach unten und rollten uns auf der alten Matratze im Bootshaus zusammen. Ich spürte, wie schwer die feuchte Luft auf uns lastete, als wir dort lagen, aneinander geklammert wie Schwestern oder Cousinen, und der Sintflut lauschten, bei jedem Blitz erschraken, der über den nachtschwarzen Himmel zuckte. Irgendwann schlief ich ein und träumte, dass wir uns bewegten, genau wie das fliegende Haus aus dem *Zauberer von Oz*, nur nicht durch die Lüfte, sondern flussabwärts, durch den Schlamm. Als ich aufwachte, merkte ich, dass das kleine Bootshaus ruckte und zitterte.

»Wach auf!«, flüsterte ich.

»Was ist?«

»Wir sollten schleunigst ins Haus hinaufgehen.«

Ich blickte aus dem Fenster: Baumstämme und starke, von den Bäumen gerissene Äste trieben mit rasender Geschwindigkeit an uns vorbei, ein Gartensessel blitzte weiß auf, eine Matratze entblößte ihre silbernen Sprungfedern.

»Wahrscheinlich ein Tornado und wir sind mitten auf dem Präsentierteller«, sagte ich und tastete nach dem Radio, doch Amanda Ruth zog mich an sich. Sie küsste meinen Hals, ließ ihre Hand unter mein T-Shirt gleiten. Sie rollte mich auf den Rücken und legte sich auf mich. Ihre Haare bedeckten mein Gesicht. Donnerschläge trommelten auf das Dach, mit einer so ohrenbetäubenden Lautstärke, dass sie von den morschen Holzwänden zurückgeworfen wurden. Ich lauschte, wartete auf das schrille Pfeifen einer fernen Lokomotive. Da ich an der Golfküste aufgewachsen war, kannte ich dieses Geräusch und fürchtete es am meisten. Ich wusste, dass ein herannahender

Tornado leicht mit einem Zug verwechselt werden kann, dahinter verbirgt sich jedoch ein Wirbelsturm mit einem dunklen Trichter, der entfesselt durchs Land rast. Es gab Geschichten von bizarren Todesfällen und Überlebenden, die auf wundersame Weise gerettet worden waren, wie die Frau, die im Bett hochgewirbelt wurde, als sie schlief, der Tornado riss nur die Laken unter ihr weg, dann ließ er sie unversehrt auf die Matratze zurückfallen. Kleine Fischerboote wurden meilenweit von den Häusern ihrer Besitzer entfernt aufgefunden, in der Luft schwebend. Nach dem Höhenflug während des Sturms hatte sich der Bug durch den Stamm einer mächtigen Eiche gebohrt. Ein Baby wurde lebend in einem Bett aus Kiefernnadeln entdeckt, drei Tage, nachdem ein Tornado es den Armen seiner Mutter entrissen hatte.

Amanda Ruth schüttelte ihre Haare, so dass sie mein Gesicht kitzelten. Sie drückte meine Handgelenke auf den Boden. »Ich komme dich Weihnachten besuchen«, sagte sie. »Ich wollte schon immer sehen, wie der Christbaum vor dem Rockefeller Center angezündet wird.«

»Und wir werden im Central Park Schlittschuh laufen und die Fifth Avenue entlangschlendern, mit großen Hüten auf dem Kopf.«

»Kaufen wir auch übel riechenden Käse im Zabar's?«

»Natürlich. Und wir sehen uns eine Broadway-Show an.«

Wir küssten uns, um den Pakt zu besiegeln.

7

Am späten Nachmittag nimmt der Fluss eine tiefgelbe Färbung an und die Luft riecht erneut nach Verwesung. Seit einigen Meilen ist das Ufer verwaist, bis auf die Bambushütten und Orangenhaine. Die Sonne steht schon tief am Himmel, als das Lichtermeer der Provinzmetropole Nanjing vor uns auftaucht, die Stadt der gigantischen Kerzen: dutzende von Raffinerien, deren schlanke Türme Flammen in die Dämmerung blasen. Es riecht, als brenne die ganze Stadt. Die Stimme aus dem Lautsprecher kündigt unsere Ankunft an: »Wir nähern uns schönes Nanjing. Bitte finden Ihr Reiseführer für faszinierenden Rundgang durch berühmte Stadt von Industrie und Kultur.«

Nach und nach erscheinen die Passagiere auf Deck. Ihre bleichen, aufgedunsenen Gesichter sind von den Spuren eines Nachmittags gezeichnet, der mit Alkohol, Schlafen und Bingospiel verbracht wurde. Viele blinzeln und gähnen, während sie sich an das trübe Licht des verregneten Nachmittags gewöhnen. Elvis Paris erscheint an unserer Seite, den grünen Wimpel in der einen, das Klemmbrett in der anderen Hand. »Nanjing ist schöne Stadt Nummer eins in China!«, sagt er und deutet auf eine beeindruckende Reihe von Türmen, die auf dem Gipfel eines Hügels aufragen. »Nanjing produziert alle moderne Erzeugnisse für Wohl von Volk. Mineralöl, Blei, Zink, Eisen.«

Wir fahren unter einer großen, unsäglich hässlichen Brücke hindurch, die zu beiden Seiten von Trauben eiförmiger Laternen gesäumt und von Betontürmen gestützt wird. Die Stimme weist auf das Wahrzeichen hin: »Erste Jangtse-Brücke, erstaunliche Merkmal für chinesische Ingenieurwesen und Arbeitsmoral von Volk.« Eine riesige rote Fahne hängt von der Brücke herab, die Schriftzeichen sind groß und in Weiß gehalten. Sämtliche Reiseleiter, Elvis Paris eingeschlossen, zeigen wie auf Stichwort auf die Zeichen und die Stimme übersetzt: »Haltet die Vier Modernisierungen in Ehren. Arbeitet hart für das Volk.«

»Was sind die Vier Modernisierungen?«, fragt Dave.

»Jede chinesische Kind kennt Vier Modernisierungen!«, erwidert Elvis Paris stolz. »Industrie, Landwirtschaft, Verteidigung, Wissenschaft.«

Elvis Paris muss die Brücke dutzende Male bei seinen endlosen Reisen entlang dieser obligatorischen Route gesehen haben, dennoch blickt er mit unverhohlenem Staunen zu ihr empor. »Diese Brücke wahres Symbol von modernes China. Zwanzigtausend Fuß lang. Brücke ist viel eindrucksvoll, aber Drei-Schluchten-Damm wird mehr eindrucksvoll.«

Wir finden Graham, dann warten wir auf Stacy, die einige Minuten nach unserer vereinbarten Zeit erscheint, in einem Minikleid aus blauem Denim und Laufschuhen. »Um ein Haar wären wir ohne Sie aufgebrochen«, neckt Dave sie.

»Bestimmt nicht.« Sie sieht ihn an, wie ihn viele Frauen im Laufe der Jahre angesehen haben, mit einem Gemisch aus weiblichem Interesse und Neugierde, Belustigung und, vielleicht, einer vagen Hoffnung. Dave ist kein Mann, den man auf Anhieb bemerkt. Seine Attraktivität hat eine subtilere Note. Ich kann inzwischen schon gar nicht mehr zählen, wie oft die Frauen an den Nachbartischen, wenn wir in einem Restaurant mitten beim Essen waren, plötzlich reihenweise zu uns herüberschauten, als nähmen sie ihn erst jetzt richtig wahr. Dass sie ihn wahrnehmen, erkenne ich daran, dass ein gewisser Ausdruck über ihr Gesicht huscht – blitzschnell und instinktiv –, bevor sie den Blick abwenden. Danach spähen sie immer wieder herüber, möglichst unauffällig, wohl in der Hoffnung, einen Blick von ihm zu erhaschen. Er gehört nicht zu der Sorte Männer, bei denen ein Raunen durch die Menge geht, wenn sie den Raum betreten. Frauen werden sich seiner Gegenwart erst allmählich bewusst, wie eines Dunstes oder schwachen Dufts, der in der Luft liegt, wie einer Musik, die im Hintergrund ertönt, so leise, dass deren Vorhandensein einem völlig entgeht, bis sich plötzlich eine einzelne ungewöhnliche Note vom Lärm im Umfeld abhebt. Ich habe versucht, diese Eigenschaft zu analysieren, habe herausfinden wollen, was genau an den einzelnen Elementen seines Gesichts, den bedachten Gesten seiner Hände Frauen langsam und unwiderstehlich anzieht. Zwölf Jahre und ich kann es immer noch nicht genau sagen. Obwohl ich ihn wegen seiner Unergründlichkeit liebe, wegen seiner Fähigkeit, mir Jahr für Jahr Rätsel aufzugeben, weiß ich, dass ich für ihn jeden Anflug von Unergründlichkeit verloren habe.

Wir bleiben zurück, bis sich die anderen Passagiere in Marsch gesetzt haben, dann begeben wir uns über die schlüpfrige Gangway an Land. Graham eilt voraus, eine matschige Treppe hinauf, dann mitten durch einen Trupp zerzauster Soldaten, die halbherzig Sandsäcke übereinander stapeln. Wir gehen unter Platanen entlang, die über unseren Köpfen ein Schutzdach bilden und im Regen duften, und finden uns an einem kleinen Flüsschen wieder, das sich in Kaskaden zum Jangtse hinunter ergießt.

»Der Chin-huai«, erklärt Graham. »Hier lagen die legendären Blumenboote vor Anker.«

»Blumenboote?«, fragt Stacy, mit der Schuhspitze im weichen Sand scharrend.

»Als ich vor zwanzig Jahren zum ersten Mal China bereiste, konnte man sie noch hier sehen. Auf jedem Boot war eine Papierlaterne angezündet und im Heck stand ein Mädchen in farbenprächtigen Seidengewändern. Die Mädchen hielten Papierfächer mit den Namen von Liedern in den Händen, die sie auf Bitten der Zuhörer sangen.«

»Klingt romantisch.«

»Schon, war allerdings ein knallhartes Geschäft. Jedes Tingeltangel-Mädchen wurde von einigen alten Männern auf handgemachten Saiteninstrumenten begleitet und wenn sie fertig war, hatte man die Möglichkeit, die Nacht mir ihr auf dem Boot zu verbringen. Wenn sich beide handelseinig waren, gingen die alten Männer von Bord, das Mädchen löschte das Licht und man blieb mit ihr alleine.«

»Das klingt, als hätten Sie selbst Erfahrungen mit einem dieser Tingeltangel-Mädchen gemacht«, sage ich.

Graham zwinkert mir zu. »Möglich.«

Ich stelle mir Graham vor, wie er auf dem Boot den Fluss hinuntertreibt, eingelullt vom Klang der Stimme des Tingeltangel-Mädchens, dem Flackern der Lichter. Ich stelle mir vor, wie er unter ihrer Berührung erschauert. Die Blumenboote sind verschwunden und die Stimmen der Tingeltangel-Mädchen, falls es heute noch welche hier gäbe, würden untergehen bei dem Verkehrslärm im Hafen und dem Donnern des Zuges, der über die Brücke fährt. Doch das Wasser ist beinahe klar und die vereinzelten Kaugummi-Einwickelpapiere, Baiji-Saftflaschen und zerlumpten Schuhe, die flussabwärts driften, sind geradezu eine Wohltat im Vergleich zu den Mengen an Müll, mit dem der fantastische Jangtse verunreinigt ist, in den der Chin-huai mündet.

Graham führt uns durch eine Reihe schmaler Gassen zu einem kleinen Straßenlokal, über dessen Türschwelle ein Keramik-Buddha hängt. Ein junges Pärchen sitzt an einem der Tische, in eine leise Unterhaltung vertieft. Zwei Jungen im Teenageralter rauchen Zigaretten neben dem Fenster. Alle Gäste drehen sich um und starren uns an, als wir eintreten. Die Besitzerin begrüßt uns mit einem Lachen. Sie stellt sich auf die Zehenspitzen und klopft Graham auf die Schultern.

»Ich habe sie bei meiner ersten Flussfahrt kennen gelernt«, erklärt er. »Seither komme ich immer wieder in dieses Restaurant zurück.«

Die Frau plaudert ein paar Minuten mit Graham, dann unterzieht sie Stacy, Dave und mich einer gründlichen Musterung. Sie berührt Stacys Haare und befühlt den Stoff meines Kleides, danach bedeutet sie Dave mit einer Geste, er habe sehr breite Schultern. Sie sagt etwas zu ihm.

Graham übersetzt. »Meine Freundin möchte wissen, wie viel Sie im Jahr verdienen.«

Dave zuckt mit den Achseln. »Jenny und ich können ganz anständig davon leben.«

Graham übersetzt den Dialog. »Wie viel genau?« Als keiner von uns beiden antwortet, lacht er. »Daran müssen Sie sich gewöhnen. Sie werden feststellen, dass jeder in China wissen will, wie hoch Ihr Einkommen ist.«

Die Frau weist uns einen Tisch zu und ruft etwas über ihre Schulter in Richtung Küche. Prompt erscheint ein junges Mädchen, das uns eine Platte mit gekochten Tintenfischen bringt. Binnen Minuten werden Schalen und Schüsseln aufgefahren: Schweinefleisch in einer kräftigen roten Soße, Reisnudeln mit geschnetzeltem Rindfleisch, scharfe grüne Bohnen und Tofu mit gewürfeltem Huhn. Sie bringt uns zwei Flaschen warmes Tsing-Tao-Bier, das sie auf vier Gläser verteilt.

»Jenny hat mir erzählt, dass Sie in China Handel treiben«, sagt Dave.

»Früher schon«, erklärt Graham. »Sicherheitsvorrichtungen für Baukräne. Während der achtziger Jahre, im Zuge von Deng Xiaopings Reformen, wurde im ganzen Land wie verrückt gebaut. Geschäfts- und Wohnkomplexe schossen überall wie Pilze aus dem Boden. Ausländer und chinesische Unternehmen konnten sich damals gleichermaßen eine goldene Nase verdienen. Meine Firma erhielt den Auftrag, dafür zu sorgen, dass die Kräne sicher für die Bauarbeiter waren.«

»Was hat Sie bewogen, aus einem so lukrativen Geschäft auszusteigen?«

»Der Drei-Schluchten-Damm. Die Regierung lobte die Vorzüge des Staudamms über den grünen Klee und die Leute scheffelten Geld wie Heu. Ich gestehe, dass ich ebenfalls Dollarzeichen in den Augen hatte, genau wie alle anderen. Doch je mehr ich über das Projekt las, desto größer wurden meine Bedenken.«

»Was ist dagegen einzuwenden, wenn man mit Hilfe des Damms Energie gewinnt?«, fragt Dave. »Und die Überschwemmungen in Schach hält?«

Graham zuckt mit den Schultern. »Sagt man. Und vielleicht stimmt es auch, in gewissem Maß. Doch letztendlich ist der Preis zu hoch, den man dafür zahlt. Ich bin dutzende Male auf diesem Fluss hin und her gefahren. Ich kann mir nicht vorstellen, dass man ihn einfach ›zustöpselt‹. Das wäre eine Schande.«

Die Unterhaltung erstirbt. Um uns herum die Geräusche der Stadt: Auf den Straßen schrillen hunderte von Fahrradklingeln. Verkäufer preisen den Passanten marktschreierisch ihre Waren an. Einige ältere Männer sitzen direkt an der Türschwelle an einem Tisch und spielen Mahjongg, setzen klackernd die Steine und verkünden mit lauten, erregten Stimmen die erreichte Punktzahl. Hin und wieder brechen sie in Gelächter aus. Jenseits des roten Vorhangs, der den Speiseraum von der Küche trennt, geht Geschirr zu Bruch. Stacy betrachtet ihr Bier, ohne es zu trinken, und ich schiebe einen Fischkopf auf meinem Teller hin und her. Das tote Auge starrt mich an. Graham wirkt gedankenverloren. Dave spitzt mittlerweile die Ohren, sieht sich um, nimmt seine Umgebung mit allen Sinnen wahr. Er blüht auf, wenn Chaos herrscht. Je lauter es ringsum zugeht, desto besser kann er sich konzentrieren. Ich erkenne an der Art, wie er seine Essstäbchen fein säuberlich rechts und links neben seinen Teller legt, als wären es Löffel und Gabel, und die Serviette auf seinem Schoß zurechtrückt, dass er sich anschickt, eine ganze Batterie von Fragen abzufeuern.

»Wie ich hörte, leiden Sie unter der Lou-Gehrig-Krankheit, Graham.« Ich versetze Dave einen leichten Fußtritt unter dem Tisch, doch er fährt ungerührt fort. »Haben Sie Schmerzen?«

Weit davon entfernt, sich überrumpelt zu fühlen, scheint Graham die Frage nicht das geringste Unbehagen zu bereiten. »Ja, ziemlich oft sogar. Im Augenblick nicht, doch es vergeht kaum eine Woche, in der sie mich nicht irgendwann heimsuchen. Das Schlimmste an ALS ist nicht der Muskelschwund an sich, sondern die Nebenwirkungen, die damit einhergehen, die Beschwerden und Schwellungen, die nicht abklingen wollen.«

»Gott, das klingt ja schrecklich«, sagt Stacy. Sie kämpft mit einem Stück Tintenfisch, das zwischen ihren Stäbchen wegrutscht und auf ihrem Schoß landet.

»Wie geht man damit um?«, fragt Dave.

»Zuerst konnte ich gar nicht damit umgehen. Ich weinte wie ein Kind, verkroch mich im Bett, mit der Fernbedienung und *Baywatch*. Der Fernseher lief Tag und Nacht, denn wenn es still wurde, war ich kurz vor dem Durchdrehen. Ich pflegte dazusitzen und mir vorzustellen, wie das Ende aussehen würde, an den Rollstuhl gefesselt, an Schläuche mit irgendeiner Nährflüssigkeit angeschlossen. Es dauerte ein paar Monate, bis ich wieder einen klaren Gedanken fassen und die Situation aus einer realistischen Warte überprüfen konnte. Ich gelangte zu dem Schluss, es sei das Beste, mein Leben jeden Tag zu genießen, solange es währt. Deshalb bin ich hier – um die Zeit, die mir noch verbleibt, in dem Land zu verbringen, das ich liebe.«

»Ich habe ein Buch über einen Mann mit dieser Lou-Gehrig-Krankheit gelesen«, sagt Stacy. Sie hat den Kampf mit den Stäbchen aufgegeben, nimmt ein Stück Tintenfisch in die Hand und katapultiert es in den Mund. »Es war sehr inspirierend.«

»Ich kenne es vermutlich auch«, sagt Graham. »Eine Weile verschlang ich sämtliche Veröffentlichungen über das Thema ALS. Ich konnte die Statistiken im Schlaf herunterbeten. Zwanzig Prozent der Betroffenen überleben die ersten fünf Jahre nach Ausbruch der Krankheit. Zehn Prozent schaffen zehn Jahre.« Er erwidert meinen Blick. »Doch ich habe nicht vor, herumzusitzen und Däumchen zu drehen, bis mich diese vermaledeite Krankheit zum Krüppel macht.«

»Vor einigen Jahren wurden wir zu einem Einsatz gerufen«, sagt Dave. »Selbstmordversuch. Eine neunundvierzigjährige Frau. Sie hatte versucht, sich an der Lampe in ihrem Esszimmer aufzuhängen, doch der Strick riss und ihre Tochter fand sie eine Stunde später auf dem Fußboden. Es stellte sich heraus, dass sie ALS hatte. Sie wollte einfach nicht mehr so weiterleben.«

Stacy räuspert sich. Graham blickt sich am Tisch um. »Kopf hoch, Freunde«, sagt er, doch sein Tonfall entbehrt jeder Munterkeit. Schweigen tritt ein. Graham hebt seine

Schale zum Mund und trinkt den Rest der Suppe aus. Die Bedienung ist unverzüglich an seiner Seite und füllt die Schale nach.

»Die Krankheit hat auch ihr Gutes. Ich habe gelernt, Schmerzen wieder in die richtige Perspektive zu rücken. Mit neunzehn lag ich nach einem Motorradunfall ein halbes Jahr in Gips, von Kopf bis Fuß. Dagegen kommen mir die letzten sechs Monate wie ein Sonntagsspaziergang vor. Ich habe eine höhere Schmerzschwelle erreicht, eine neue Messlatte, die ich bei allen anderen Schmerzen anlege. Ich werde euch zeigen, was ich meine.« Er sagt etwas zu der Bedienung, die ihm ein Streichholzbriefchen bringt. Graham zündet das Streichholz an, dann hält er es direkt unter seine geöffnete Handfläche. Die Spitze der Flamme berührt seine Haut, doch er zuckt mit keiner Wimper. Er bewegt das Streichholz nicht von der Stelle, bis es heruntergebrannt ist. Ich beuge mich vor und blase die Flamme aus.

»Bravo«, sagt Dave.

Graham streckt uns die Handfläche zur Begutachtung entgegen. Ein kleiner Fleck in der Mitte seiner breiten Hand ist angesengt. Das gesamte Bedienungspersonal umringt uns, veranstaltet ein Getöse. Ein hübsches junges Mädchen mit einer schmalen weißen Narbe, die sich vom linken Auge bis zur Wange erstreckt, deutet auf Graham und ruft »*Gweilo*!« Die alte Frau sagt etwas, was Personal und Gäste gleichermaßen zum Lachen bringt, dann scheucht sie alle von unserem Tisch weg.

»Ihr wisst jetzt, worauf ich hinauswill.« Graham verändert seine Sitzposition, sein Bein streift das meine. »Das

Bravourstück, das ich gerade vorgeführt habe, war natürlich unangenehm, doch was macht das, wenn man weiß, dass es in wenigen Sekunden vorbei ist? Chronische Schmerzen stehen auf einem ganz anderen Blatt. Da gibt es kein Entrinnen. Wenn ich heute auf den Neunzehnjährigen in seinem Gipskorsett zurückblicke, beneide ich ihn.«

Dave nimmt ein Stück Schweinefleisch in die Zange. »Ich denke, wir wären alle gerne noch einmal neunzehn.«

Dave betrachtet Graham von einer professionellen Warte aus, im unpersönlichen Licht der Vernunft. Dave ist nicht durch Emotionen belastet. Bei jedem Einsatz bekommt er schreckliche Dinge zu Gesicht. Seine Reaktion darauf ist professionell, zuverlässig, rational. Er sieht ein junges Mädchen mit einer Schusswunde und denkt: »Wie kann ich verhindern, dass sie verblutet?« Und wenn feststeht, dass sie keine Überlebenschance hat, denkt er: »Wie kann ich ihr die letzten Minuten erleichtern?« Wenn er mich anschaut, frage ich mich mitunter, ob er einen Menschen in mir sieht, der ein völlig überflüssiges, nutzloses Leben führt. Während er Leben rettet, berate ich Frauen mit Platin-Kreditkarten, welche Handtasche sie zu ihren maßgeschneiderten Seidenkostümen tragen sollten, welche Ohrringe zu ihren teuren Hermes-Tüchern passen. Manchmal kommt mir der Gedanke, ob er vielleicht deshalb ausgezogen ist: Mit den unablässigen Dramen seiner Arbeitswelt konnte ich einfach nicht konkurrieren.

»Und Sie?«, fragt Graham und sieht Dave an.

»Ich?«

»Welche Schmerzen waren die schlimmsten, die Sie jemals ertragen mussten?«

»Das kann ich Ihnen auf Anhieb sagen. Vor ein paar Jahren hatte ich einen angeknacksten Zahn. Daraus entstand irgendwann eine Wurzelentzündung. Der Zahnarzt, Dr. De Salvo, stocherte über eine Stunde in meinem Mund herum. Als er nämlich versuchte, den Zahn zu ziehen, zersplitterte er. Ihm blieb keine andere Wahl, als jedes Stück einzeln herauszuholen. Noch schlimmer war, dass der Eingriff ohne Betäubung stattfinden musste, weil sich die Entzündung direkt am Nerv befand. Als er endlich fertig war, kippte ich aus den Latschen. Als ich wieder zu mir kam, beugte er sich über mich und entschuldigte sich. Doch das war noch nicht das Schlimmste. Offenbar hatte er den Nerv freigelegt. Ich ging nach Hause, mit Medikamenten voll gepumpt, und irgendwann in der Nacht ließ die Wirkung der Schmerzmittel nach. Es war die Hölle!«

»Er weinte wie ein kleines Kind«, sage ich.

»Dieses ausgewachsene Mannsbild? Weinte? Kaum zu glauben«, sagt Stacy.

Woran ich mich aus jener Zeit am deutlichsten erinnere, ist die Intensität meiner Gefühle für Dave. Als er Schmerzen hatte, sah ich ihn, und uns, plötzlich mit anderen Augen. Auf einmal schien dieser Mann, der in jeder Situation vor Selbstsicherheit strotzte, verwundbar zu sein. Dave, der Retter, war auf mich angewiesen, wenn auch nur für eine kurze Weile. Vor Jahren hatte sich die Zuneigung, die ich für ihn empfand, in Liebe verwandelt, weil er für mich da war, als Amanda Ruth starb. Er hatte die richtigen Worte gefunden, um mich zu trösten, war ein treuer Begleiter in den ersten schrecklichen Tagen und Wochen nach ihrer Ermordung. Obwohl es furchtbar war, mit ansehen zu müssen, wie Dave litt, genoss ich seine Schwäche insgeheim. Ich wachte über ihn wie eine hingebungsvolle Mutter. Zum ersten Mal während unserer Ehe hatte ich das Gefühl, dass ich von ihm gebraucht wurde, die Situation unter Kontrolle hatte.

»Und was ist mit Ihnen?« Graham stößt mich mit dem Ellenbogen an. »Welche Schlüsselerfahrung hat Ihre Schmerzschwelle bestimmt?«

»Ich war vierzehn«, sage ich, bemüht, Grahams Blick auszuweichen, in der Gewissheit, dass mir jeder ansieht, wie sehr ich mich zu ihm hingezogen fühle, wie schwach meine Stimme klingt, wenn ich das Wort an ihn richte. »Es passierte in Alabama, beim Reitunterricht – Miss Linda brachte mir an jenem Tag bei, wie man im leichten Galopp reitet –, mein Pferd bäumte sich auf, warf mich ab und fiel auf mich drauf. Beckenbruch, Fraktur an beiden Hüften.«

Dave schaut mich an, als wäre ich eine Wildfremde, eine Passantin von der Straße. Graham beugt sich zu mir. Ich trage ein ärmelloses Kleid und spüre den groben Stoff seines Hemdes an meiner bloßen Schulter. »Weiter«, sagt er.

»An die Fahrt ins Krankenhaus, zur Notaufnahme, erinnere ich mich nur noch verschwommen. Doch die Sanitäter, die mich von der Rollliege auf einen kalten Metalltisch im Röntgenraum hievten, sind mir sehr deutlich im Gedächtnis geblieben. Dann ließen sie mich alleine, mit einer Krankenschwester, einer zaundürren Frau namens Ramona, die roch, als wäre sie seit zwanzig Jahren Kettenraucherin. ›So, Schätzchen, jetzt zählst du bis drei und dann werde ich dir dieses Ding unter den Allerwertesten schieben‹, sagte sie. Das war ein Trick. Bei zwei riss sie meine Hüfte hoch und schob die Röntgenplatte darunter. Dann drückte sie mein Becken nach unten und betätigte den Auslöser. Das war hundertmal schmerzhafter als der Sturz vom Pferd. Ramona machte zwölf Röntgenaufnahmen und jede schien ewig zu dauern. Das sind die schlimmsten Schmerzen, die ich jemals erlebt habe. Seither gab es nichts mehr, was sich auch nur annähernd damit vergleichen ließe.«

»Die Geschichte höre ich heute zum ersten Mal«, sagt Dave.

»Ist ja auch lange her.« Ich beiße in ein Dampfbrötchen mit Lotosmus. Die kernige Füllung ist ekelhaft süß und klebrig.

Graham wendet sich an Stacy. »Jetzt sind Sie an der Reihe.«

»Mir ist noch nie etwas Schlimmes widerfahren.«

»Das nehme ich Ihnen nicht ab. Irgendwann in Ihrem Leben haben Sie doch sicher Schmerzen gehabt.«

»Ehrlich. Mein Leben ist völlig ereignislos verlaufen.«

»Dann erfinden Sie doch etwas«, schlägt Dave vor.

Stacy blickt sich unsicher am Tisch um. Alle Blicke sind auf sie gerichtet. »Na gut. Ich werde eine Geschichte erzählen, eine von Anfang bis Ende erfundene. Ich lasse meiner Fantasie freien Lauf.«

»Umso besser«, sagt Graham.

Sie holt tief Luft. »Das Schlimmste, was ich je erlebt habe, waren die Schmerzen während der Entbindung. Das ist ein paar Jahre her. Ich hatte nicht aufgepasst, war in schlechte Gesellschaft geraten, jede Menge Drogen und noch mehr Alkohol. Als meine Periode ausblieb, war mein Freund von der Bildfläche verschwunden.«

Sie zupft an ihren Fingernägeln, blickt keinen von uns an. »Ich bin also in der Klinik, habe seit ungefähr achtzehn Stunden Wehen und nichts passiert. Ich will nur noch eins, dass endlich Schluss ist. Ich bin überzeugt, dass ich bei der Geburt sterben werde. Die Schwestern im Kreißsaal, die Geburtshilfe leisten, reden mir gut zu, ich soll mich entspannen, richtig atmen, mich nicht verkrampfen, und meine Mom ist bei mir, hält meine Hand, versucht, mir Mut zu machen, doch ich habe ein Schmerzmittel erhalten und sie denkt, dass ich nicht mitbekomme, was sie zu der Schwester sagt: ›Ich begreife nicht, wie sie in diesen Schlamassel geraten konnte.‹ Ich begreife es selber nicht und denke an Jimmy und sein verdammtes Ducati Motorrad, und wie wir auf seiner Dukati die ganze Strecke von Detroit nach St. Louis fuhren, in schäbigen Absteigen schliefen, die reinsten Stundenhotels, und Heroin spritzten und keinerlei Verhütungsmittel benutzten, weil wir gar nicht auf die Idee kamen, weil keiner von uns beiden lange genug zu leben glaubte, dass solche Überlegungen noch eine Rolle spielten. Endlich steht die Geburt unmittelbar bevor. Ich weiß, dass es so weit ist, weil die Schwestern laut durcheinander reden, einer Panik nahe, und meine Mom einen hysterischen Anfall bekommt. Das Baby hat sich nicht gedreht, hat nicht die richtige Lage für den Eintritt in den Geburtskanal und ich höre, wie eine Stimme sagt: ›Wir müssen einen Kaiserschnitt machen.‹ Und dann stülpen sie mir eine Maske über Mund und Nase und das Gesicht meiner Mutter verblasst und alles verschwimmt vor meinen Augen und wird blau, mir ist, als befände ich mich auf dem Grund eines Schwimmbeckens. Als ich wieder zu mir komme, ist das Baby da und meine Mutter starrt die Kleine an, als käme sie von einem anderen Stern.«

Stacy weint, sie wischt sich das Gesicht mit dem Handrücken ab. »Ich sage zu der Schwester, dass ich das Baby auf den Arm nehmen will, und meine Mom sagt ›Schätzchen, das haben wir doch alles besprochen‹. Ich bestehe darauf und die Schwester reicht es mir und ich staune über dieses Lebewesen, so klein und vollkommen, das überhaupt nicht so kaputt aussieht, wie ich befürchtet hatte, das gar nicht so aussieht, als wäre es von mir. ›Ich möchte sie nur ein paar Tage bei mir behalten, sie ist doch noch so klein‹, sagte ich. ›Bitte.‹ Ich spielte mit dem Gedanken, sie mit nach Hause zu nehmen, in das Haus meiner Mutter, und sie in ein Kinderbettchen zu legen. Ich wollte sie natürlich nicht für immer behalten, meine Eltern und ich hatten bereits darüber gesprochen, dass ich zu jung war, mein eigenes Leben auf die Reihe bringen sollte und so. Doch ich dachte, wie schön es sein müsste, sie bei mir zu haben, nur eine kleine Weile. ›Das ist keine gute Idee‹, meinte die Schwester. Und dann sagte meine Mom: ›Reiß dich zusammen, Stacy.‹«

Stacy schluchzt inzwischen hemmungslos und sieht uns an, als wären wir Geschworene bei Gericht oder die Krankenschwester, die Geburtshilfe geleistet hatte, oder ihre Mutter, als hätten wir ein Wörtchen bei der Lösung des Problems mitzureden. »Ich nahm sie nicht mit nach Hause. Ich hielt sie eine kleine Weile im Arm und dann nahm die Schwester sie mir weg und jemand schob mich auf der Liege in mein Zimmer zurück. Am nächsten Tag war ich wieder zu Hause bei meinen Eltern, aß Stampfkartoffeln und Roastbeef an ihrem Tisch und hatte mit jedem Atemzug das Gefühl, als würden die Wundnähte platzen. Mein Vater redete über Aktienoptionen und keiner erwähnte auch nur ein einziges Mal das Baby.«

Dave reicht Stacy eine Serviette, damit sie sich die Augen trocknen kann. Als er sich zu ihr beugt und ihr etwas ins Ohr flüstert, weiß ich tief in meinem Innern, mit einem mulmigen Gefühl im Bauch, dass Dave bis zum Ende der Reise unerreichbar für mich ist. Wie die Frau, die er aus dem brennenden Autowrack auf den Palisades gerettet hat, bietet Stacy ihm etwas, womit ich nicht aufzuwarten vermag – ein unverhohlenes Bedürfnis nach Balsam für die wunde Seele. Dave fühlt sich von diesem Bedürfnis genauso berührt wie andere Männer von der Schönheit einer Frau.

Sie blickt uns an, einen nach dem anderen, versucht, ein unbeschwertes Lächeln aufzusetzen. »Wie ich bereits sagte, eine von Anfang bis Ende erfundene Geschichte.« Ich erwidere das Lächeln, gebe vor, ihr zu glauben.

Es ist beinahe Mitternacht, als wir mit dem Essen fertig sind. Graham ruft ein Taxi herbei, ein winziger Lieferwagen mit Behelfssitzen. Er nimmt auf einem Plastik-Gartenstuhl neben dem Fahrer Platz und Dave lässt sich hinten auf einer alten Tiefkühlbox nieder. Dazwischen steht eine verschlissene Sitzbank, kaum groß genug für zwei, die Stacy und ich uns teilen. Der Lieferwagen hat nur einen Scheinwerfer. Während wir durch die Dunkelheit schaukeln, holpernd, bremsend, schaltend und mit quietschenden Reifen, klammere ich mich mit klopfendem Herzen an der Rücklehne des Fahrersitzes fest. Durch ein Loch im rostigen Boden des Lieferwagens, das so groß ist wie mein Schuh, ist die Straße sichtbar. Dave, hinter uns, scheint die Fahrt zu genießen, stößt jedes Mal einen Freudenschrei aus, wenn wir in ein Schlagloch geraten. Einmal, als es den Anschein hat, als würden wir umkippen, ergreift Stacy meinen Arm, um ihr Gleichgewicht zu bewahren. Unsere Blicke treffen sich. Sie hält sich eine Sekunde zu lange an mir fest, lächelt leise und zieht errötend ihre Hand weg. Ihr Knie streift das meine. Ein vertrautes Prickeln strömt durch meine Adern. *Sie weiß Bescheid*, denke ich. *Hat sie ähnliche Erfahrungen gemacht?*

Das Taxi setzt uns am Kai ab. Graham bleibt zurück, um zu bezahlen, und als Stacy vorausgeht, sagt Dave leise zu mir: »Sie muss sich diese Sache von der Seele reden.«

»In Ordnung«, sage ich, wie jedes Mal, wenn sein Piepser um zwei Uhr morgens ertönte, wie jedes Mal, wenn die Frau aus Chelsea anrief. »Hallo, Jenny. Ich bin's schon wieder. Tut mir Leid, dass ich so spät noch anrufe.«

Dave läuft voraus, um Stacy einzuholen. Sie bleibt stehen, sagt etwas, was ich nicht hören kann. Die beiden treten auf das Schwimmdock, das zur *Red Victoria* führt. Mit jedem Schritt fühle ich, dass er mich nicht nur körperlich, sondern auch in Gedanken verlässt. Bis er das Schiff erreicht, wird er mich völlig vergessen haben.

Graham wechselt ein paar freundlich klingende Worte mit dem Fahrer, dann nimmt er meine Hand, als sei das die natürlichste Sache der Welt. »Schau«, sagt er und dreht sich um, wirft einen Blick auf Nanjing. Die ganze Stadt ist ein einziges Lichtermeer, der Vollmond glüht rot, der Fluss wogt an uns vorüber, die Bohlen des Schwimmdocks knarzen und quietschen.

»Könnte jede beliebige Stadt sein, findest du nicht?«

Er hat Recht. Wir könnten uns in jeder beliebigen Stadt, in jedem beliebigen Land befinden. Nachts hört es irgendwie auf, China zu sein. Bei diesem Licht fühle ich mich nicht so fern von zu Hause. Stacy und Dave hat der Nebel verschluckt. Ihre Stimmen werden nur noch einen Augenblick lang zu uns herübergetragen, dann verklingen sie. Graham lässt meine Hand los und legt seinen Arm um mich.

»Bin ich der Einzige?«, fragt er.

»Der Einzige was?«

»Der sich einbildet, du könntest auch etwas für mich empfinden?«

»Darauf kann ich nicht antworten.« Die Nacht ist warm und schwül, ein Schweißtropfen rinnt an meiner Wirbelsäule hinab. Mein Herz beginnt zu rasen, mein Atem geht schnell. Ich habe Angst, etwas zu sagen, habe Angst, mich ihm völlig auszuliefern, wenn ich meine Empfindungen offenbare. Schließlich sehe ich ihn an. »Wie soll es weitergehen?«

»Wir haben dreizehn Tage. Lass uns das Beste daraus machen. Natürlich ist da noch dein Mann. Er ist ein netter Kerl.«

»Du meinst den netten Kerl, der gerade mit einer anderen Frau verschwunden ist?«

»Ich möchte niemandem ins Gehege kommen.«

»Er ist vor zwei Monaten ausgezogen.«

»Freut mich zu hören, auch wenn es egoistisch klingt. War die Trennung abzusehen?«

»Nicht wirklich. Eines Abends kam er spät nach Hause, stellte eine Tüte mit verschiedenen Gerichten vom Chinesen auf den Tisch und sagte: ›Unsere Beziehung ist am Ende.‹«

Ich erinnere mich, wie leidenschaftslos Daves Stimme geklungen hatte, bar jeder Gefühlsregung. Als würde er mir mitteilen, die Zeitung sei heute Morgen nicht gekommen oder das chinesische Restaurant habe seine Preise erhöht. Was die ganze Sache noch verschlimmerte, war, dass ich aufgeblieben war und auf ihn gewartet hatte, in einem neuen Spitzennachthemd, um ihn nach allen Regeln der Kunst zu verführen. Falls er das Nachthemd bemerkte, ging er mit keinem Wort darauf ein. Ich frage mich, ob nicht das Nachthemd selbst ihn bewog, an jenem Abend einen Schlussstrich zu ziehen. Vielleicht wurde ihm bei seinem Anblick bewusst, dass ich versuchte, unsere Ehe zu retten; vielleicht machte ihm der Gedanke Angst.

»Was hast du darauf gesagt?«

»Nichts. Ich habe lediglich den Reis aus der Pappschachtel auf eine Servierplatte gekippt.« Wir saßen auf dem Sofa, sahen fern und aßen stumm. Conan O'Brien interviewte einen vierjährigen Jungen, der Kraft-Käse-Cracker so zurechtknabbern konnte, dass sie den Umrisslinien aller fünfzig amerikanischen Bundesstaaten glichen.

»Die Chinareise war nicht seine Idee, ich habe ihn gebeten, mich zu begleiten. Es gelang mir, ihn zu überzeugen, dass wir einen letzten Versuch unternehmen sollten, unsere Beziehung doch noch zu retten.« Mir ist elend, als ich mich daran erinnerte, wie ich Dave eines Abends unangemeldet in seiner Wohnung auf der anderen Seite des Parks aufgesucht hatte. Ich sah verhärmt aus, eine Folge des Schlafmangels. Ich saß länger als eine Stunde auf dem Sofa, umklammerte seine Hand und betete eine Litanei von Gründen herunter, die dafür sprachen, dass wir uns gemeinsam bemühten, die Probleme in den Griff zu bekommen. Ich wollte wissen, ob er mich noch liebe. Er schwieg, zwei geschlagene Minuten lang. Ich weiß, dass es zwei waren, weil ich auf die Uhr sah und der Minutenzeiger mit unerträglicher Langsamkeit auf dem weißen Zifferblatt vorrückte. »Ja«, antwortete er schließlich.

»Dann schuldest du uns einen letzten Versuch, findest du nicht?«

»In Ordnung«, räumte er ein. »Doch ich kann nichts versprechen.«

Ich schildere Graham die Szene. Er hört schweigend zu. Am Ende der Geschichte stelle ich überrascht fest, dass ich über die Vorstellung lache, wie ich dort auf dem Sofa saß, eine halbe Packung Kleenex verbrauchte und bettelte. »Erniedrigend.«

»Und was ist mit diesem letzten Versuch, deine Ehe zu retten? Funktioniert es?«

»Hin und wieder ergreift Dave die Initiative, sieht mich auf bestimmte Weise an oder macht eine Bemerkung, die mich glauben lässt, dass ihm doch noch etwas an mir liegt. Dann geht er jedoch wieder auf Distanz und ich spüre, dass es keine Hoffnung für uns gibt. Vielleicht fehlt uns etwas, was andere verheiratete Paare haben. Ich weiß allerdings nicht, was das sein sollte.«

»Wenigstens habt ihr es versucht. Das ist doch schon etwas.«

»Warst du jemals verheiratet?«

»Ungefähr zehn Minuten lang, mit fünfundzwanzig.«

»Was ist passiert?«

»Ich war egoistisch, was Zeit und Raum für meine persönlichen Belange anging. Und meine Reisen. Ich reiste für mein Leben gerne und wollte mich nicht einengen lassen. Ich war gerne alleine. Das Single-Dasein kam mir optimal vor, bis vor nicht allzu langer Zeit. Als ich krank wurde, sehnte ich mich nach jemandem, der zu mir gehört. Vielleicht wäre es besser gewesen, mir schon vor langer Zeit jemanden zu suchen, mich häuslich niederzulassen. Dann wäre sie jetzt bei mir. Ich müsste mich dem, was auf mich zukommt, nicht alleine stellen.«

Er drückt meine Schulter. Ich weiß nicht, was ich antworten soll, deshalb lege ich stumm meine Arme um seine Taille und halte ihn fest. Es ist ein seltsames Gefühl, einen Mann zu umarmen, der nicht mein Ehemann ist.

»Wenn wir nicht aufpassen, lässt uns das Schiff hier zurück«, sage ich schließlich.

»Das wäre nicht schlecht. Du, ich, Nanjing, ein Hotel für Ausländer mit allem Komfort.«

Ich löse mich von ihm und gehe den Kai entlang. Er folgt mir. »Ich habe dir gerade meine Lebensgeschichte erzählt. Bekomme ich nicht einmal einen Kuss?«

»Ich bin seit zwölf Jahren verheiratet«, sage ich, über die Schulter. »Lass mir Zeit.«

Als ich zurückblicke, hat er seine Hände in die Taschen geschoben und blickt zu Boden, geht langsam, wie ein Mann, der noch keine Lust hat, seinen Bestimmungsort zu erreichen. »Das ist genau das, was ich nicht habe.«

* * *

Als wir wieder in unserer Kabine sind und im Bett liegen, sagt Dave: »Warum hast du mir nie etwas von dem Reitunfall erzählt?«

»Ist mir irgendwie entfallen. Verglichen mit dem, was du jeden Tag bei deiner Arbeit zu Gesicht bekommst, ist das ein Klacks.« Ich denke an Stichwunden, Autounfälle, häusliche Gewalt. Ich denke an die schwelenden Überreste des World Trade Center und an Dave in seiner Ambulanz, der damals, vor drei Jahren, zum Schauplatz des Grauens fuhr, und wie sich mir der Magen umdrehte, als ich im Fernsehen die Live-Übertragung von den einstürzenden Türmen und fliehenden Menschen sah, die Gesichter, Kleider und Haare von einer surrealistisch anmutenden rosa-grauen Asche bedeckt. Als ich damals rastlos in unserer Wohnung hin und her lief, um Daves Leben fürchtete und verzweifelt auf das Läuten des Telefons wartete, liebte ich ihn mehr denn je. Ich gelobte Gott, meine Ehe zu kitten, meinen Mann bis zum Ende meines Lebens zu lieben und den Treueschwur zu erneuern, wenn er mir Dave unversehrt zurückbrächte. Das Versprechen bewährte sich über mehrere Monate. Doch am Ende schlich sich wieder das alte Unbehagen ein, die Streitereien wegen jeder Kleinigkeit und wir taten uns beide schwer, die Anwesenheit des anderen in der gemeinsamen Wohnung zu ertragen. Wir gaben uns Mühe, doch wir schafften es nicht, unsere Unzufriedenheit zu verbergen.

»In Manhattan habe ich noch nie einen Reitunfall zu Gesicht bekommen«, sagt Dave lachend. »Eine Katastrophe hoch zu Ross wäre eine neue interessante Herausforderung.« Er rollt zu mir herüber und küsst mich auf die Wange. »Gute Nacht.«

»Gute Nacht.«

Der Kuss ist platonisch, aber ein Kuss ohne Frage – die netteste Geste sein Monaten. Ich kann mich des Gefühls nicht erwehren, dass wir uns stillschweigend auf einen Waffenstillstand verständigt haben.

Und dann setzt er sich abrupt im Bett auf. »Du weißt doch, dass ich nur versuche, Stacy zu helfen.«

»Ja.«

»Gut.« Er legt sich wieder hin. Wenige Augenblicke später ist er eingeschlafen. Ich betrachte ihn im schummrigen Licht, die klaren Linien seines Gesichts, die Haare, die weich über seine Stirn fallen. Das Schiff schaukelt sanft. Heute ist Red-Bingo-Abend und ich höre das leise Murmeln der Passagiere, die oben an der Veranstaltung teilnehmen. Ich stelle mir Graham in seiner Kabine vor, die unserer vermutlich aufs Haar gleicht, mit Ausnahme eines kleinen Unterschieds im Farbschema. Ich stelle ihn mir im Bett vor, auf die Seite gedreht, den Arm um ein Kopfkissen geschlungen. Ich frage mich, ob er im Bett Socken trägt. Ich frage mich, ob er duscht, bevor er sich zur Ruhe begibt. Schläft er in seiner Unterwäsche? Spricht er im Schlaf? Dann fällt mir ein, dass er gesagt hat, er leide unter Schlaflosigkeit, und ich ändere das Bild: Er blickt aus dem Bullauge, auf den blass-orangefarbenen Mond. Ich stelle mir vor, wie seine Hand unter die Bettdecke gleitet, sich findet, sich in einem einsamen Rhythmus bewegt. Sein Mund öffnet sich. Ein kaum hörbares Stöhnen dringt über seine Lippen.

Dave schnarcht leise. Das Schiff bewegt sich sacht hin und her, eine riesige Wiege, die durch die Nacht schaukelt.

8

Nachts nimmt der Fluss eine silberne Färbung an, die Berge spiegeln sich schimmernd im Wasser, die Luft ist kühl und feucht. Das ist das China, nach dem sich Amanda Ruth immer gesehnt hatte, ihre mondhelle Landschaft, das Reich der Drachen. Die Dörfer, die wir passieren, wirken wie verzaubert in der Dunkelheit, herausgeputzt und pulsierend, während sie tagsüber schmutzig, mit Menschen überfüllt und von der Industrie ausgelaugt erscheinen. Häuserzeilen ducken sich wie Tiere, denen der Hunger die Kraft genommen hat, und in der Luft liegt der beißende Geruch glühender Kohlen. Der Nebel vermischt sich mit der schwarzen Asche und dem Qualm der Fabriken. Bei jedem Atemzug muss ich meine ganze Kraft aufbieten.

Der Tag ist Daves bevorzugte Zeit. Mit Elvis Paris als Reiseleiter marschieren wir durch uralte Dörfer, lassen uns von einer absonderlichen Touristenfalle zur nächsten schleppen. Wir könnten ein x-beliebiges Ehepaar sein, das bunt bemalte Buddhas, baufällige Tempel und zubetonierte Parks besichtigt. Stacy ist stets an unserer Seite. Eines Nachmittags, als gerade eine ehemals berüchtigte Opiumhöhle auf unserem Programm steht, erzählt sie uns von ihren eigenen Suchtproblemen, Drogen und Alkohol.

»Ich bin seit sechs Monaten trocken«, sagt sie. »Das ist der wahre Grund meiner Reise. Meine Eltern wollten mich unbedingt aus meinem alten Bekanntenkreis herausbringen.«

Dave lebt auf bei ihren Worten, mustert sie so interessiert, als wäre sie einer seiner Notfälle, und ich weiß, dass er verstohlen nach Einstichstellen, blutunterlaufenen Augen und anderen Zeichen des Verfalls Ausschau hält, Zeichen, die darauf hinweisen, dass sie wieder rückfällig geworden ist. Danach widmet er ihr noch mehr Aufmerksamkeit, behält sie ständig im Blick, als könnte er jeden Moment gefordert sein, sie vom Rande eines Abgrunds zurückzureißen.

Hin und wieder macht Dave einen Scherz, dessen Bedeutung nur wir beide kennen, oder spielt auf eine Situation aus der Vergangenheit an, unsere gemeinsame Lebensgeschichte heraufbeschwörend. In solchen Augenblicken, wenn wir durch die Straßen gehen, in denen es von Menschen wimmelt, bemüht, den grünen Wimpel im Blick zu behalten, um den Anschluss an die Gruppe nicht zu verlieren – in solchen Augenblicken vergesse ich leicht, wie es mittlerweile um unsere Beziehung bestellt ist: dass wir nicht mehr miteinander schlafen, dass wir Worte mit Ecken und Kanten wählen, die verletzen. Einen Moment lang gestatte ich mir zu glauben, dass ich Dave letztlich doch zurückgewinnen könnte. Doch als ich ihn nach der Rückkehr in unsere Kabine zu küssen versuche, schließt er den Mund sofort und weicht zurück. Es ist der fünfte Abend unserer Kreuzfahrt. Die Zeit läuft mir davon.

»Wie sieht das Programm für morgen aus?«, fragt er und dreht mir den Rücken zu, während ich mich entkleide.

Ich blättere in der Broschüre. »Tempel. Die weltberühmten hängenden Särge. Eine traditionelle chinesische Oper.«

Er stellt seine Schuhe fein säuberlich nebeneinander an das Fußende des Bettes und legt die getragenen Socken zusammen, bevor er sie in den Wäschekorb wirft. »Ich wünschte, ich wäre in New York.« Als er meine Enttäuschung sieht, fügt er hinzu: »Tut mir Leid. Es macht mir Spaß, ehrlich. Es ist nur – das Reisen. Eine Belastung für den gesamten Körper.«

Ich knöpfe meine Bluse auf, enthülle einen neuen schwarzen Büstenhalter, mit roten Bändern besetzt, den ich in meinem Optimismus für die Reise gekauft habe. Dave wirft einen flüchtigen Blick auf den Büstenhalter, dann schaut er weg, als hätte er nichts bemerkt. »Ich schätze, wir müssen morgen wieder früh aufstehen.« Er beginnt, seine Kleidung für den nächsten Tag herauszulegen. Plötzlich schäme ich mich meines Körpers in Gegenwart dieses Mannes, der keine Verwendung für ihn hat, und gehe ins Bad, um mich auszuziehen.

»Wie hat dir das Abendessen geschmeckt?«, fragt er durch die geschlossene Tür. »Die Klöße waren nicht schlecht.«

Am liebsten hätte ich losgebrüllt »Das ist das Ende unserer Ehe und du willst dich mit mir über Klöße unterhalten?«. Stattdessen drücke ich einen Klecks Zahnpasta auf die Zahnbürste und putze mir die Zähne. Als ich das allabendliche Ritual vor dem Schlafengehen beendet habe, liegt Dave bereits mit geschlossenen Augen im Bett, atmet langsam und gleichmäßig.

Ich setze mich auf die Bettkante, stupse ihn an der Schulter. »Dave?«

»Hmmm.« Er öffnet kurz die Augen, schließt sie wieder und rollt auf die Seite, das Gesicht zur gegenüberliegenden Wand gedreht.

»Können wir miteinander reden?«

»Es ist schon spät«, stöhnt er. »Morgen.«

»Morgen kümmerst du dich um Stacy.«

Er öffnet die Augen gerade lange genug, um zu sagen »Ich bin fix und fertig«. Binnen Sekunden ist er wieder eingeschlafen.

Während ich ihn betrachte, spüre ich eine Veränderung in mir, eine innere Verwandlung. Ich fühle mich mit einem Mal älter und weiser, scharfsinniger und klarer. Ich ziehe im Dunkeln mein Nachthemd wieder aus, streife ein lose geschnittenes Kleid über meine Schultern und befestige im Dunkeln die Riemchen meiner Sandalen. Ich spüre ein Prickeln an allen Stellen, die meine Finger berühren, selbst in den Füßen, als meine Hand sie streift. Als ich die winzigen Knöpfe an der Vorderseite des Kleides schließe, werden meine Brustwarzen hart. Der Gedanke an Sex beherrscht all meine Sinne.

Ich finde Graham an Deck. Er steht an der Reling, wartet auf mich.

»Du bist gekommen«, sagt er.

»Ja.«

»Das überrascht mich.«

»Warum?«

»Ich dachte, dass nach reiflicher Überlegung die Vernunft siegen würde.«

Er hat mich noch kein einziges Mal geküsst. Doch der Art, wie er neben mir steht, wie sich unsere Ellenbogen auf der Reling berühren oder sich unsere Oberarme manchmal aneinander schmiegen, wenn wir sitzen, wohnt etwas sehr Intimes inne, als hätten wir uns schon hundertmal geliebt. Ich rücke unnötigerweise hin und her, um die Lücke zwischen uns zu schließen, streiche meine Haare aus dem Gesicht, damit meine Hand beim Senken des Arms der seinen näher ist.

»Deine Freundin«, sagt er. »Amanda Ruth. Wie starb sie?«

»Sie wurde erdrosselt.«

»Wer war der Täter?«

Seine Worte erinnern mich an die Schlagzeilen in der regionalen Tageszeitung vor vierzehn Jahren. »College-Studentin Ermordet: Wer War Der Täter?«, stand an dem Tag, als man Amanda Ruths Leiche fand, in Großbuchstaben auf der ersten Seite. Am nächsten Tag brachten sie die gleiche Schlagzeile, nur war sie dieses Mal größer und mit einem Untertitel versehen: »Polizei Verhört Chinesischen Vater.« Am dritten Tag wieder der gleiche Wortlaut, in noch größerer Aufmachung, als würde das Rätselraten die Meldung interessanter machen. Und dieses Mal erschien ein neuer Untertitel, noch unheilvoller: »Verdacht Auf Lesbisches Dreiecksverhältnis.« Als ich in meinem alten Zimmer im Haus meiner Eltern saß und die Zeitung anstarrte, dachte ich automatisch an Allison, Amanda Ruths Freundin in Montevallo, die ich am Abend vor dem

Mord bei einem gemeinsamen Essen kennen gelernt hatte. Erst dann kam es mir: *Dreiecksverhältnis.* Eine dritte Person. Bin ich damit gemeint?

Ich erzähle Graham nichts von dem Menschen, der in meinen Augen das einleuchtendste Tatmotiv hatte, über das ich jedoch nicht nachzudenken wagte, weil ich die Vorstellung nicht ertragen konnte, Amanda Ruth könnte von jemandem ermordet worden sein, dem sie so uneingeschränkt vertraute. »Müssen wir darüber reden?«

»Tut mir Leid.« Er legt seine Hände auf meine Schultern, sein Kinn ruht auf meinem Scheitel. Er holt tief Luft und ich spüre, wie ich dahinschmelze. Minuten vergehen.

»Warum bin ich dir nicht schon vor zehn Jahren begegnet?«, sagt er schließlich.

»Es hätte nicht geklappt mit uns beiden.«

»Woher willst du das wissen?«

»Vor zehn Jahren war ich zweiundzwanzig. Und du warst dreiundvierzig. Da war ich noch nicht trocken hinter den Ohren.«

»Du hast Recht. Dann vor fünf Jahren.«

»Siebenundzwanzig und achtundvierzig. Immer noch ein krasser Altersunterschied. Ich wäre deine Midlifecrisis gewesen. So etwas geht nie gut.«

»Vielleicht wären wir die Ausnahme von der Regel gewesen.«

Ein kleines Boot fährt vorüber, voll gepackt mit jungen Leuten. Die Jungen tragen glänzende bunte Hemden, die Mädchen dunklen Lippenstift und sehr kurze Röcke. Chinesische Popmusik plärrt aus den Lautsprechern. Ein junger Mann hebt sein Bier, prostet uns zu. »*Gambe!*«, ruft er.

»*Gambe!*«, ruft Graham zurück.

Das Boot verschwindet in der Dunkelheit, Musik und Gelächter wehen hinterher. Graham steht so nahe bei mir, dass ich spüre, wie sich sein Brustkorb mit jedem Atemzug hebt und senkt. Seine Hände gleiten langsam von meinen Schultern die bloßen Arme hinab, bis sie meine Finger umschließen. Er rückt noch näher, so dass mein Körper gegen die Reling gedrückt wird. Meine Knie werden weich. Eine zerfetzte Matratze driftet vorbei.

»Ich habe meinen Mann noch nie betrogen.«

Graham presst sich an mich. Seine Hände bewegen sich über meine Hüften, meinen Bauch. Der Mond ist dunkelrot, der Fluss schwarz, seine Finger sind heiß auf meiner Haut. »Ich bin dreiundfünfzig«, sagt er, den Mund an meinem Ohr. »Warum fällt mir keine bessere Formulierung als die abgegriffene ein, die ich gleich benutzen werde?«

»Und wie lautet die?«

»Ich möchte dich lieben. Hier und jetzt. Im Stehen.«

Ich spüre, wie sich Hitze zwischen meinen Beinen ausbreitet. Er legt seine Hand auf meine Taille und beginnt, die Knöpfe zu zählen, die nach unten führen. Es kommt mir wie eine Ewigkeit vor, bis er die Nummer vier erreicht hat, den Knopf öffnet und seine Hand in mein Kleid gleiten lässt. Es kostet mich meine gesamte Energie und Willenskraft, zu sagen: »Bitte nicht, noch bin ich verheiratet.«

Er schließt die Knöpfe wieder. »Warum bist du dann hier?«

»Es tut mir Leid.«

Er küsst mich auf die Stirn. »Geh zu Bett. Wir sehen uns morgen. Du wirst deine Meinung ändern, dessen bin ich mir sicher.«

Selbst als ich gehe, ohne einen Blick zurückzuwerfen, weiß ich, dass er Recht hat.

9

ERINNERST DU DICH, Amanda Ruth, wie ich dich auf den Boden zu ziehen pflegte? Der Fluss weckte dein Verlangen nach mir, deine Lider zitterten unter meinen Lippen. Es war die Hitze, die uns zusammenbrachte, wenn wir uns unserer Kleider entledigten, um uns Haut an Haut zu spüren, nackt auf den Holzplanken liegend, die sich durch die Hitze verzogen hatten. Meine Finger zeichneten die Schatten nach, die sich immer wieder neu unter deinen Brüsten bildeten. Als ich zum ersten Mal diese Elektrizität in dir kostete, brachte ich meinen Mund an deinen, um dich ebenfalls davon kosten zu lassen.

»Das bist du«, flüsterte ich und du wolltest mich nicht loslassen, sporntest mich an, dich leidenschaftlich zu küssen, bis wir die Stimmen deiner Eltern auf der Veranda vernahmen. Damals spürte ich etwas Unverfälschtes in mir, eine Wärme, die mich in dem Augenblick verließ, als ich von deinem Tod erfuhr. Doch nun kehrt sie zu mir zurück, diese Wärme, hier auf dem Fluss, bei Graham.

10

DIE *RED VICTORIA* LEGT SEITWÄRTS an dem Brückenkahn an, der uns an Land bringen wird, ein Knirschen von Metall auf Metall. Kurz danach sitzen wir uns paarweise gegenüber, bilden ein vierblättriges Kleeblatt: ein trügerischer Glücksbringer. Anhand der Anordnung – Stacy und Dave auf der einen, Graham und ich auf der anderen Seite – könnte man meinen, wir wären zwei glücklich verheiratete Paare.

Wir besteigen einen Bus unweit des Kais, der uns in die bewaldete Bergregion des Lu Shan hinaufbringt. Unsere erste Station ist der Dongling Tempel. In der Straße vor dem Tempel wimmelt es von Bussen und chinesischen Touristen. Straßenhändler haben alle Hände voll zu tun mit dem Verkauf von Filmen und Postkarten. Die Luft ist schwer vom aromatischen Duft des Weihrauchs. An einem Stand werden kleine, von Mönchen hergestellte schwarze Kunststoffkästchen feilgeboten. Wenn man das Ohr an die Schachtel legt und lauscht, hört man durch das elektrostatische Knistern schwache Klänge, den monotonen liturgischen Gesang der Mönche.

»Dieser Tempel ist Wiege von Reine-Erde-Schule in Buddhismus«, erklärt Elvis Paris durch sein Megaphon. Wir bahnen uns den Weg zum Eingang. »Ist beinahe zweitausend Jahre alt.« Er deutet auf große Schraubverschlussgläser, die rechts und links neben den Toren zum Tempel aufgestellt sind. »Wer will, darf Opfergaben für Götter machen.«

Nachdem mehrere Leute, Dave eingeschlossen, pflichtschuldig ein paar Münzen gespendet haben, lacht Elvis Paris. »Heute die meisten chinesischen Leute sind nicht für Aberglauben, doch vielleicht bringt Glück! Bringt sehr reich!« Er lacht abermals. »Bitte nicht Fotos in Tempel.«

Man kann sich vorstellen, wie der erlesen gestaltete, bunt bemalte Tempel in früheren, beschaulicheren Zeiten ausgesehen hat, wie prächtig er war und was für ein Gefühl des inneren Friedens er bewirkt haben könnte. Heute erinnern die Menschenmassen und die allgemeine Atmosphäre in der Tempelanlage an einen Rummelplatz. Einige Mönche in leuchtenden Gewändern stehen wie Türsteher auf den Schwellen, betrachten die Touristen gelangweilt und mit leicht ungehaltener Miene. Am Eingang zum Tempel kauft Graham einer alten zerlumpten Frau eine Packung Räucherstäbchen ab. Drinnen kniet er vor einem Altar am Fuß einer hoch aufragenden, goldenen Buddhastatue nieder und zündet eines nach dem anderen als Opfergabe an. Er stolpert beim Aufstehen. Ich ergreife seinen Ellenbogen und stütze ihn. »Alles in Ordnung?«

»Kommt manchmal vor, dass ich nicht ganz sicher auf den Beinen bin. Ist nicht weiter schlimm.«

Ich deute mit einem Kopfnicken auf die Räucherstäbchen, die auf dem Steinaltar glimmen. »Ich hätte nicht gedacht, dass du religiös bist.«

»Bin ich auch nicht. Aber es kann nicht schaden.« Als ich hochblicke, sehe ich, dass Dave uns aus der Ferne beobachtet.

Binnen zwanzig Minuten führt Elvis Paris seine Schutzbefohlenen zum Bus zurück. Stacy und Dave setzen sich nebeneinander und Graham und ich nehmen die Plätze hinter ihnen ein. Stacy hat ein schwarzes Kästchen erstanden. »Hör mal!«, sagt sie und hält es Dave ans Ohr. »Schließ die Augen und versuche, alle anderen Geräusche auszublenden.« Dave presst sein Ohr an das Kästchen.

»Hörst du es?«

»Ja.«

Stacy verstaut das Kästchen in ihrem Rucksack. »Ich glaube, ich werde Mönch, lebe in den Bergen und ernähre mich von Wurzeln und Beeren.« Ich sehe sie zum ersten Mal in einer kurzärmeligen Bluse. Ihre Arme sind von Narben übersät, die ein kompliziertes Flickwerk bilden. »Hattest du jemals den Wunsch, alles stehen und liegen zu lassen und auszusteigen? Ein völlig anderer Mensch zu werden?«

»Oft«, sagt Dave. Er blickt aus dem Fenster und ich frage mich, wer er wirklich ist, dieser Mann, den ich geheiratet habe. Könnte er tatsächlich alles aufgeben und ein neues Leben an irgendeinem unbekannten Ort beginnen? In meinen Augen war er immer der Beständige gewesen, der Fels in der Brandung. Doch nun stelle ich mir vor, wie er sich alleine, mit einem neuen Haarschnitt, einem einzelnen Koffer und seiner Kamera ausgerüstet, in einem schäbigen Motel in irgendeiner Stadt einquartiert, in der ich nie war – Detroit oder Philadelphia oder Montreal.

An dem Abend, als er mir eröffnete, dass er mich verlassen würde, ertappte ich mich dabei, wie ich ihn verstohlen musterte und mich fragte, ob ich ihn jemals wirklich gekannt hatte. Ich bemerkte plötzlich Dinge an ihm, die mir völlig neu waren: die Narbe quer über seiner Nase hatte ein winziges blaues Mal an der Spitze, der zweite Zeh an seinem rechten Fuß war länger als der erste. In jener Nacht holte ich die Videokamera aus ihrem Futteral. Er schlief und hatte die Decke ans Fußende des Bettes gestrampelt. Ich setzte mich in den ausladenden Ledersessel neben dem Fenster, drückte die Aufnahme-Taste und filmte ihn beim Schlafen. Ich wollte jede Einzelheit festhalten – die Lage seiner Beine, den anmutigen Bogen seiner Hand, die über die Kante der Matratze hing, den Rhythmus seiner Atemzüge.

Der Bus bahnt sich den Weg durch das Getümmel auf den Straßen, immer wieder muss er anhalten und anfahren. Dann erreichen wir die Außenbezirke von Jiujiang. Strohgedeckte Hütten und niedrige Betonbaracken säumen die Straße. Eine Frau in einem Mantel, langen Hosen und hohen Absätzen – ein merkwürdiger Anblick bei dieser unsäglichen Hitze – lehnt sich aus der Tür und ruft den Stadtbewohnern, die am Straßenrand stehen, unseren Bestimmungsort zu. Wenn ein potenzieller Mitfahrer das gleiche Ziel hat, läuft er einfach neben dem Bus her und die Frau schreit dem Fahrer etwas zu, der daraufhin das Tempo verlangsamt, bis der Passagier auf das Trittbrett gesprungen ist und sich an allem festhält, was er zu fassen bekommt.

Allmählich werden die Baracken und Strohhütten spärlicher, an ihre Stelle treten Häuser aus Kalkstein mit flachen Dächern, die hoch in den Bergen verstreut liegen und Überreste der Blütezeit britischer Kolonialmacht in China darstellen. Die chinesischen Passagiere springen furchtlos vom fahrenden Bus ab und tauchen im dichten Blätterwerk unter. Die Luft wird immer kühler, je höher wir in den Nebel hinauffahren. Eine Plantage mit Bananenstauden zieht sich den Hang entlang. Befreit vom Verkehrschaos in Jiujiang, fordert der Fahrer dem rostigen Bus Höchstleistungen ab. Die Straße verengt sich zu einer Abfolge von Haarnadelkurven, die wir so schnell durchfahren, dass ich sicher bin, wir werden ins Schleudern geraten und die Klippen hinabstürzen. Das Ganze erinnert mich an Familienausflüge zum Blue Ridge Parkway, als ich ein kleines Mädchen war – an meine Mutter, die meinen Vater anflehte, beide Hände am Steuer zu lassen, als er die schmalen Bergstraßen entlangraste und dabei einen Blick auf die bläulichen Wolken tief unter uns warf, mit einem einzigen Finger lenkend. Zweimal begleitete uns Amanda Ruth, als wir Ferien im Gebirge machten, und wir sangen während der Fahrt Kirchenlieder und spielten Steckbingo auf dem Rücksitz, während meine Mutter in ihrer Todesangst den Türgriff umklammerte und mein Vater Melodien von Kenny Rogers summte.

Je höher wir gelangen, desto üppiger wird die Vegetation. Hier wachsen Azaleen und Pfirsichbäume, Platanen und Trauerweiden. Wenn die chinesischen Regionen, die wir bisher gesehen haben, ein Sammelsurium aus Zement und Mörtel, Fabrikschloten und Kohlenstaub waren, ist der Lu Shan Berg der inspirierende Kern, der die chinesische Poesie und Malerei beflügelt hat. Ich wünschte, Amanda Ruth wäre hier, um dieses Panorama zu sehen. Die Spitzen der Pavillons lugen über die Wipfel der dicht bewaldeten Höhen und die Landschaft ist übersät mit Tempeln und Pagoden, die sich, wie Elvis Paris uns erzählt, auf die Tang-Dynastie zurückführen lassen. Der ganze Berg ist ein einziges Blütenmeer. Wasserfälle glitzern. Die Luft riecht leicht nach Tee.

Fotoapparate klicken und Videokameras surren, während Elvis Paris unsere Aufmerksamkeit auf verschiedene Wahrzeichen lenkt. Er deutet auf eine Bergkette mit fünf Gipfeln, die über den Bäumen aufragt, und sagt: »Winken Sie Fünf Alte Männer zu«, und dann, auf einen verschwommenen dunklen Fleck in der Ferne weisend, »Wer wagt, Höhle von Unsterbliche betreten?«. Ich stelle mir Elvis Paris in Khakishorts und armeegrünem Hemd vor, wie er als Steuermann im Bug eines der Boote steht, mit denen man den Disney-World-Dschungel erkundet und Touristen zur Affeninsel bringt.

Schließlich biegt der Bus in einen kreisrunden Parkplatz ein und hält mit quietschenden Reifen. Wir stolpern auf wackeligen Beinen ins Freie. Stacy faltet eine Karte auseinander und deutet auf eine Stelle, die sie mit einem roten X gekennzeichnet hat. »Die alte Teeplantage. Die möchte ich mir ansehen. Kommst du mit?«, fragt sie Dave.

»Klar.« Dann fällt ihm ein, dass ich ja auch noch da bin. »Was dagegen?«

Sobald die beiden außer Sichtweite sind, nimmt Graham meine Hand. »Also nur wir zwei, du und ich.«

»Sieht ganz so aus.«

»Hinter den Bananenstauden befindet sich ein herrlicher alter Pavillon«, sagt er.

Wir kommen an einem Wasserfall vorbei, der sein klares Wasser auf den Kopfsteinpflaster-Weg spritzt. Ich ziehe meine Schuhe aus, um die nassen Steine unter meinen Füßen zu spüren. »Wie fühlst du dich?«

»Spitze.«

»Ist das kein gutes Zeichen? Vielleicht besteht doch noch eine Heilungschance.«

»Das habe ich auch schon oft gedacht, doch das ist reines Wunschdenken. An den Tagen, an denen ich mich topfit fühle, leugne ich meinen Zustand, male mir Szenarien aller Art aus, in denen die ALS-Symptome abklingen oder die Ärzte feststellen, dass sie bei mir eine Fehldiagnose gestellt haben. Doch dann kommt unweigerlich der nächste Tag.« Er wölbt die Hände, um Wasser zu schöpfen, trinkt. »Probier mal.«

Ich halte meine Hände unter die Kaskaden; das Wasser kühlt meine Finger. Es schmeckt süß und frisch. »Wir könnten hier bleiben«, sage ich. »Noch einmal von vorne anfangen, wie Stacy meinte. Ackerbau betreiben, von dem leben, was die Erde hergibt. Ein Baumhaus errichten, wie die Schweizer Familie Robinson.«

Wir gelangen an den Pavillon. Von dort oben hat man einen atemberaubenden Blick, die ganze Welt scheint uns zu Füßen zu liegen. Graham streckt seinen Arm aus, deutet auf die Wahrzeichen, nennt ihre Namen. Im Osten befindet sich der milchig grün schimmernde Poyang See. Im Westen erstreckt sich eine weite Ebene, kreuz und quer von Getreidefeldern durchzogen. Im Norden verläuft der Jangtse, ein dichtes braunes, sich endlos abspulendes Band.

»Die Bezeichnung Jangtse ist eine ausländische Erfindung, wie du vielleicht weißt«, sagt Graham.

»Wie nennen die Chinesen ihn?«

»Chang Jiang.«

»Was heißt das?«

»Langer Fluss. Oder einfach Jiang. *Der* Fluss.«

Von hier aus hat er mehr Ähnlichkeit mit einem Ozean als mit einem Fluss. Neben ihm scheint jeder andere Fluss zu verblassen, ein netter Firlefanz, kaum mehr als ein Rinnsal. Ich denke an den Demopolis River, den ich als Kind so heiß geliebt habe. Wie belanglos dieses magere Gerippe von einem Fluss den Millionen von Menschen wohl vorkommen würde, die an den Ufern des Jangtse leben.

Graham bewegt sich hinter mir und legt seine Arme um meine Taille. Ich gestatte mir, mich einen Augenblick lang der Illusion hinzugeben, dass wir diese Reise gemeinsam unternommen haben, als Paar, dass wir gemeinsam nach Hause zurückkehren werden, dass wir schon viele Male auf diese Weise beisammen gestanden haben.

»Es gibt eine Legende, die sich um den berühmten Lushan Tee rankt«, sagt er. »Er durfte nur von Jungfrauen gepflückt werden. Es war der köstlichste Tee, den man sich nur vorstellen kann. Heutzutage wird in dieser Region kaum noch Tee angebaut. Die Leute haben sich auf den Export von Reis verlegt.«

Wir stehen schweigend da. Wohin mein Blick auch fällt, überall entdecke ich Staunen erregende Dinge – Wasserfälle, Höhlen und Baumgruppen in voller Blüte –, die mit dem Nebel, der über den Berg driftet, wie von Zauberhand erscheinen und verschwinden. »Ich komme mir vor wie in einem Landschaftsgemälde.«

»Oder wie im Traum.«

»Wie alt warst du bei deiner ersten Chinareise?«

»Fünfundzwanzig.«

»Warst du damals nicht verheiratet?«

»Doch, schon. Meine Frau stammte aus Beijing. Wir lernten uns in Sydney an der Universität kennen, Liebe auf den ersten Blick, mit allem, was dazugehört. China war damals ganz anders, eine Welt für sich. Auf dem Fluss herrschte kaum Verkehr. Es gab noch keine großen Kreuzfahrtschiffe. Wir mussten ziemlich lange schachern und feilschen, um auf einem chinesischen Dampfschiff mitgenommen zu werden.«

Ich habe bei unserer Fahrt flussaufwärts hunderte solcher Boote gesehen. Sie wirken klein und gedrungen im Vergleich zur *Red Victoria,* haben allerdings wesentlich mehr Passagiere an Bord. Oft liegen sie gefährlich tief im Wasser, so dass es den Anschein hat, als würden sie bei der nächsten unverhofften Welle untergehen. Wäsche hängt auf der Leine und bildet einen hohen Sonnenschutz an Deck. Während sich die Passagiere auf unserem Schiff in die voll klimatisierten Räumlichkeiten zurückziehen können, um kühle Cocktails zu schlürfen und die unbekannte Welt durch große Panoramascheiben vorübergleiten zu sehen, spielt sich das Leben der chinesischen Passagiere an Deck ab: dort machen sie ihre Tai-Chi-Übungen, essen, rauchen, singen, quetschen sich an die Reling und rufen vorbeifahrenden Schiffen Grußworte zu. Die chinesischen Reisenden scheinen sich an Deck heimisch zu fühlen, während man auf der *Red Victoria* meinen könnte, dass sich viele Passagiere mental bereits auf dem Rückflug befinden.

»Was hat dich ursprünglich bewogen, hierher zu kommen?«, frage ich.

»Unter dem Strich würde ich sagen, meine Mutter. Sie wollte abends immer in ihrem eigenen Bett schlafen, also kam sie nie über einen Umkreis von hundert Meilen um unser Haus in Perth hinaus. Als Kind wünschte ich mir verzweifelt, Sydney und Melbourne, Neuseeland und London kennen zu lernen, doch wenn wir ins Auto stiegen, um einen Ausflug zu machen, ging dieser nie über drei oder vier Stunden hinaus und je länger die Fahrt dauerte, desto kürzer war der Aufenthalt an unserem Zielort. Man hätte meinen können, meine Mutter besäße einen eingebauten Entfernungsmesser. Wenn eine bestimmte Grenze erreicht war, schrillte in ihrem Kopf eine Alarmglocke und sie sagte ›Wir sollten jetzt umkehren‹, selbst wenn wir nur noch einen Katzensprung vom achten Weltwunder der Moderne entfernt waren. Ich spürte gleichwohl immer, dass sie mit sich kämpfte. Vermutlich wäre sie gerne abenteuerlustig gewesen. Sie verschlang Reisebücher und konnte die ausgefallensten Einzelheiten über die Bewohner der Aleuten oder aus der Geschichte Islands erzählen.«

Graham vergräbt sein Gesicht in meinen Haaren. Ich spüre, wie sich mein Rücken an seine Brust schmiegt, wie wohl ich mich in seiner Umarmung fühle. Mein Instinkt sagt mir, dass ich mich von ihm fern halten sollte – die Kreuzfahrt dauert nur noch acht Tage, acht Tage, bis ich nach New York zurückkehre und er wieder nach Australien fliegt. Ich wüsste gerne, ob wir uns jemals wiedersehen werden, wenn diese Reise zu Ende ist. Ich stelle mir die Briefe vor, die ich ihm schreiben könnte, mit einer verhaltenen, jedoch aufrichtigen Erotik, entfacht durch die Entfernung. Ich stelle mir vor, dass seine Briefe allmählich in immer größeren Abständen eintreffen, bis Wochen und Monate vergehen, ohne dass ich von ihm höre, und ich davon ausgehen muss, dass er tot ist. Ich besitze noch heute Amanda Ruths Briefe aus Montevallo. Darin erklärte sie mir ohne Vorbehalt ihre Liebe, genau wie ich in meinen, obwohl Amanda Ruths Briefe im Verlauf des Semesters seltener wurden, die Abstände immer länger. Im November schickte sie mir eine Ansichtskarte vom Little Pigeon River. Auf der Rückseite standen ein paar Zeilen über eine Reise nach Tennessee, die sie mit einem Mädchen namens Allison unternommen hatte. Danach trat Funkstille ein.

»Bist du viel gereist?«, fragt Graham.

»Überwiegend in den Vereinigten Staaten. Und einmal habe ich mit Dave eine Rucksacktour durch Europa unternommen.

»Wie gefällt dir China?«

»Ehrlich gestanden, ich habe die Reise nur wegen Amanda Ruth unternommen. Seit ich hier bin, ist meine Neugierde geweckt, doch ich glaube, ich habe den falschen Weg gewählt, um das Land kennen zu lernen. Der Pauschaltourismus mit der auf den westlichen Geschmack abgestimmten Verpflegung und den straff organisierten Besichtigungstouren ist nicht nach meinem Geschmack. Es kommt mir vor, als befände sich das wirkliche China außerhalb unserer Reichweite.« Ich drehe mich in seinen Armen um. »Was ist mir dir? Warum ausgerechnet China? Warum nicht Alaska oder Paraguay oder Indien?«

»Die meisten Länder sind heute vom Tourismus überschwemmt. China stellt noch eine Herausforderung dar. Es hat sich seine Fremdartigkeit bewahrt. Es wird immer Geheimnisse bergen, die ich nicht lüften kann. Die beste Art zu reisen ist für mich diejenige, die eine längere Fahrt mit Auto, Bus, Flugzeug, Bahn oder Boot erfordert. Ich möchte so weit weg von zu Hause sein, dass keine Möglichkeit besteht, an einem Tag oder binnen zwei Tagen zurückzukehren.«

»Ich bin das genaue Gegenteil. Es gefällt mir, mein eigenes Bett, meine Kleidung, Töpfe und Pfannen zu haben. New York City hat für mich etwas Friedvolles.«

»Ich kann mir nicht vorstellen, wie es ein Mädchen aus Alabama ausgerechnet nach New York City verschlägt.«

»Nach Amanda Ruths Tod war Alabama nicht mehr das, was es früher war. Ich lernte eine Seite der menschlichen Natur kennen, mit der ich nie mehr konfrontiert werden möchte.«

»Den Mord meinst du.«

»Nein, den Terror, der folgte. Die Leute aus der Umgebung waren wie Haie, die ihre Beute umkreisen. Sie lechzten nach Blut, nach Demütigung. Ich hatte Angst, auch nur einen Schritt vor die Tür zu setzen, weil sie mich angafften und mit dem Finger auf mich zeigten.«

Ich erzähle ihm nicht, wie schlimm die Hexenjagd wirklich geworden war, dass die Pastoren von der Kanzel wetterten, Amanda Ruth, Allison und ich seien pervers, der Inbegriff des Bösen. Eine Tageszeitung fühlte sich sogar bemüßigt, einen Leitartikel mit der Überschrift zu bringen »Wie wir unsere Kinder vor Lesbierinnen und Schwulen schützen«, als würden hinter jeder Straßenecke Homosexuelle lauern, die es darauf abgesehen hatten, unschuldige Kinder zu verderben. Die Stimmung in der Öffentlichkeit grenzte an Massenhysterie. Ich kam mir vor wie in einem Szenario von Kafka, wo gefesselte Individuen gegen verborgene, allgegenwärtige Mächte kämpfen und langsam aber sicher aus der Gesellschaft gedrängt werden.

Einen Monat später war ich in New York City, stieg auf dem La Guardia Airport aus dem Flugzeug und niemand schenkte mir Beachtung. Niemand behelligte mich. New York City hieß mich mit offenen Armen in der Fremde willkommen, auf eine Weise, wie es meine Heimatstadt niemals tun würde. Es spielte keine Rolle, wen ich liebte oder wessen man mich bezichtigt hatte. Ich war nichts weiter als eine New Yorkerin unter vielen.

»Seither war ich nur wenige Male zu Hause, doch es vergeht kaum ein Tag, an dem ich nicht an Amanda Ruth denke. Ist das nicht sonderbar?«

Ich denke an Amanda Ruth, an ihren verzweifelten Wunsch, China kennen zu lernen, an die Bildbände, die sie unter ihrem Bett versteckt hatte, mit reizvollen Aufnahmen von der Verbotenen Stadt, den Bergen von Guilin am Li Fluss, dem Lichtermeer von Shanghai. An die Innenwand ihres Kleiderschranks, hinter ihre Sommerkleider, hatte sie ein Schwarz-Weiß-Foto von den Drei Schluchten geklebt. Die Steilwände ragten in den Himmel hinauf, der wie ein schmaler Streifen im Vergleich zu den Klippen wirkte, und zwischen den Klippen eingebettet lag ein enger Abschnitt des Flusses, flach und überschattet. Im Vordergrund befand sich ein kleiner dunkler Fleck, den wir erst entdeckten, als das Foto schon einige Monate in Amanda Ruths Kleiderschrank gehangen hatte. Wir hielten ein Vergrößerungsglas an den Fleck und erkannten, dass es sich um einen Sampan handelte. Unter dem U-förmigen Verdeck, durch das ein Hauch Abendlicht schien, machten wir eine Miniaturgestalt aus – einen Mann, der aufrecht im Boot stand und es mit einer langen, biegsamen Schifferstange lenkte. Amanda Ruth und ich sahen uns an, sprachlos. Wir konnten die gigantischen Ausmaße der Schluchten und des Flusses nicht einmal annäherungsweise begreifen. Nach ein paar Minuten legte sie das Vergrößerungsglas in die oberste Schublade ihrer Frisierkommode zurück und sagte: »Eines ist mir jetzt klar. Ich muss dorthin.«

Ich war verblüfft über ihre Selbstsicherheit. Eine Reise nach China war in meinen Augen genauso utopisch wie ein Lotteriegewinn oder Präsidentin der Vereinigten Staaten von Amerika zu werden. »Und wie?«

Sie lachte. »Mit dem Flugzeug, du Schlafmütze.« Ich glaube, das war der Moment, als Amanda Ruth in ihrem Entschluss bestärkt wurde, China kennen zu lernen.

Der Nebel wird zunehmend dichter. Als Graham und ich zum Bus zurückkehren wollen, verlaufen wir uns. Wir schlagen einen Weg ein, der dem ursprünglichen aufs Haar gleicht, doch statt auf dem Parkplatz zu enden, führt er uns direkt zum Eingang einer Höhle. Erst später kommt mir der Gedanke, dass es vernünftig gewesen wäre, schleunigst umzukehren, den gleichen Weg zurückzugehen und zu versuchen, den Bus zu finden, dessen planmäßige Abfahrt in einer halben Stunde stattfinden sollte. Die Höhle am Ende des Weges zieht mich jedoch instinktiv in ihren Bann, als hätte uns das Schicksal hierher gebracht. Die Öffnung ist gerade hoch genug, dass ich ohne Probleme eintreten kann. Graham folgt, er muss sich tief bücken. Die Decke im Innern der Höhle ist hoch. Die Luft ist feucht und kühl, die Erde, auf der wir stehen, hart und glatt. Der Eingang lässt das Licht sanft einfallen und ich kann einen alten Kohleherd in der Ecke ausmachen. In einem kleinen Eimer neben dem Herd sammelt sich Staub. Graham tritt ins Licht, stürzt die Höhle in Dunkelheit. Ich höre ihn atmen. Er tritt näher. Sein Mund auf meinem Hals, seine Hände in der Wölbung meines Rückens. Dann kniet er vor mir, seine Hände zittern, als er den Saum meines Sommerkleides hebt. Ich spüre, wie der Stoff den Flaum auf meinen Schenkeln streift, wie seine Hand meine Hand berührt, mich wortlos bittet, das Kleid in Taillenhöhe festzuhalten, mich in der kühlen Dunkelheit der Höhle entblößt. Er streift mir den Slip herunter, über die Oberschenkel, die Knie, hebt meinen Fuß hoch, um mich davon zu befreien, presst mit der Hand gegen die Innenseite meines Schenkels, befiehlt mir stumm, mich für ihn zu öffnen. Sein Mund nimmt mich auf, meine Beine drohen nachzugeben. Ich packe seine Schulter, versuche, mich von ihm zu lösen, damit ich mich hinlegen kann, wünsche mir verzweifelt, ihn in mir zu spüren, sein Gewicht zu spüren, das mich zu Boden drückt, doch er umklammert meine Hüften mit eisernem Griff, weigert sich loszulassen. Mein Stöhnen hallt in der engen Höhle wider und ich bin sicher, dass alle es hören können, bis zum Fuß des Berges. Erst nachdem sich meine Beinmuskeln anspannen und ich komme, lange und tief, meine Hitze in seinem Mund verströmend, lässt er mich los.

Ich gleite in die Hocke, lehne mich gegen die Wand, schwach und kraftlos.

Er ragt hoch über mir auf, in dem seltsamen Licht ist nur seine Silhouette sichtbar. Ich strecke die Hände aus, möchte etwas für ihn tun, doch er ergreift sie. Seine Stärke überrascht mich. Er beugt sich hinunter und hält meine Arme an den Seiten fest, so dass ich mich nicht rühren kann, und küsst mich mit noch warmen Lippen.

»Der Bus wartet«, sagt er.

»Bleib.« Ich stelle mir eine ganze Nacht mit ihm alleine vor, sein langer Körper ausgestreckt auf dem Sandboden, ein Kohlenfeuer, das in der Ecke unserer Höhle glimmt. Ich komme mir archaisch vor, verwildert, unfähig ins Tageslicht hinauszutreten und mich unserer Reisegruppe anzuschließen, vor allem Dave, der mit Sicherheit auf den ersten Blick errät, was geschehen ist.

Graham zieht mich hoch und einen Moment lang stehen wir eng beisammen, sein Körper hart gegen meinen gepresst. Statt der Aufregung, die mit dem Reiz des Neuen einhergeht, einer sich anbahnenden Romanze, habe ich das Gefühl, als würde ich mich an die Szene erinnern, nicht an diese Höhle an diesem Weg, sondern an die Vertrautheit, die wir teilen, an den Geruch seiner Haut, die Hitze seiner Hände, meine eigene Verzweiflung. Ich versuche, dem Ursprung dieses Déjà-vu-Erlebnisses auf die Spur zu kommen, doch er entzieht sich meinem Zugriff, wie ein aufflackerndes Licht am anderen Ende eines dunklen Ganges, das erlischt, wenn man sich ihm nähert.

Im Bus wirft Elvis Paris in gespielter Verzweiflung die Hände in die Höhe und sagt vorwurfsvoll: »Wir lassen euch beinahe hier!«, doch es fehlt noch ein weiteres Paar und es dauert noch eine Weile, bis wir abfahren können. Dave und Stacy befinden sich bereits im Bus, reden und lachen, sitzen nebeneinander. Dave scheint meine Abwesenheit nicht bemerkt zu haben. Ich betrachte seinen Hinterkopf, die kleinen Härchen am Nackenansatz, und denke *Ich habe dich betrogen.* Zum ersten Mal in unserer Ehe. Eine Erfahrung, die mir denkwürdig und vorbestimmt erscheint. Wie leicht ich die Grenze überschritten habe von dem Menschen, der ich war, zu dem, der ich bin – von der treuen Ehefrau zur Ehebrecherin. Ich fühle mich himmlisch, habe allerdings höllische Schuldgefühle. Ich möchte lachen und weinen zugleich. Ich bin sicher, dass ich anders aussehe, anders klinge. Während Dave und Stacy mit der Leichtigkeit langjähriger Freunde oder Liebender miteinander plaudern, gleitet Grahams Hand unter meinen Schenkel. Sollte Dave auf die Idee kommen, sich umzudrehen, würde ihm nicht entgehen, dass mir das schlechte Gewissen ins Gesicht geschrieben steht, genauso deutlich sichtbar wie die Spuren der Nadeln auf Stacys Arm. Würde er wütend, traurig oder gar erleichtert reagieren?

Schließlich springt der Motor an, der Bus verpestet die Luft mit einer geballten Ladung Auspuffgas und wir fahren in halsbrecherischem Tempo den Berg hinunter. Dunkler Rauch steigt aus den armseligen Hütten an der kurvenreichen Straße auf, schwarzer Staub vermischt sich mit dem Regen. Die ganze Welt ist grau in grau. Graham zieht seine Strickjacke aus und legt sie um meine Schultern. Er hebt die Hand, um mir eine Haarsträhne aus dem Gesicht zu streichen. An seinen Fingern haftet ein vertrauter Geruch.

II

Im Winter, wenn es regnete, säuberte Amanda Ruth den kleinen Eisenofen im Bootshaus mit Handfeger und Kehrblech und ich holte eine Schachtel Streichhölzer aus der alten Blechdose neben dem Fenster. Amanda Ruth war geschickt, wenn es galt, Feuer zu machen. Es war, als ob ihre Berührung ausreichte, um Papier und Holz zu entflammen, mochten sie auch noch so feucht sein.

Sie knüllte mit den Fingern die alte Zeitung zusammen, dann tauchte ihre Hand in die Dunkelheit des Ofens ein. Sie schichtete Kienspäne auf, einen quer über den anderen, und errichtete Stück für Stück einen Stoß. »Vier müssen es insgesamt sein«, sagte sie. »Einer weniger und es würde nicht brennen, einer mehr wäre Verschwendung.« Dann stapelte sie die Holzscheite übereinander, blasse Dreiecke mit dem Geruch nach Erde, wobei sie zuerst Käfer und Insekten entfernte, die sich in dem Holzstoß verkrochen hatten, damit sie nicht zu Schaden kämen. Sie nahm ein Streichholz aus der Schachtel, die geöffnet auf meiner Handfläche lag, und zündete es an – es brannte sofort –, mit einem einzigen sauberen Strich über die Reibefläche. Dann hielt sie es unter die Kante des Zeitungspapiers. Die Kienspäne begannen an den Rändern zu glimmen und wurden orangerot, dann kroch die

Hitze langsam in die Mitte des Ofens und das Holz fing Feuer. »Fertig«, sagte sie, machte die Ofentür zu und öffnete die Lüftungsklappe bis zum Anschlag. Ich staunte immer wieder, wie unerschütterlich sie ihrem Instinkt vertraute und die Ofentür schloss, noch bevor wir sehen konnten, ob das Feuer voll zum Leben erwachte. Wenige Augenblicke später geschah dies jedoch immer, ich hörte das mächtige Getöse des Feuersturms, der im Ofen entfacht wurde, und sah die glutroten Holzscheite durch die schmale Lüftungsklappe. Wir saßen unter einer Decke auf dem knarzenden Holzfußboden, während sich der Raum langsam erwärmte.

Manchmal nahmen wir Steine aus dem Fluss mit und legten sie auf die Herdplatte. Nach geraumer Zeit wickelten wir die heißen Steine in Geschirrtücher und schoben sie unter die Decke, ans Fußende der Matratze. Die Hitze übertrug sich zuerst auf unsere Füße, dann erreichte sie Waden, Oberschenkel und Bauch. Manchmal nahm sie einen eingewickelten Stein kurz in die Hand und legte sie dann auf meinen nackten Körper. Der Abdruck ihrer Hand war wie eine Feuerzunge, meine Haut entflammte unter ihrer Berührung. Manchmal glitt ihr heißer Finger in mich hinein, dieses Gefühl war unbeschreiblich, eine Offenbarung – all meine Albträume und Träume in einem einzigen explosiven Moment vereint: ihr Finger, meine Angst, der Geruch nach Imprägnierungsmittel, der dem Holz anhaftete, der Regen, der auf das Blechdach trommelte, die Erinnerung an den dunklen Fluss vor dem Bootshaus, die Feuchtigkeit der Luft, der Schweiß, der sich in der Kuhle ihres Schlüsselbeins sammelte, als ich zu erschauern begann.

Später, wenn der Raum warm und das Feuer erloschen war, rösteten wir Riesen-Marshmallows an Spießen aus Draht-Kleiderbügeln, die wir auseinander genommen hatten. Sie brachte mir bei, wie man die Marshmallows langsam dreht, keine Handbreit von den glimmenden Kohlen entfernt. Wir verbrannten uns die Finger, wenn wir sie vom Spieß nahmen. Sie waren außen knusprig und süß, die geschmolzene Mitte überzog unsere verbrannten Zungen mit einer weißen Glasur. Ich erinnere mich noch heute an die Konturen ihres Gesichts, vom Schein des Feuers im offenen Herd erhellt, an die kleine gerade Nase, die wilde Mähne. Ihr Vater ermahnte sie dauernd, sich zu kämmen, doch ich konnte mir nichts Schöneres vorstellen als Amanda Ruths Haare, weich wie Samt unter meinen Fingern und duftend, wenn ihr die frisch gewaschenen, noch feuchten Strähnen ins Gesicht fielen.

Es war nicht nur das Feuer. Sie verstand sich auf viele Dinge, für die ich kein Geschick besaß. Sie holte einen Korb mit den verschiedensten Gemüsesorten aus dem Garten, kaum ausreichend, uns satt zu machen, und zauberte daraus ein Festmahl, dessen köstlicher Duft das Haus über Stunden füllte. Mit ein paar Okraschoten, einigen Salatblättern, einem Maiskolben und einer Mohrrübe schuf sie Gerichte, deren lebhafte Farbkomposition ins Auge sprang.

Sie konnte jeden alten Stofffetzen in ein neues, einzigartiges Kleidungsstück verwandeln. Ein Rock für fünfzig Cent aus dem D.A.R.–Billigladen, ein Paar Stoffsandalen von K-Mart, ein schmaler Streifen roter Samt von Hancock Fabrics: unter ihren Händen wurden solche bunt zusammengewürfelten, ausrangierten Dinge zu einer ausgeklügelten Garderobe – zu ausgefallen für unsere Kleinstadt, wo die Mädchen ausnahmslos Khakiröcke und Krokodilledergürtel, Poloshirts und Topsider-Segelschuhe trugen. »Wie apart«, pflegten sie zu sagen, während sie hinter ihrem Rücken lachten, doch das war ihr egal. Wenn der Bus auf einer zweispurigen Straße, die sich durch die endlosen Stadtbezirke von Mobile schlängelte, zur Schule fuhr, stellte sie sich vor, sie sei eine Tochter Chinas, die auf den Schultern prächtig gewandeter, starker Männer in einer goldenen Sänfte eine nebelverhangene Bergstraße hinaufgetragen wurde. Während alle anderen versuchten, sich anzupassen und als Mitglied des mehr oder weniger aufsässigen Rudels zu überleben, lernte sie, auf den Unterschied stolz zu sein, auf den sie seit frühester Kindheit hingewiesen worden war – durch die Familie ihrer Mutter, die Amanda Ruth als »Mischmasch« bezeichnete, durch das Jahreszeugnis der Schule, das sie als »Orientalin« auswies, durch die ungehobelten Burschen, denen es nicht im Traum eingefallen wäre, mit einem »Schlitzauge« auszugehen.

Manchmal frage ich mich, ob sie mich hören kann. In der Sonntagsschule hieß es, dass die Verstorbenen stets bei uns sind, dass ihr Geist uns begleitet, wenn wir sie zu Lebzeiten von Herzen geliebt haben. Doch ich habe ihre Anwesenheit in den vierzehn Jahren seit ihrem Tod kein einziges Mal gespürt, nur eine lange, stumme Abwesenheit. Tag für Tag rede ich mit ihr, wenn ich alleine bin, nicht nur in Gedanken, sondern laut, wie die armen Irren in den Straßen von New York City, die ins Leere starren, als sähen sie darin das Gesicht eines Menschen, den sie einst kannten. Sie bleiben stehen und lachen und nicken mit den Köpfen, als wären sie in eine angeregte Unterhaltung vertieft. Ich beneide sie um diese Illusion, den Klang anderer Stimmen, die eine schreckliche Stille füllen. Ich rede und rede mit ihr, oft peinlich berührt beim Klang meiner eigenen Stimme in einem menschenleeren Raum oder an Deck dieses lächerlichen Schiffes, doch sie antwortet nicht. Sie hat kein einziges Mal geantwortet. Nur in meinen Träumen spricht sie zu mir und in diesem verschwommenen Bereich zwischen Wachen und Schlafen versuche ich, mich an meinen Traum zu klammern, damit sie bei mir bleibt. Doch dann wache ich auf und weiß, dass ich ihr Bild nur heraufbeschworen habe und die Worte aus ihrem Mund lediglich auf meiner Einbildung beruhen, meine eigene Erfindung sind. Wieder und wieder erwache ich in der kühlen, wunderbaren Dunkelheit, um festzustellen, dass sie mir abermals entglitten ist.

12

Im Dämmerlicht sind die Hügel von einem tiefen, üppigen Grün. Der Fluss selbst ist bernsteinfarben, trübe vom Schlamm. Abfall treibt vorüber: Plastikschuhe, Pappbecher und Blechdosen, Bierflaschen, ein Weidenkorb, ein Paar Hosen. Eine weitere Leiche driftet den Fluss hinunter, die vierte, die ich gesehen habe. Ich blicke in das Gesicht eines jungen Mädchens, das aus einem Wust dunkler Haare auftaucht, eine silberne Kette glitzert an ihrem bleichen Hals – sie ist noch nicht lange tot. Eine einsame Männergestalt geht einen Flusspfad entlang, eine Stange auf der Schulter balancierend. An den beiden Enden hängen schwere Körbe. Fabrikschlote glühen auf fernen Berghängen. Eine Pagode schimmert im Regen, mehrere Dachziegel fehlen. Überall Pagoden, Relikte aus Chinas Vergangenheit, die zutiefst von Kunstsinn geprägt war, bevor die Industrie die Herrschaft an sich riss.

»Berühmte Wind Bewegende Pagode von Anqing«, verkündet Die Stimme. »Sie ist Herrscher von alle Pagoden.« Manchmal habe ich das Gefühl, als wäre Die Stimme mit meinem Gehirn vernetzt, als könnte sie meine Gedanken lesen.

»Wieso Herrscher?«, frage ich, an Graham gewandt.

»Der Legende zufolge pilgern zum Mondfest im Herbst

Pagoden aus aller Welt hierher, um ihr zu huldigen. Sie wird Windbewegte Pagode genannt, weil sie sich manchmal im Wind wiegt.«

Im Moment regt sich kein Lüftchen und die Pagode steht völlig reglos da.

Die Tür des Salons wird geöffnet und zugeschlagen. Polternde Schritte nähern sich. Ein beleibter Mann mit weißem Hut und Cowboystiefeln taucht an der Reling auf, nur wenige Meter entfernt. Die Arme über der Brust verschränkt, nimmt er das Flussufer in Augenschein. Seine Frau gesellt sich zu ihm. Sie trägt einen pinkfarbenen Jogginganzug aus Nylon mit Goldbesatz, goldene Armbänder und Halsketten in Mengen, große Türkisringe, erschreckend weiße Nike-Lederschuhe und Tennissocken mit kleinen rosafarbenen Troddeln, die von ihren Knöcheln herunterbaumeln. Das Paar scheint uns nicht zu bemerken.

»Eine Schande«, donnert der Mann. Ein Texaner, unverkennbar an seinem langsamen, nasalen Tonfall. »Schau dir die Berge an! Sie könnten eine Goldgrube sein, im Ernst, eine Touristenattraktion ersten Ranges. Weißt du, was ich tun würde, wenn es nach mir ginge? Ich würde den ganzen Schrott platt machen, die Fabriken und elenden Hütten und die verlotterten Wohnbaracken. Und dann würde ich eine brandneue Ferienanlage aus dem Boden stampfen, mit allem, was heute dazugehört, Zimmer mit Luxusausstattung, Marmorböden, Badewannen auf Klauenfüßen, ein Fitnesscenter mit den neuesten technischen Errungenschaften. Und ich würde nicht kleckern, sondern klotzen und notfalls einen Berg begradigen, um das Angebot mit einem Golfplatz abzurunden.«

»Klingt himmlisch«, sagt seine Frau.

»Ich würde ein paar von diesen hübschen kleinen Chinesinnen einstellen und dafür sorgen, dass sie ihre langen Seidenklamotten tragen, bis obenhin geschlitzt, und den Gästen jeden Wunsch von den Augen ablesen. Pantoffeln bringen, Wäsche waschen, massieren. Sie müssten knallroten Lippenstift tragen und ellenlange Fingernägel haben, mit weißen Drachen bemalt. Was die Preise angeht, würde ich richtig absahnen und ich wette, die Leute stehen trotzdem Schlange. Ich würde Pauschalreisen zusammenstellen, alles inklusive, Flug nach China, Jangtse-Fahrt, eine Woche im Oriental Palace.«

Seine Frau verbessert ihn sanft. »Oriental darfst du es nicht mehr nennen, Schatz. Wie wäre es mit Jangtse Jewel?«

»Na gut, dann eben Jangtse Jewel. Wer dort logiert, erlebt China aus erster Hand, nur besser, weil man alle Annehmlichkeiten hat, an die man zu Hause gewöhnt ist. Wir würden Steaks, Kartoffeln, Hamburger und Püree auf die Speisekarte setzen. Wir würden Arbeitsplätze für all die armen Leute schaffen, die ihre Wäsche im Fluss waschen, ein bisschen welkes Gemüse verkaufen oder ihren Lebensunterhalt als Rikschakuli verdienen müssen. Unvorstellbar, wie sie dieses Land heruntergewirtschaftet haben.«

»Aber wirklich«, sagt seine Frau. Sie dreht sich zu Graham und mir um, ihre Miene ist leicht überrascht, als hätte sie gerade erst bemerkt, dass ihr Mann und sie nicht alleine an Deck sind. »Die Luft ist so verpestet, dass ich kaum noch atmen kann. Was sie diesem Fluss angetan haben, sollte verboten werden.«

Graham blickt mit gerunzelter Stirn zu dem Paar hinüber.

Der Mann zerrt seine Hose über den riesigen Bauch und sagt: »Na ja«, als sei es sein letztes Wort, als ziehe er einen Schlussstrich unter die leidige Angelegenheit. Und dann sind sie verschwunden, genauso schnell, wie sie gekommen sind. Sie flüchten hinter die gläsernen Wände des Salons, ein schweres, blumiges Parfum und stinkenden Zigarettenqualm zurücklassend.

Unser Schiff fährt gemächlich weiter, wirbelt Schlamm und Schutt auf, der große Motor brummt. Sampans und Dschunken, die das Pech haben, in unser Kielwasser zu geraten, hüpfen wie Flaschenkorken in den unruhigen Wellen auf und ab. Ich denke an den Demopolis River, der durch Greenbrook fließt und in den Golfstrom mündet, mit seinem Fischreichtum und seiner üppigen Vegetation. Vor ein paar Jahren, als ich meine Familie in Mobile besuchte, machte ich einen Abstecher nach Greenbrook. Ein ganzes Stadtviertel unten am Flussufer war dem Erdboden gleichgemacht worden. An der Stelle, wo früher das Wochenendhaus von Amanda Ruths Eltern gestanden hatte, befand sich jetzt ein riesiger Einkaufskomplex: Wal-Mart, Home Depot, Pottery Barn, Chili's, PetSmart, Payless Shoes. Der Fluss selbst war umgeleitet worden. Mittags aß ich grüne Bohnen, Makkaroni mit Käse und Bananenpudding in einem Diner, in dem Amanda Ruth und ich häufig gewesen waren, einem der vielen preiswerten Familienrestaurants ohne Schnickschnack, das sich glücklich schätzen durfte, überlebt zu haben, weil es nicht in der Schneise der Zerstörung lag.

»Was ist denn hier passiert?«, fragte ich Miss Betsy, die in diesem Lokal Geschäftsführerin war, solange ich denken konnte. Sie hatte schwarz gefärbte Haare, riesige Brüste und Krähenfüße, die durch mehrere Schichten dunkler Teintgrundierung noch vertieft wurden. Man munkelte, dass sie früher einmal eine Affäre mit Lyndon B. Johnson gehabt hatte. Sie gehörte zu den Frauen, die vierzig oder fünfundsechzig sein konnten, ihr Alter ließ sich schwer schätzen.

Sie füllte meine Kaffeetasse nach und sah aus dem Fenster. »Kein Einheimischer wollte die Immobilie kaufen. Die meisten Grundstücke am Fluss befanden sich im Besitz eines Mannes namens Grady Watson, der sie verpachtete. Er verbrachte sein ganzes Leben auf dem Fluss, den er in gleichem Maß liebte wie seine Frau und seine Kin-der. Als Grady starb, tauchte ein anderes Erschließungsunternehmen auf und Gradys Kinder sahen nur noch Dollarzeichen.«

Der Demopolis River wurde durch einen eigens erbauten, zwei Meilen langen Kanal geleitet, dessen Betonmauern die hintere Begrenzung des Einkaufszentrums und eines benachbarten Golfplatzes bildeten. Das Erschließungsunternehmen stellte Bänke auf und pflanzte ein paar Azaleenbüsche, damit die Leute, die einen Einkaufsbummel gemacht haben und sich mit Hamburgern, Joghurt-Eis und gefüllten Kartoffeln aus der Imbissgasse stärken wollen, in Ruhe essen und dabei die sanfte Strömung beobachten können. Der Komplex heißt River Eden Shoppingcenter und das Erschließungsunternehmen hat, vielleicht eingedenk dieser Fehlbezeichnung, drei riesigen alten Eichen, die dem Parkplatz im Wege standen, ein Bleiberecht eingeräumt. Nun sind die Eichen mit Fahnen und Faltprospekten gespickt und bei Anlässen, die darauf hindeuten, dass sie die öffentliche Meinung in Aufruhr versetzen könnten – ein vermisstes Mädchen oder eine nationale Katastrophe –, werden sie mit großen gelben Absperrbändern geschützt. In den letzten zehn Jahren hat sich Greenbrook von einer idyllischen kleinen Gemeinde mit 4 000 Seelen in eine schlecht geplante, chaotische Ortschaft mit Vorstadtcharakter und 35 000 Einwohnern verwandelt. Weitläufige Grünflächen, auf denen früher ein einzelnes Haus oder eine einfache Hütte stand, sind nun mit dutzenden von Eigenheimen gesprenkelt. Sie gleichen sich wie ein Ei dem anderen und befinden sich, exakt ausgerichtet, in Sackgassen ohne Vegetation, dafür tragen sie blumige Namen wie Oak Branch Court und Dogwood Grove, obwohl von Eichen- und Hartriegelgehölzen weit und breit keine Spur zu sehen ist.

Nachts, wenn das River Eden Shoppingcenter seine Tore schließt, treffen sich die Jugendlichen am Kanalufer zu Marihuana, Bier, Musik und Sex. Die benutzten Kondome liegen zwischen Bierdosen und Cracker-Jack-Schachteln herum. Die Erwachsenen beklagen, dass die Halbwüchsigen ihrer Heimatstadt keinerlei Liebe und Achtung entgegenbringen, doch das ist kein Wunder. In Greenbrook zu leben bedeutete früher, mit dem Fluss zu leben. Wer aus Greenbrook stammte, kannte den ureigenen Geruch der moosbewachsenen Bäume nach dem Regen, die ureigenen Laute der Frösche an einem Sommerabend, den ureigenen Schlick auf dem Grund des Demopolis River.

Dieser Fluss unterschied sich vom glitschigen, mit Algen bewachsenen Grund des Dog River oder dem von Krebsen aufgewühlten Schlamm rund um Petite Bois Island oder dem weißen feinkörnigen Sand der Golfküstenregion. Wer aus Greenbrook stammte, hatte das Gefühl, etwas ganz Besonderes zu sein.

13

JEDEN TAG SCHAUE ICH, sobald es aufhört zu regnen, zum Himmel empor. Er sieht weich aus, eine niedrig hängende, samtige, silberweiße Wolkendecke, von Furchen durchzogen, wie frisch umgepflügter Schnee. Manchmal reißen die Wolken auf und dann taucht einen Moment lang die Sonne auf, ein erstaunlich flammendes Licht über der Dunkelheit des Flusses. Doch meistens ist das Schiff in Dunst gehüllt und man sieht nicht weit. Im Nebel auf dem Fluss treibend, ohne Land oder andere Boote in Sicht, könnten wir uns überall befinden, erscheint uns China wie ein ferner Traum.

Am neunten Tag der Kreuzfahrt ertönt schon in den frühen Morgenstunden Die Stimme über Lautsprecher. »Wir haben kleine Problem mit Boot. Bitte versammeln in Jangtse-Raum.« Als Dave und ich eintreffen, wimmelt es dort bereits von Touristen, die einer Panik nahe sind. Die Reiseleiter schwenken ihre Wimpel, erteilen Anordnungen, sie sind um Schadensbegrenzung bemüht. Jane Madonna, Chef-Animateurin, steht in der Mitte der Tanzfläche, die normalerweise tadellose Frisur zerzaust, die Uniform leicht verrutscht. Sie spricht in ein Megaphon. »Wenn alle sitzen, geht los.«

Nach einer Viertelstunde Chaos übernimmt Elvis Paris

das Regiment. »Wir haben kleine Problem mit Boot«, sagt er. »Vielleicht nicht Abendessen in Wuhan.« Die flimmernde Diskokugel dreht sich langsam über seinem Kopf und überschüttet ihn mit dreieckigen bunten Lichtflecken.

Ganz allmählich, nach langem Herumdrucksen seitens der Besatzung erfahren wir, dass der Motor Probleme macht. Wir haben den Anker ausgeworfen, um zu verhindern, dass uns die Strömung wieder zurück, flussabwärts treibt. Eine Stimme in der Menge fragt ungehalten: »Wie lange werden wir hier festsitzen?«

»Vielleicht ein Tag, vielleicht zwei, vielleicht drei«, erwidert Elvis. »Nicht Sorge. Wir vertreiben Zeit mit Spiele! Bitte eintragen für Turnier.« Die Reiseleiter lassen Klemmbretter und Kugelschreiber herumgehen. Sie gehen von einem zum anderen, drängen uns, bei Badminton, Tischtennis, Backgammon und Shuffleboard mitzumachen. Sie haben sogar einen »Video-Strip-Mahjongg«-Wettbewerb organisiert. Dave und ich hatten gleich an unserem ersten Abend an Bord das Vergnügen, Bekanntschaft mit diesem Spiel zu machen. Jedes Mal, wenn eine Mannschaft gewinnt, zieht die Zeichentrickfigur auf dem Bildschirm ein Kleidungsstück aus. Wir schafften es, sie bis auf BH und Slip zu entkleiden, bevor unsere Pechsträhne einsetzte.

Mit sichtlich unzufriedenen Gesichtern zerstreut sich die Menge nach und nach. Dave reckt sich und gähnt. »Ich leg mich wieder aufs Ohr«, sagt er. Am anderen Ende des Raumes entdecke ich Graham in einem Sessel, der zu klein für ihn ist, den Ellenbogen auf einen Metalltisch gestützt.

Als er mich sieht, lächelt er. »Wir sind gestrandet.«

»Ich kann nicht behaupten, dass ich diesen Umstand bedaure.«

»Wie das?«

Ich ziehe mir einen Stuhl heran, hole ein Kartenspiel aus meiner Handtasche, ein Werbegeschenk der Fluggesellschaft, mische, teile für jeden sieben Karten aus und lege den Stoß mit der Vorderseite nach unten in die Mitte des Tisches. Er nimmt sein Blatt in die Hand und begutachtet es. »Also, warum?«

»Dadurch bleibt mir mehr Zeit mit dir.«

»Kluge Antwort.« Er konzentriert sich darauf, sein Blatt zu ordnen. »Was spielen wir überhaupt?«

»Quartett.«

Eine Stunde später, als wir durch die Gänge schlendern, gelangen wir an eine Tür mit einem von Hand geschriebenen Schild, auf dem es heißt »Eintritt verboten«. Graham dreht probeweise den Knauf und die Tür geht auf. Stühle sind meterhoch übereinander gestapelt und die Bar ist voller Staub. Auf dem Schiff gibt es überall solche Räume, die ohne ersichtlichen Grund leer stehen. Bisweilen hat man das Gefühl, sich auf einem Totenschiff zu befinden, als würde der Geist anderer, besserer Kreuzfahrten mit erlesenen Festen und eleganten Diners in den dunklen Ecken lauern und sich heimlich über uns lustig machen. Wir schleichen uns lautlos zu einer Vinyl-Sitzgarnitur in der Ecke. Eine Schale mit vertrockneten Ingwerstäbchen setzt auf dem Tisch Schimmel an.

»Tut mir Leid, wenn ich heute kein guter Gesellschafter bin«, sagt Graham. »Ich wünschte, jemand würde mich mit Morphium voll pumpen.«

»Was tut dir weh?«

»Hände, Füße, Rücken, Gelenke.«

Der Strom ist abgeschaltet in dem fensterlosen Raum und die große Messinguhr an der Wand zeigt für immer 2:35 Uhr an. Während der Nachmittag vergeht, verlieren wir jedes Zeitgefühl. Graham hat solche Schmerzen, dass ihm das Wasser in die Augen schießt. »Ich hasse diesen Zustand«, sagt er. Ich versuche ihn zu trösten, streiche ihm über das Haar. Ich fühle mich ausgelaugt und elend in Folge des Schlafmangels und des Wissens um meine Unfähigkeit, ihm zu helfen.

»Mir ist so heiß«, stöhnt er.

Ich hole Eis aus dem Automaten im Gang, einen Kübel mit kleinen Würfeln, die in dem Plastikeinsatz klirrend aneinander stoßen. Ich halte sie an seine Stirn, an sein Schlüsselbein, an die weiche Haut seiner Ellenbeuge. »Ich wünschte, ich könnte etwas für dich tun.«

»Sprich einfach mit mir.«

»Worüber?«

»Erzähl mir von der Zeit in der Klinik, nach deinem Reitunfall. Woran erinnerst du dich?«

»Sie brachten mir ständig Eiscreme und Wackelpudding. Das Eis schmeckte körnig und süß. Die Krankenschwestern rochen wie die Gummisohlen ihrer orthopädischen Schuhe und nach den desinfizierten Metalltabletts, auf denen sie Instrumente und Spritzen herumtrugen. Alle paar Stunden kam eine Frau mit orangefarbenen Haaren ins Zimmer, um meinen Katheter zu überprüfen. Zum Wechseln der Bettwäsche waren vier Schwestern nötig. Sie hoben mich auf ein Laken und hielten mich über dem

Bett in der Schwebe. Im Fernsehen lief die Serie ›Mein lieber Biber‹. Ein Junge im Rollstuhl fuhr im Gang hin und her und blieb immer wieder vor meiner Tür stehen. Er war deformiert, hatte eine riesige Stirn, in der rechten Gesichtshälfte fehlte der Wangenknochen. Er trug die Plastikringe mit Spinnenmotiv und Smiley-Gesichtern, die von den ehrenamtlichen Helferinnen in Tupperware-Dosen verteilt wurden.«

»Wie lange warst du in der Klinik?«

»Zwei Monate, würde ich sagen. Oder drei? Ich kann mich nur verschwommen an die Zeit erinnern.«

Was mir im Gedächtnis haften geblieben ist, sind die fremden Hände, die sich unentwegt an mir zu schaffen machten, Pfleger und Krankenschwestern, die meinen Körper von A nach B transportierten, die eisige Kälte des Röntgentisches, das Summen des Geräts. Ich hatte das Gefühl, als würden mir sämtliche Knochen auseinander gerissen.

»Hattest du oft Besuch?«

»Meine Familie war da. Und manchmal kam Amanda Ruth. Einmal brachte sie mir einen Rubik-Würfel mit, ein anderes Mal ein Lite-Brite-Steckspiel. Als sie zum Geburtstag einen Polierzylinder bekam, schenkte sie mir ›geschliffene‹ Steine.«

Graham spricht über seine Zeit in verschiedenen Kliniken, die Monate der Ungewissheit. »Es gibt einige Krankheiten mit ganz ähnlichen Symptomen, deshalb ist die Diagnose schwierig. ALS lässt sich nur mittels Ausschlussverfahren feststellen. Sobald sich der Verdacht erhärtete, dass es ALS sein könnte, wurden alle möglichen Untersuchungen durchgeführt: Muskelaktionsstrombilder, Tests zur Bestimmung der Nervenleitgeschwindigkeit, Blut- und Urinuntersuchungen, hochauflösliche Serumeiweiß-Elektrophorese, Schilddrüsen- und Nebenschilddrüsenhormonspiegel, 24-Stunden-Sammelurin für die Untersuchung auf Schwermetalle, Lumbalpunktion, Röntgenaufnahmen, Magnetresonanz-Tomographie, die ganze Skala rauf und runter.«

»Wie kannst du dir das alles merken?«

»Ich habe es mir aufgeschrieben. Und mich immer wieder damit beschäftigt. Ich wollte wissen, was sie mit mir anstellen. Im Internet nahm ich Kontakt zu anderen ALS-Patienten auf. Ich begann, via E-Mail mit ihnen zu korrespondieren.« Er zupft einen Fussel von seinem Ärmel. »Anfangs meldeten sie sich jeden Tag, dann einmal in der Woche, später einmal im Monat und bald darauf überhaupt nicht mehr.«

Am Nachmittag lassen die Schmerzen nach. Wir ziehen unsere Anoraks an und gehen nach oben, an Deck. Der Regen schaukelt das Schiff hin und her. Würden wir die Anker lichten, würde uns die Strömung flussabwärts treiben. Die Welt ist grau in grau, wir sehen kaum mehr die Hand vor Augen. Hin und wieder zuckt ein Blitz auf und zerschneidet die schwüle Luft wie ein Messer.

»Schau mal«, staunt Graham. »Man sieht genau, an welcher Stelle er auftrifft.«

Ich glaube, es ebenfalls zu sehen, glaube Blitze genauso gut zu kennen wie den Regentropfen, der auf meine ausgestreckte Hand fällt. Alle meine Sinne sind geschärft. Selbst die Hitze des Blitzes ist mir nicht fremd, das plötzliche

Sterben des Baumes, in den er einschlägt, der Geruch der verbrannten Borke, der Geschmack, der allem anhaftet: verkohlte Wurzeln, Entladung der Elektrizität, Regen.

Graham sammelt Regen in seiner hohlen Hand und streckt sie mir entgegen. »Trink.« Ich tauche meine Zunge in das kühle stille Wasser. Ich bin Eva, doch ich nehme, statt zu geben. Von diesem Mann würde ich alles annehmen: Wasser, einen vergifteten Apfel, die Frucht vom Baum der Erkenntnis, die das Wissen um Gut und Böse birgt.

»Trink und dich wird niemals mehr dürsten«, sagte der Prediger der Kirche in Greenbrook, der Amanda Ruth angehörte. Manchmal nahm sie mich dorthin mit. Ihre Mutter, in einem wallenden gelben Gewand, sang im Chor, sie stand in der Mitte der ersten Reihe. Ihr Vater saß alleine in seiner Bank, die Hände im Schoß gefaltet, der einzige Nicht-Weiße in der zweihundert Seelen zählenden Gemeinde, die sich zum Gottesdienst versammelt hatte. Beim Abendmahl, das viermal im Jahr stattfand, teilten die Diakone mit Grapefruitsaft gefüllte Zinnbecher aus, nicht größer als ein Fingerhut, und blasse, nach nichts schmeckende Oblaten, die Mehlspuren auf unseren Fingern hinterließen. Während des Abendmahls konnte ich die Zinnbecher auf den Tabletts klappern hören – hunderte von kleinen Zinnbechern, ein dutzend große Silbertabletts, das Tappen der Schuhe, wenn die Diakone über den dicken roten Läufer schritten. Nachdem die Gläubigen das Blut Christi getrunken hatten, sammelten die Diakone die Becher wieder ein und stellten sie in kleine runde Vertiefungen in den Tabletts. Ein Mann in einem glänzenden braunen Anzug nahm Mr. Lees Becher und stellte ihn umgekehrt hin. Auf diese Weise wurde er für eine besonders gründliche Reinigung gekennzeichnet – oder gleich weggeworfen. Mr. Lee gab vor, nichts zu bemerken.

Ich schmiege meinen Kopf an Grahams Brust. Ich kann nicht aufhören, an unsere Zeit in der Höhle zu denken. An Bord des Schiffes, umgeben von Chrom und Plastik und anderen Passagieren, den Launen der Besatzung und dem nervtötenden Klang Der Stimme ausgesetzt, ist mir, als sähe ich den Kiesweg, die Höhle und Grahams Hände vor mir, die sich gegen meine Oberschenkel pressen.

»Zweiunddreißig«, sagt er. »Du bist ja noch ein Kind. Weißt du, dass ich zum ersten Mal mit einer jüngeren Frau zusammen bin?«

Ich rieche die Fasern seines Hemdes, feucht von den Regentagen. Meine eigene Kleidung ist ständig verknittert, hat jede Frische verloren. Schlaff hängt sie auf den Holzbügeln in unserem winzigen Schrank. Die Putzkolonne bringt die Kabinen jeden Morgen gründlich auf Vordermann, doch die Feuchtigkeit hält sich hartnäckig, in den Ritzen schimmelt es, seltsame Gerüche haften unserer Sommergarderobe an.

»Glaubst du, dass ich dir gut tue?«

Er lächelt. »Kann ich noch nicht sagen, ist noch zu früh.«

Als ich abends die Kabine betrete, hat sich Dave auf der Tagesdecke ausgebreitet, schnarchend. »Dave?« Er wacht nicht auf. Ich berühre ihn an der Schulter. »Dave?«

»Hmmm?« Er öffnet die Augen und schließt sie gleich wieder.

»Zeit fürs Abendessen.«

»Macht es dir etwas aus, ohne mich zu gehen? Ich bin völlig erledigt.« Er rollt sich auf die Seite und ist im Nu wieder eingeschlafen. Ich staune immer wieder aufs Neue über seine Fähigkeit zu schlafen, zu gleich welcher Tageszeit in einen tiefen, traumlosen Winterschlaf überzuwechseln, als sei sein Körper darauf programmiert, bei jeder sich bietenden Gelegenheit Schlaf auf Vorrat anzulegen, ein übermenschliches Energiereservoir, das ihm ermöglicht, unverzüglich aktiv zu werden, wenn seine Dienste gebraucht werden.

Im Speisesaal setze ich mich zu Graham und Stacy. Es gibt Tofu, gepökeltes Schweinefleisch und Kohl – das erste chinesische Gericht, das man uns an Bord serviert, und das bisher schmackhafteste. Stacy trommelt nervös mit dem Fingernagel gegen ihr Wasserglas und späht immer wieder zur Tür. »Wo ist Dave?«, fragt sie schließlich.

»Im Bett.«

»Dafür ist es noch viel zu früh.«

»Er schläft viel.«

»Vielleicht leidet er unter diesem Syndrom, von dem man so oft hört, wie heißt es gleich wieder, ach ja, chronische Erschöpfung.«

»Er ruht sich nur für den nächsten großen Notfall aus.«

Sie rührt ihr Essen kaum an, ist während der ganzen Mahlzeit in sich gekehrt.

»Alles in Ordnung?«

»Ich dachte nur, dass er mit uns isst.« Sie zieht sich noch vor dem Dessert zurück.

Als sie gegangen ist, entspannt sich Graham, streckt die Hand über den Tisch und berührt meinen Arm. »Es ist nicht leicht. Ich meine, diese Scharade aufrechtzuerhalten und so zu tun, als wären wir nichts weiter als Freunde.«

»Was sind wir denn?«

Er lacht. »Komplizen, vermutlich.«

Matt Dillon bringt Kaffee, Käsekuchen und frische Gabeln und räumt Stacys Platz ab. Seine Bewegungen sind sparsam und präzise, sein Auftreten so elegant, dass es aus einem anderen Jahrhundert zu stammen scheint.

»Nicht, dass Stacy etwas bemerkt hätte«, fügt Graham hinzu. »Sah ganz so aus, als wäre sie mit ihren Gedanken woanders gewesen.«

»Mit Sicherheit.« Ich stelle mir Stacy im Gang vor, wie sie an unsere Kabinentür klopft. Und Dave, der schlaftrunken aus dem Bett steigt und in Unterwäsche zur Tür geht. Als er sie sieht, späht er den Gang entlang, in beide Richtungen, überlegt einen Moment. »Komm herein«, sagt er. Sie kommt seiner Aufforderung nach.

Sollte ich ihr folgen? Um sie in flagranti zu erwischen? Vielleicht bilde ich mir das Ganze nur ein. Vielleicht stimmt es, was Dave behauptet – dass er ihr nur helfen möchte. Wie auch immer, ich habe keine Lust, ihr nachzuschleichen. Dafür gibt es mehrere Gründe. Ein Grund sitzt direkt vor mir und kratzt den letzten Krümel Käsekuchen von seinem Teller.

»Hallo, jemand zu Hause?«, sagt er.

»Hmmm?«

»Warst du abwesend?«

»Ich bin voll da.«

Nach dem Abendessen kehren Graham und ich in unsere verwaiste Bar zurück, wo er mir Passagen aus der

Briefsammlung Vincent van Goghs vorliest. Der Auszug stammt aus einem Brief, den Vincent 1888 an seinen Bruder schrieb: *Ich beginne allmählich, den Wahnsinn als eine Krankheit wie jede andere zu betrachten … eine schleichende, die genauso langsam vergeht, wie sie gekommen ist, vorausgesetzt natürlich, dass sie vergeht.*

»Ich würde alles geben, wenn ich mit ihm tauschen könnte«, sagt Graham. »ALS gegen eine solche Krankheit.«

»Wie den Wahnsinn? Das ist doch nicht dein Ernst.«

»Wahnsinn, Alkoholismus, Herzerkrankung – alles, was auch nur ansatzweise die Möglichkeit einer Genesung beinhaltet.«

»Bei van Gogh ist keine Besserung eingetreten.«

»Selbst die Illusion einer Heilungschance ist besser als die Gewissheit, dass es keine gibt.«

»Wenigstens bist du geistig gesund.«

»Bei ALS sind die Opfer leider viel zu klar im Kopf. Selbst wenn man bereits vollständig gelähmt ist, funktioniert das Gehirn einwandfrei.« Er klappt das Buch zu, blickt den Einband mit dem Selbstporträt van Goghs an, fährt mit dem Finger über das ausgemergelte Gesicht. »Wenn du eine Degenerationskrankheit hättest, welche würdest du wählen?«

»Die Frage kann ich nicht beantworten.«

»Versuch es.«

»Warum?«

Graham fährt sich mit der Hand durch die Haare, spielt mit den Ingwerstäbchen, dann blickt er mich an. »Jeder gesunde Mensch sollte wenigstens einen Tag lang die Erfahrung machen, wie es ist, wenn man an einer schleichenden tödlichen Krankheit leidet.«

Ich stelle mir Graham im Bett vor, regungslos ausgestreckt, auf die Hälfte seines normalen Gewichts abgemagert, unfähig, auch nur die Hand zu heben und sich das Gesicht zu kratzen, unfähig, den Kopf zu drehen. Ich stelle mir Graham vor, an zahlreiche Schläuche angeschlossen, die Krankenschwestern, die auf leisen Sohlen umhergehen und seinen Fall mit leiser, professioneller Stimme erörtern. Es fällt mir schwer, dieses Bild mit dem Graham, den ich kenne, in Einklang zu bringen.

»Es tut mir Leid«, sage ich. »Mir ist gerade eingefallen, dass ich noch etwas zu erledigen habe.« Ich stehe abrupt auf und gehe, damit er mich nicht weinen sieht.

»Warte«, ruft er, doch ich gehe weiter. Mitleid wäre das Letzte, was er von mir wollen würde.

Manchmal wünschte ich mir, ich wäre Dave ähnlicher. Er wüsste genau, wie man mit solchen Situationen umgeht. Er würde keine Träne vergießen. Er würde seine Gefühle nicht verbergen müssen, weil er keine hätte. »Aha«, würde er sagen. »Und welche Symptome haben Sie? Tut das hier weh?«

Ich wandere ziellos auf dem Schiff umher und finde mich vor unserer Kabine wieder, ich lausche, das Ohr an der Tür, habe Angst davor, was ich hören könnte. Nichts. Ich drehe den Knauf und betrete auf Zehenspitzen den Raum. In der Dunkelheit spitze ich die Ohren, erwarte, Dave schnarchen zu hören, eine Silhouette auf dem Bett auszumachen. Doch da ist kein Laut, keine Silhouette. Ich knipse das Licht an. Das Bett ist unberührt, die Kabine leer. Ich öffne den Schrank, sehe Daves Hemden vor mir, die ordentlich in einer Reihe auf den Holzbügeln hängen. Blau, braun, rostfarben, das blassgelbe, das ich ihm letztes Jahr zu Weihnachten geschenkt habe. Ich frage mich, warum er es mitgenommen hat, versuche, etwas in diese kleine Geste hineinzuinterpretieren – will er mir damit ein Zeichen geben? Dass er bereit ist, Zugeständnisse zu machen? Will er mir damit sagen, dass er dieses Geschenk mit Vorliebe trägt? Ich stelle ihn mir in seiner Wohnung Ecke 81. Straße und York vor, wie er sich ankleidet, um abends auszugehen. Aus dutzenden von Hemden wählt er meines aus. Er knöpft es langsam zu und denkt dabei an mich.

Ich lasse meine Finger über die Baumwolle gleiten, beuge mich näher zum Schrank, möchte ihn einatmen – seinen Geruch, seine Gegenwart. Doch seine Kleider riechen nicht wie er. Sie riechen nach Fluss. Und dann bemerke ich das kleine weiße Ding, das an der Manschette des gelben Hemdes hängt – das Preisschild. Er hat es noch nie getragen.

Ich lege mich aufs Bett, starre an die Decke, warte. Ich könnte nicht genau sagen, auf was. Ich fühle mich gespalten, aus dem Lot. Ich möchte aufhören, Dave zu lieben. Warum gelingt mir das nicht? Und ich möchte Graham, der mich ganz offensichtlich braucht, gehören, mit Haut und Haaren. Wenn Dave mich anblickt, sieht er nichts in mir und wenn doch, dann die Vergangenheit. Wenn Graham mich anblickt, sieht er … was – Hoffnung? Seine kurze Zukunft? Vielleicht habe ich in gewisser Hinsicht mehr Ähnlichkeit mit Dave, als ich mir eingestehen wollte.

Vielleicht sehnt sich ein kleiner Teil von mir danach, den Retter zu spielen.

Es gibt etwas, was ich meinem Mann sagen muss, ich bin mir nur nicht sicher, was. *Ich gebe dir eine halbe Stunde,* denke ich. *Wenn du in einer halben Stunde nicht zurück bist* … Was dann? Wie lautet mein Ultimatum? Und sollte jemand, der ein Ultimatum stellt, nicht etwas anzubieten haben, das sich zu tauschen lohnt? Ich schaue auf die Uhr. Die Minuten verstreichen, in Rot. 9:31 …, 9:37 …, 9:45 …, 9:59. »Noch eine Minute«, sage ich laut. Ich zähle die Sekunden, eins Mississippi, zwei Mississippi, drei Mississippi. Keine Schritte im Gang. Kein Rütteln am Türgriff.

»Na gut«, sage ich um Punkt zehn und stehe auf. Ich streiche mein Kleid glatt, schlüpfe in ein Paar Sandalen und überprüfe mein Aussehen im Spiegel, dankbar für die schlechte Qualität des Glases, die Verschwommenheit des Spiegelbildes. Ein Hauch Puder, ein Hauch Rouge. Ich sperre die Tür hinter mir zu, habe Lampenfieber wie ein Teenager auf dem Weg zum Schulball. Ich bin auf der Suche. Doch es ist nicht Dave, nach dem ich suche.

Ich halte auf dem ganzen Schiff nach ihm Ausschau, überall dort, wo Graham und ich gemeinsam waren, kann ihn jedoch nirgends finden. Ich bin einer Panik nahe, zähle die Tage an einer Hand ab, die uns verbleiben, zerlege die Tage in Stunden und die Stunden in Minuten, stelle mir meine Rückkehr zur Normalität vor, in den ereignislosen, gleichförmigen Alltag meiner Wohnung in der 85. Straße. *Meine* Wohnung, nicht länger *unsere*, die Seite des Kleiderschranks, die Daves Garderobe enthielt, ist leer geräumt, die beiden obersten Schubladen der Kommode gleichen aufgerissenen, hungrigen Mündern. Ich klopfe an Grahams Tür, zuerst leise, dann kräftiger. Keine Antwort. Einige Minuten später hämmere ich gegen die Tür, rufe zu laut »Graham, bist du da?«. Ein älteres Paar eilt im Gang an mir vorüber, bleibt stehen, starrt mich an. »Alles in Ordnung, Schätzchen?«, fragt die Frau. Erst da merke ich, dass mein Gesicht tränenüberströmt ist.

Es ist Graham, der mich findet, als ich eine halbe Stunde später alleine im Salon sitze. »Ich habe auf dich gewartet«, sage ich.

Es regnet noch immer. Graham und ich gehen zur Racketball-Halle, in der Annahme, dass zu so später Stunde niemand mehr dort ist. Wir gehen am Anmeldepult vorbei und wollen gerade eintreten, als eine Stimme hinter uns sagt: »Halt! Sie eintragen!« Wir gehen zum Pult, wo uns ein schläfriger Hallenwart ein Klemmbrett zuschiebt. »Sie hier Unterschrift vor Spiel.« Laut Namensschild haben wir es mit Bill Clinton zu tun.

»Es ist gleich Mitternacht«, wirft Graham ein. »Wir wollen nicht Racketball spielen.«

Bill Clinton sieht Graham argwöhnisch an. »Kein happy happy in Freizeiteinrichtung. Happy happy ist gegen Bestimmung.«

»Wir sind nicht wegen happy happy hier. Wir wollen uns nur unterhalten«, klärt Graham ihn auf.

Bill Clinton trommelt mit dem Kugelschreiber gegen das Klemmbrett. »Sie wollen Halle benutzen, Sie müssen spielen. Sie können ausweisen?«

»Na gut«, gibt sich Graham geschlagen, notiert seinen

Namen und seine Kabinennummer und schiebt seinen Führerschein über das Pult.

Bill Clinton begutachtet den Führerschein ausgiebig, dann sagt er: »Zwei Sekunden ich bringe zwei Schläger, dann Sie spielen Racketball.« Er holt ein Päckchen Tabak aus seiner Tasche und beginnt, sich in aller Ruhe eine Zigarette zu drehen. Er raucht und blättert dabei in einem Magazin. Das Magazin enthält unzählige Fotos von Frauen in rosafarbenem Bikini, die affektierte Posen einnehmen. Als von seiner Zigarette nur noch ein Stummel übrig ist, legt er die Zeitschrift beiseite, verschwindet in einem Hinterzimmer und kehrt mit zwei Schlägern zurück. »Sie Spiel beenden um zwölf Uhr dreißig. Um zwölf Uhr dreißig Licht aus.«

Sobald wir in der Halle sind, setzen wir uns in die Mitte auf den Boden, die Schläger neben uns. Wir verbringen den größten Teil der uns zugestandenen halben Stunde damit, uns auf Kosten des mürrischen Hallenwarts zu amüsieren. Wir lachen Tränen. Ich komme mir vor wie bei den Klausurtagungen in Amanda Ruths Kirchengemeinde, als wir Teenager waren. Wir blieben die ganze Nacht wach, vertrieben uns die Zeit mit Brettspielen und tranken Cola. Am Morgen lagen wir, alle viere von uns gestreckt, auf dem Boden der Versammlungshalle, benommen vor Erschöpfung. »Hey!«, ruft uns plötzlich eine Stimme von der Zuschauerplattform zu. »Sie nur bleiben, wenn spielen.« Der Hallenwart nuschelt, ist nicht ganz sicher auf den Beinen.

»Gewiss doch, Kumpel«, ruft Graham in freundschaftlichem Ton zurück. Er nimmt den Schläger, steht auf und schmettert den Ball gegen die Wand. Ich folge seinem Beispiel und wir halten den Ball wie durch ein Wunder im Spiel, bis sich Bill Clinton endlich trollt. Dann nehmen wir prompt wieder Platz.

Graham holt das van-Gogh-Buch aus seiner Büchertasche. »Hör zu«, sagt er und schlägt eine Seite auf, die er mit einem Schnipsel Zeitungspapier gekennzeichnet hat. »*Gegen meine Krankheit vermag ich nichts auszurichten.* Das ist das Gute daran. Ich kann sehr wohl etwas tun.«

Ich schöpfe Mut. »Gibt es ein neues Heilmittel? Eine alternative Behandlungsmethode?« Ich habe die absurde Vorstellung, wie Graham und ich in New York City im Rain oder irgendeinem anderen Lokal grünes Chicken Curry essen und uns einen Woody-Allen-Film im Lincoln Plaza anschauen.

»Nein. Medizinisch ist nichts mehr zu machen. Was ich meine, ist, dass ich die Sache selbst in die Hand nehmen kann, solange es noch geht.«

»Du meinst doch nicht etwa –«

»Stell dir vor, du könntest bestimmen, wann und wo du stirbst. Die bewusste Entscheidung treffen, aus dem Leben zu scheiden, solange du noch im Vollbesitz deiner Kräfte bist und noch einigermaßen funktionierst.«

Panik steigt in mir auf. »Ich hätte dich nicht für einen Menschen gehalten, der einfach aufgibt, sein Leben wegwirft.«

»Das ist kein Leben, wenn man nicht mehr in der Lage ist, zu laufen oder sich zu lieben, Briefe zu schreiben, eine Gabel zu benutzen, sich nicht einmal mehr die eigenen Schuhe zubinden kann.«

Ich stehe auf und werfe den Ball in die Luft, hole mit

dem Schläger aus, treffe. »Lass uns eine Runde spielen«, schlage ich vor, bemüht, das Thema zu wechseln.

Ich versuche den Ball zu erwischen, als er von der Wand zurückprallt, schlage jedoch daneben. Graham zieht an meiner Hand. »Zum Schluss sammelt sich immer mehr Kohlendioxid im Blut an. Man erstickt im Schlaf.«

Plötzlich erlöschen die Lichter und in der Halle herrscht pechfinstere Nacht. Ich lasse meinen Schläger auf den Boden fallen und setze mich neben ihn. »Das tut mir Leid«, sage ich, in dem Wissen, dass er etwas von mir verlangt, was ich ihm nicht geben kann.

»Mir auch.«

Selbst in diesem widerhallenden Raum, umgeben vom Geruch nach Schimmel, Schweiß und Tennisschuhen, begehre ich ihn. Ich knöpfe mein Hemd auf, lege seine Hand auf meine Brust. Er entspannt sich, rückt näher und dann entkleiden wir uns gegenseitig, unsere Hände bewegen sich in fieberhafter Eile über Knöpfe und Reißverschlüsse. Er zieht mich auf sich. Meine Augen sind offen und ich wünsche mir Licht, um ihn anzusehen. Doch Daves Gesicht schiebt sich dazwischen, seine grauen Augen, sein breiter Mund. Sosehr ich mich auch bemühe, sein Bild zu vertreiben, er beobachtet mich, sieht alles.

Graham dringt so langsam in mich ein, als hätte er Angst, mich zu zerbrechen, er streichelt meinen Körper mit stummer Hingabe. Ich umklammere seine Taille mit meinen Beinen, spüre, wie ich mich öffne, als er in mich gleitet. Er hält meine Brüste in seinen Händen, liebkost meine Brustwarzen mit der Zunge, seine Hände bewegen sich an meinen Seiten hinab. Geschickt dreht er mich herum, so dass mein Rücken auf dem kühlen harten Boden liegt. Er hebt mein Becken an, dringt tiefer in mich ein, stöhnt und erschauert. Ich hatte erwartet, dass es dieses Mal anders sein würde, eine völlig neue Erfahrung, ein nie da gewesenes Gefühl, doch mit Graham ist es genau wie mit Dave: Schmerz und Lust, sein Begehren, das wie ein Messer in meine Mitte vordringt, der physische Akt, unauflöslich mit einem größeren Ganzen verwoben, das im Gehirn beginnt und ins Herz hinabgleitet. Ich versuche, keinen Muckser von mir zu geben, vergebens. Die Laute, die mir entschlüpfen, werden in dem hallenden Raum um ein Vielfaches verstärkt.

Wir liegen still. Sein Gewicht drückt mich zu Boden, so dass es mir den Atem abschnürt. Wie kommt es nur, dass die Liebe mit einem Mann immer auf diese Weise zu enden scheint: sublimes Ersticken, die Lungen zusammengepresst und entleert, das Gefühl, an Substanz eingebüßt zu haben?

Kurz darauf lösen wir uns voneinander. »Ist dir kalt?«, fragt Graham.

»Ein wenig.« Er deckt mich mit seiner Jacke zu. Eine Jacke aus abgetragenem braunen Leder, mit einem Innenfutter aus Satin. Ich stelle mir vor, wie es wäre, in dieser Jacke zu leben, wie in einem geschlossenen Raum, und Graham mit der schieren Kraft meines Begehrens am Leben zu erhalten.

»Wie lange ist es her?«, fragt er.

»Ungefähr acht Monate. Und bei dir?«

»Zwei Jahre, über den Daumen gepeilt.«

»Dann war es höchste Zeit.«

Er lacht. »Längst überfällig.«

Wir nicken ein, verfallen in einen unruhigen Schlaf. Ich wache auf, mit hochgezogenem Kleid, Graham drückt meine Schenkel auseinander. Seine Zunge gleitet über mich, dringt in mich ein, seine Hände wiegen meine Hüften. Die kühle Nässe seiner Zunge, die dunkle Weite des Raumes, der schwache, feuchte Geruch des Flusses. »Ich möchte, dass du kommst«, flüstert er. Er küsst die Innenseite meiner Schenkel, sein Finger gleitet in mich hinein, krümmt sich nach oben, drückt gegen diese weiß glühende Mitte. Ich hebe ihm die Hüften entgegen, verstärke den Druck an der Stelle, wo sich sein Finger befindet. Ich explodiere, stoße einen Schrei aus, spüre, wie die Glut verströmt.

Er legt sich neben mich, mein Kopf ruht auf seiner Brust. Nach einer Weile frage ich: »Wie werde ich wissen, wann es passiert?«

»Wann was passiert?«

Ich antworte nicht, weil ich weiß, dass er verstanden hat. Ich stelle ihn mir in irgendeinem staubigen Motel in Australien vor, eine bezahlte Pflegerin an seiner Seite, eine, die schlau genug war, sich unter einem erfundenen Namen im Register einzutragen. Eine Glasflasche mit Medizin. Eine Spritze. Der hastige Aufbruch der Pflegerin mitten in der Nacht, zur Hintertür raus und ab ins wartende Taxi. Eine Schülerin von Jack Kevorkian, fest überzeugt von der Richtigkeit ihrer Sterbehilfe-Mission. Ich stelle sie mir blond und schlank vor, hübsch, jung, mit verhangenem Blick, als sie die Nadel setzt. Graham blickt sie an, verwechselt sie in seinen letzten Augenblicken, in denen er nicht mehr klar bei Verstand ist, mit einem Engel oder dem Teufel, je nachdem.

Ein langes Schweigen tritt ein. Ich höre das Schiff atmen, die Tiefe des Flusses breitet sich wie ein riesiger Sarg unter uns aus. Schließlich räuspert er sich, rückt mit seinem Kopf näher heran, so dass ich seinen Atem auf meinem Gesicht spüre. »Du wirst es wissen«, sagt er.

Als der Morgen dämmert und wir am Pult vorbeigehen, finden wir Bill Clinton schnarchend vor, den Kopf auf die Arme gebettet, ein voller Aschenbecher neben seinem Ellenbogen. Es sieht aus, als sei Schlafen für ihn ein Kinderspiel. Mehrere leere Flaschen Baiji Bier liegen verstreut auf dem Pult. Der Raum riecht nach Moder, abgestandenem Rauch und etwas anderem, vertraut und beunruhigend. Als ich alleine durch den Salon zu meiner Kabine gehe, die ich mit Dave teile, merke ich, dass sich der Geruch nicht verflüchtigt hat, weil es sich um meinen eigenen handelt, eine Erinnerung an den sexuellen Akt, der meiner feuchten Haut anhaftet.

14

UNGEFÄHR EIN JAHR NACHDEM DAVE und ich geheiratet hatten, verbrachten meine Eltern im Sommer eine Woche bei uns in New York City. Am letzten Tag besuchte ich mit ihnen das Empire State Building, in dem ich damals arbeitete. Ich war Rezeptionistin in einer Kinderbekleidungsfirma, die ihr Büro im 72. Stock hatte. Meinen Eltern schien es zu gefallen, dass einer der Fahrstuhlführer meinen Namen kannte. Sie waren noch mehr beeindruckt, als ich meinen Ausweis vorzeigte und an die Spitze einer langen Schlange von Touristen vorrücken durfte, die darauf wartete, ins Observatorium hinaufzugelangen.

Auf der Aussichtsplattform im 86. Stock hielten sich meine Eltern krampfhaft an den Gitterstäben fest und blickten auf die Stadt hinaus. Sie hatten meine Liebe zu Manhattan nie verstanden, hatten nie begriffen, warum ich ausgerechnet hier leben wollte. Mir war daran gelegen, dass sie New York mit meinen Augen sahen: die gigantische Matrix der Gebäude, die sich tief unter uns erstreckte; die Dächer, die ein Schwindel erregendes Muster aus Quadraten und Rechtecken bildeten, die Morgensonne spiegelnd; der glänzende silberne Helm des Chrysler Building; die Mammuttürme des World Trade Center; der nicht abreißende Strom gelber Taxis, der tief unter uns durch das ausgeklügelte Netzwerk der Straßen kroch. Vor allem wollte ich sie allerdings damit beeindrucken, dass ich mich jeden Tag aufs Neue im Labyrinth dieser Stadt zurechtfand.

Mein Vater machte ein Foto von mir und meiner Mutter, Arm in Arm, mit dem braunen Hudson im Hintergrund. Dann fotografierte ich die beiden, wobei mein Vater hinter meiner Mutter Aufstellung nahm, die Arme um ihre Schultern gelegt, und beide lächelten. Ich wusste, die Aufnahme glich haargenau den ungezählten anderen Bildern, die ich im Lauf der Jahre während der Familienurlaube von ihnen gemacht hatte. Der einzige Unterschied war die wechselnde Kulisse.

Bevor wir gingen, steckten wir eine Münze in den Schlitz eines großen stählernen Verkaufsautomaten, zogen den Hebel und entnahmen ein flaches, ovales Kupferbild vom Empire State Building. Auf dem Weg nach unten teilten wir den Fahrstuhl mit einer Familie aus Missoula, Montana. »Woher kommen Sie?«, erkundigte sich die Frau.

Meine Eltern antworteten beide gleichzeitig. »Mobile, Alabama«, sagte meine Mutter, während mein Vater herausplatzte: »Austin.«

»Austin ist schön«, sagte die Frau. Ich war sprachlos. Mein Vater und meine Mutter sahen mich an, warteten darauf, dass die versteckte Botschaft bei mir ankam. Die Frau erzählte langatmig, wie sie einmal ein Konzert von Mac Davis in Austin besucht hatte. In der Zwischenzeit versuchte ich, die Neuigkeit zu verdauen. Meine Eltern lebten offenbar getrennt. Ein schuldbewusstes Grinsen breitete sich auf dem Gesicht meines Vaters aus, dann begann er zu kichern. Er blickte verlegen zu Boden, konnte jedoch nicht aufhören.

»Was ist daran so komisch?«, sagte der Ehemann der Frau. »Habe ich etwas verpasst?«

Mein Dad wurde rot. Er schlug die Hand vor den Mund und blickte starr in die Ecke, versuchte, seine seltsame, unpassende Reaktion zu unterdrücken. Doch es gelang ihm nicht, ebenso wenig wie vor einigen Jahren, als wir erfuhren, dass seine Schwester an Krebs erkrankt war. Er lachte und lachte, während sich meine Mutter wortlos in eine Ecke zurückzog. Sie konnte mir nicht in die Augen sehen. Die Frau legte schützend beide Arme um ihre Kinder, die meinen Vater anstarrten, als hätte er den Verstand verloren. Als wir endlich das Erdgeschoss erreichten und die Türen aufgingen, schob das Paar aus Missoula seine Söhne eilends aus dem Fahrstuhl.

Inzwischen lachte mein Vater so heftig, dass er kaum Luft bekam. Wir drei traten aus dem Fahrstuhl und schlossen uns einer Gruppe von Männern und Frauen in Hosenanzügen an. Sobald wir draußen waren, umklammerte meine Mutter krampfhaft ihre Handtasche, drückte sie an ihre Seite und tat, als sei nichts geschehen. Das Gelächter meines Vaters verstummte. Sein Gesicht war gerötet. Er warf einen Blick auf seine Uhr und steckte die Hände in die Taschen. Wir gingen weiter.

»Also? Ich höre.«

»Wir wollten es dir sagen«, erwiderte meine Mutter.

»Wann?«

»Bald.«

»Habt ihr vor, euch scheiden zu lassen?«

»Nein«, sagte mein Vater, nach Luft ringend. »Nur eine Trennung auf Zeit.«

»Eine Trennung mit viel Raum dazwischen. Das klingt ernst.«

»Es ist ein Experiment«, sagte er. Er hielt am Karren eines Straßenverkäufers und erstand drei Brezeln. Wir aßen sie schweigend, dann bahnten wir uns einen Weg durch die Menschenmenge und gingen zur U-Bahn-Station hinunter.

Während mein Vater *Tokens* kaufte – die Metallmarken, die als Fahrausweis dienen –, fragte ich meine Mutter: »Und was war letzte Nacht?« In der vergangenen Nacht hatten die beiden auf einer Luftmatratze in meinem Wohnzimmer kampiert. Ich hatte gehört, wie sie miteinander geschlafen hatten, da war dieses verräterische Pfeifen der Luft, die durch das winzige Loch in der Matratze entwich.

Sie zwirbelte den Anhänger, den sie um den Hals trug, und biss sich auf die Lippe. »Ein Unfall. Ein schwacher Moment.«

Jahre zuvor, nach einer kurzen Affäre zwischen meinem Vater und einer Frau, die eine Tierhandlung betrieb, hatte meine Mutter gesagt: »Mag sein, dass man nach so einem Schlag zusammenbleibt, doch man erholt sich nie wieder vollständig davon.« Im Laufe der Jahre war ihre Verbitterung gewachsen, während mein Vater immer stiller wurde. Als ich von ihrer Trennung erfuhr, war ich also nicht wirklich überrascht.

Während wir auf die Linie N warteten, sprach niemand ein Wort. Ich war traurig, noch stärker war jedoch das

Gefühl der Genugtuung. Zum ersten Mal in meinem Leben glaubte ich etwas zu verstehen, wovon meine Eltern keine Ahnung hatten. Die Ehe erschien mir damals wie ein Kinderspiel und ich konnte nicht umhin, meine Eltern als Versager zu betrachten. Ich listete mental alle Fehler auf, die sie gemacht hatten, ich war mir sicher, dass ich davor gefeit sein würde.

Während ich nun alleine den leeren Gang entlanggehe, noch wund von der Nacht mit Graham auf dem Boden der Racketball-Halle, habe ich das Bedürfnis, meine Eltern anzurufen und Abbitte zu leisten, weil ich so selbstgefällig gewesen war, weil ich die Ehe als eine leicht zu bewältigende Herausforderung abgetan hatte. Ich stelle mir meine Mutter vor, die lachend eine Zeile aus einem Countrysong zitiert, der davon handelt, dass selbst die größte Liebe in die Brüche gehen kann.

15

Ich gelobe, Dave alles zu erzählen, frage mich allerdings, ob es ihn überhaupt interessiert. Als ich die Kabine betrete, ist sie leer, das Bett ungemacht. Ich dusche und ziehe mich um, lege mir in Gedanken meine Beichte zurecht. In dem kleinen Badezimmerspiegel sehe ich eine Frau, die ich kaum wiedererkenne – die Ringe unter meinen Augen werden immer dunkler nach so vielen Nächten ohne richtigen Schlaf, meine Haare sind spröde von dem harten Wasser auf dem Schiff, meine Haut wirkt fahl von der Luftverschmutzung, der sie in den chinesischen Großstädten ausgesetzt ist.

Im Speisesaal geselle ich mich zu Dave, der am Obstbüffet steht und gerade zwei Teller füllt. »Hungrig?«

»Einer ist für Stacy. Es geht ihr nicht gut. Ich dachte, ich spiele mal den Kavalier.« Er ist frisch geduscht, sein dichtes Haar noch nass, seine Haut glüht. Er strotzt vor Gesundheit. Er spießt zwei saftige Wassermelonenstücke auf. Sie gleiten von der Gabel auf den Teller, den er für Stacy bereithält. Er fragt mich nicht einmal, wo ich letzte Nacht war. Er denkt sich vermutlich, ich sei spät zu Bett gegangen und früh aufgestanden, und er hätte beides verschlafen.

Stacy sitzt bereits am Tisch und wartet. Sie sieht müde,

jedoch rundum zufrieden aus. »Guten Morgen«, begrüßt sie mich.

»Alles in Ordnung?«

»Nicht ganz, doch bei Dave bin ich ja in den besten Händen.«

Dave errötet und stellt ihr den Teller hin. Sie leert ihr Wasserglas in einem Zug. Dann trinkt sie aus Daves Glas. Er wirft ihr einen raschen Blick zu, dann setzt sie das Glas ab und lächelt mich an. »Tut mir Leid. Ich bin so durstig, dass ich glatt aus dem Fluss trinken könnte.«

Dave isst zwei Scheiben Toast und liest die Schlagzeilen in *The China Daily*. An seinem Hals befindet sich ein kleiner blauer Fleck, direkt unter dem Ohrläppchen. Seine Unterlippe ist leicht geschwollen.

Er ertappt mich dabei, wie ich ihn anstarre. »Stimmt was nicht?«

»Nein, alles in Ordnung.« Ich beuge mich vor und berühre seine wunde Lippe. »Hast du dich verletzt?« Die kleine Geste kommt mir überraschend natürlich vor, zeugt von einer Vertrautheit im wechselseitigen Umgang, die ich trotz allem als aufrichtig empfinde. Als Dave seine Wange an meine Hand schmiegt, steigt eine Welle der Zärtlichkeit in mir auf, und Eifersucht, und Schuldgefühle.

»Ich muss los«, sagt Stacy. Sie sieht aus, als würde sie gleich in Tränen ausbrechen. Als sie aufsteht, erhebt sich Dave ebenfalls, als wollte er ihr nachgehen. Dann nimmt er wieder Platz. Stacy blickt sich noch einmal nach uns um, bevor sie den Raum verlässt.

»Tut mir Leid«, sagt Dave, den Blick auf seinen Teller

geheftet. Im Bruchteil von Sekunden wird mir alles klar. Beinahe über Nacht ist die Untreue ein unausgesprochenes Symptom des unheilbaren Zustands geworden, in dem sich unsere Ehe befindet. »Das war nicht geplant.«

Ich rühre Sahne und Zucker in meinen Kaffee. »Ich weiß.«

»Du hast allen Grund, wütend zu sein.«

Ich streiche Himbeermarmelade auf ein hartes weißes Brötchen. »Bin ich aber nicht.«

»Natürlich bist du.«

»Nicht wirklich.«

»Was meinst du damit?«

»Die Geschichte mit Graham.«

Er schluckt. »Habe ich es mir also doch nicht eingebildet.«

»Nein.«

Er streicht mit der Hand über die rote Satintischdecke, hin und her. Die Decke ist mit Ölflecken übersät. »Ich schätze, damit sind wir quitt.«

»Vermutlich.«

»Warum bin ich dann eifersüchtig?«

»Mir geht es genauso.«

Er legt die Hand auf den Tisch, mit der Handfläche nach oben, ballt die Faust, öffnet sie. »Hast du mit ihm geschlafen?«

Ich schweige.

»Du hast mit ihm geschlafen.« Er blinzelt, als wäre er soeben aufgewacht.

Ich spiele mit dem Salzstreuer. »Du warst derjenige, der gegangen ist.«

Er drückt den Daumen in die Zinken seiner Gabel. Ich bin drauf und dran, ihm die Gabel wegzunehmen, an seine schönen Hände denkend, doch ich gebiete mir Einhalt. Dazu habe ich kein Recht mehr. »Schau dir deine Lippe, deinen Hals an. Sie hat aus deinem Wasserglas getrunken, vor meinen Augen. Glaubst du, ich bin blind?«

Er seufzt, weicht meinem Blick aus. »Ich behaupte nicht, dass ich unschuldig bin, dass ich keine Fehler gemacht habe.« Das Paar am Nachbartisch dreht sich um und starrt uns an. Die Frau trägt große grüne Ohrringe in Form von Schildkröten.

Ich bemühe mich, leise zu sprechen. »Es ist sechs Monate her, seit du mich das letzte Mal berührt hast, und noch länger, seit wir miteinander geschlafen haben.« Ich trinke einen Schluck Kaffee, nur um mich abzulenken. Er ist lauwarm. Die Sahne ist geronnen, winzige weiße Sprenkel schwimmen auf der Oberfläche.

»Scheint ja so, als würdest du eine Strichliste über meine Versäumnisse und Unzulänglichkeiten führen.« Er lässt die Gabel los. Die Spitze seines Daumens hat kleine rote Kerben. Einmal, als wir frisch verheiratet waren, habe ich seine Fingernägel lackiert, während er schlief. Am Morgen starrte er wie gelähmt die merkwürdigen roten Auswüchse an seinen Händen an. Er hatte irgendwann einmal gesagt, er würde gerne mit mir tauschen, nur für einen Tag, um selbst zu erleben, was es bedeutet, eine Frau zu sein. Was ist mit der Leichtigkeit in unserem Umgang miteinander geschehen, dieser unverblümten Aufrichtigkeit, die keine Scham kannte?

»Nach deinem Auszug hatte ich erwartet, dass du dich

wenigstens hin und wieder meldest.« Ich finde die Bitterkeit, die sich in meine Stimme geschlichen hat, peinlich.

Seine Kiefermuskeln spannen sich an, lassen die Andeutung eines Grübchens unter dem linken Wangenknochen in Erscheinung treten. Das Grübchen hatte ich vergessen. Ein seltsamer Gedanke, ich könnte auch nur die kleinste Einzelheit eines Gesichts vergessen, das ich ganze zwölf Jahre vor mir gesehen hatte. »Ist der Mann wichtig für dich?«

Ich nicke.

»Er ist zu alt für dich.«

»Wie alt ist Stacy?«

»Fünfundzwanzig.« Er betrachtet eingehend mein Gesicht, nüchtern, wie mir scheint, wie das einer Fremden. »Wie konnte das alles passieren?«

»Darüber habe ich mir auch schon den Kopf zerbrochen. Vielleicht hat es mit der Frau in Chelsea angefangen.«

»Ich habe nie mit ihr geschlafen.«

»Das war auch nicht nötig.«

Er nimmt die Serviette von seinem Schoß und faltet sie fein säuberlich in zwei Hälften. »Es besteht kein Grund, sie in diese Sache hineinzuziehen.«

»Erinnerst du dich, wohin wir an dem Tag fahren wollten, als du sie gerettet hast?«

»In den Norden, übers Wochenende.«

»Weißt du auch noch warum?«

Er zuckt die Schultern.

»Es war unser Hochzeitstag. Der zehnte. Wir haben die Frühstückspension nie erreicht, in der wir ein Zimmer reserviert hatten.« Mit Sicherheit weiß er noch, wie er mit ihr im Krankenwagen zurückgefahren ist. Ich für meinen Teil kann die Rückfahrt in die Stadt nicht vergessen, alleine. »Du hast den ganzen nächsten Tag bei ihr in der Klinik verbracht.«

»Was hätte ich denn sonst tun sollen?«

»Du hast sie gerettet. Das war genug. Du hättest den Rest den Ärzten überlassen können.«

Er fischt mit einem Löffel einen Eiswürfel aus seinem Orangensaft, lässt ihn wieder hineinfallen. »Ich konnte nicht anders.«

»Und was war mit der Woche vor deinem Auszug? Als du Mittwochabend von der Arbeit nach Hause kamst, war der Tisch festlich gedeckt. Ich hatte Kerzen besorgt, Wein. Ich hatte ganz New York leer gekauft. Ich trug das gelbe Kleid.«

Seine Miene sagt mir, dass er sich an nichts mehr erinnert. »Worauf willst du hinaus?«

»Wir hatten uns gerade zu Tisch gesetzt, als das Telefon läutete. Ich bat dich, nicht ranzugehen.«

»Ich bin Rettungssanitäter.«

»An dem Abend nicht. Du hattest keinen Bereitschaftsdienst.«

»Ich habe gewisse Verpflichtungen.«

»Sie war es. Du hast nicht einen Bissen von deinem Steak gegessen. Keinen einzigen Schluck Wein getrunken. Du hast deinen Mantel angezogen und bist gegangen.«

Er legt seine Serviette zu kleinen Dreiecken zusammen. »Sie wusste nicht mehr ein noch aus.«

Er faltet die Serviette immer wieder neu. Ich erwarte halb, dass die Form eines anmutigen Schwans erscheint, doch hier handelt es sich nicht um Origami, sondern lediglich um einen nervösen Tick. Er faltet die Serviette zu einem kleinen prallen Viereck mit perfekten Ecken. »Mein Gott, ich bin der einzige Freund, den sie hat. Wie kannst du ihr das vorhalten! Die Frau hat Verbrennungen dritten Grades im ganzen Gesicht erlitten, Himmel noch einmal. Hast du ihr Gesicht gesehen? Wusstest du, dass ihr Freund sie nach dem Unfall verlassen hat? Er sagte, er könne ihren Anblick nicht ertragen. Kannst du dir vorstellen, was das für eine Auswirkung auf einen Menschen hat?«

»Ich sage ja nur …«

»Bist du nicht ein bisschen egoistisch? Schau dich doch an. Du bist gesund. Du hast alles unter Kontrolle.«

»Das klingt ja so, als sei das ein Makel. Als müsste ich dafür bestraft werden.«

»Das habe ich nicht gemeint. Doch die arme Frau war zu bedauern, sie war selbstmordgefährdet.«

»Irgendwo muss man Grenzen ziehen. Man kann nicht jeden Menschen retten.«

»Ich kann doch jemanden in Not nicht einfach ignorieren.« Er legt die Serviette beiseite und beginnt, Salz auf die Eier zu streuen. Er streut und streut, dann nimmt er den Pfeffer zur Hand. »Damit willst du gewiss andeuten, dass ich kein perfekter Ehemann war.«

»Perfektion war mir nie wichtig.«

Er streckt den Arm aus, legt seine Hand auf meine. »Diese Geschichte mit Graham. Bist du sicher, dass es dir nicht darum geht, mich zu verletzen?«

»Was zwischen mir und Graham ist, hat nichts mit dir zu tun.«

»Na gut.« Er zieht seine Hand weg. »Ich würde es verstehen, wenn du es mir heimzahlen willst. Vielleicht verdiene ich es nicht besser.« Er hebt sein Wasserglas an die Lippen und will gerade trinken, als wir beide gleichzeitig den klebrigen Abdruck von Stacys pinkfarbenem Lippenstift am Rand entdecken. Er stellt das Glas zurück. »Es ist nur –« Er starrt die Eier an, auf denen Salzkristalle glitzern. »Es ist sonderbar, mir vorzustellen, dass du mit einem anderen Mann zusammen bist.«

Matt Dillon kommt an unseren Tisch. »Möchten Sie noch anderes?«

»Nein danke, alles bestens«, sagt Dave.

Whitney Houstons honigsüße Stimme ertönt aus dem Lautsprecher. Matt Dillon balanciert ein Tablett mit Kaffeetassen auf einer Hand und sagt: »Ich hoffe, Sie haben sehr gut Flitterwochen.«

»Danke«, sagt Dave. »Doch das sind nicht unsere Flitterwochen.«

»Sie können tun als ob«, sagt Matt Dillon. Lächelnd geht er davon.

Dave zupft an seinem Kragen. »Ich habe dich vermisst.«

»Wirklich?«

Er sieht verletzt aus. »Natürlich. Und nicht nur während der beiden letzten Monate. Ich vermisse dich schon seit langem. Ich hatte das Gefühl, dass du mich nicht mehr brauchst.«

»Das hast du dir nur eingebildet.«

Ich denke an die langen Abende, die ich, am Fenster sitzend, verbrachte, darauf wartend, dass die zweite Nachtschicht zu Ende ging, und wünschte, dass er wie von Zauberhand dastünde. Jedes Mal, wenn er zu einem Einsatz gerufen wurde, stockte mir der Atem, weil ich sicher war, dass er eines Tages Opfer eines Messerstechers werden würde, während er in einer finsteren Gasse eine Schusswunde versorgte. Ich stellte mir vor, wie das Blut durch sein weißes Hemd sickerte, den Ausdruck der Überraschung auf seinem Gesicht, die Hand, die er auf seine Brust presste, um die Blutung zum Stillstand zu bringen. Würde er in einem solchen Augenblick genauso praktisch und nüchtern denken wie sonst? Würde er versuchen, sich über die Tiefe der Wunde, den Einstichwinkel der Klinge klar zu werden und über die wahrscheinlichen Reaktionen und angeborenen Neigungen seines eigenen Herzens, das verzweifelt ums Überleben kämpfte? Würde er die Entfernung bis zur Klinik in Betracht ziehen, sie auf einem mentalen Kilometerzähler abspulen oder würde er einer Panik nahe sein, mit rasendem Herzen, das langsamer schlägt, sich rasselnd dem letzten Atemzug nähert?

»Was ist mit Stacy?«, frage ich.

»Sie ist gestern Abend aus der Koje gefallen und kam zu mir, weil sie Hilfe brauchte. Völlig harmlos.«

»Du wirst ihr gut tun«, sage ich. Und das ist aufrichtig gemeint. Dave tut jedem gut. Gewiss sieht er in Stacy einen Menschen, der seine besten Eigenschaften zum Vorschein bringt – wieder eine Frau, die zu retten er sich berufen fühlt, wie er mich einst gerettet hat.

16

NANCY ELIOT TRUG JEANS und ein rotes T-Shirt und sie brachte nicht nur das Essen, sondern auch die Hiobsbotschaft. Es war nicht ganz ein Jahr seit unserem Abschluss an der Murphy Highschool in Mobile vergangen, doch meine Erinnerung an sie begann bereits zu verblassen. Mir war nur noch eines im Gedächtnis haften geblieben: Sie hatte den Vorsitz über den Debattierclub geführt und stets eine Unmenge Zahlen im Kopf. Jede ihrer Aussagen wurde von Statistiken, Fallbeispielen und einer langen bibliografischen Referenzliste belegt. Deshalb war sie absolut glaubhaft, deshalb konnte ich ihre Mitteilung nicht als Hörensagen oder üblen Scherz abtun, als boshaftes, an den Haaren herbeigezogenes Gerücht.

Ich hatte Weihnachtsferien und Dave und ich saßen in einem *Diner* an der Canal Street in Mobile. Wir hatten uns kein einziges Mal geküsst, es gab nicht das leiseste Anzeichen einer sich anbahnenden Romanze. In New York City waren wir gute Freunde, verbrachten die Wochenenden miteinander und gingen ins Kino. Er war nach Pensacola geflogen, um seinen Bruder zu besuchen, und ich hatte ihn für ein paar Tage nach Mobile eingeladen, hatte ihm einen authentischen Hauch Südstaatenflair versprochen. Er schlief im Gästezimmer meines Elternhauses.

Zwei Tage vorher hatten wir uns mit Amanda Ruth und Allison, ihrer neuen Freundin, im *The Mariner* zum Essen getroffen. Zwei Tage vorher hatte ich gedacht, das ist nicht *meine* Amanda Ruth, die Amanda Ruth, die unser Geheimnis bewahrte, der niemals eingefallen wäre, in aller Öffentlichkeit Händchen zu halten. »Was hat sie mit dir gemacht?«, hätte ich am liebsten gefragt, auf Allison mit ihrem militärisch kurzen Haarschnitt, den ausgebeulten Jeans und ihrer unmissverständlichen Art anspielend. Ich war entrüstet, als ich erfuhr, dass sie das Wochenende in dem Haus am Fluss verbracht hatten. Ich malte mir aus, wie sie auf *unserem* Steg gesessen, Garnelen auf *unserem* Grill zubereitet und sich auf *unserer* alten Matratze geliebt hatten.

»Hast du Mr. Lee kennen gelernt?«, fragte ich Allison, während wir auf das Essen warteten. Was ich damit meinte, war: *Hat er Lunte gerochen*?

Amanda Ruth und Allison sahen sich an, als teilten sie ein Geheimnis miteinander, eine Ebene der Realität, von der ich ausgeschlossen war. »Gewissermaßen«, erwiderte Allison.

»Keine besonders erfreuliche Begegnung«, gestand Amanda Ruth. »Vor ein paar Wochen rief ich zu Hause an, um Mom und Dad mitzuteilen, dass ich in den Weihnachtsferien jemanden mitbringen würde. Ich wollte lieber warten, bis wir dort waren, um ihnen reinen Wein einzuschenken. Als Dad von der Arbeit kam, standen Allison und ich gerade mit Mom in der Küche. Sie tat so, als sei das kein Drama, doch ich sah, dass sie entgeistert war. Dad wollte wissen, wo mein Freund sei. Er hatte geplant, mit dem jungen Mann, wie er meinte, Hochseefischen zu gehen. Er hatte ein Boot gechartert und sogar eine Angelrute für seinen Schwiegersohn in spe gekauft. Ihr hättet sein Gesicht sehen sollen, als ich ihm eröffnete, dass es Allison war, die er kennen lernen sollte.«

»Mutig«, sagte ich. »Allerdings ganz schön riskant.«

Dave spießte einen frittierten Maiskuchen, ein typisches Südstaatengericht, auf seine Gabel. »Wie hat dein Dad reagiert?«

»Er murmelte etwas in der Art, er dulde solche ekelhaften Dinge nicht unter seinem Dach, und stürmte aus dem Haus.«

»Ich habe noch nie jemanden gesehen, der so in Rage war«, fügte Allison hinzu.

»Du weißt ja, wie Mom ist«, sagte Amanda Ruth. »Sie tat, als sei nichts geschehen. Sie fragte, ob wir Lust auf Dosenpfirsiche mit Sprühsahne hätten.«

Zwei Tage später brachte Nancy Eliot das Essen, das wir bestellt hatten: ein gegrilltes Käsesandwich für Dave, einen Burger für mich. Dazu zwei Gläser Eistee und einen sahnigen Schokoladenmilchshake, den wir uns teilen.

Ich erinnere mich, dass an jenem Tag alles wie am Schnürchen zu laufen schien. Ich hatte noch keine Gelegenheit gehabt, mit Amanda Ruth alleine zu sprechen, doch wir wollten uns vor meiner Rückkehr nach New York treffen, sobald Allison und Dave weg waren. Sie hatte gemeint, wir könnten einen Abstecher zum Fluss machen, vielleicht Garnelen grillen, mit dem Boot nach Petite Bois Island hinausfahren.

Ich genoss Daves Aufenthalt in Mobile. Ich war aufgeregt bei dem Gedanken, Amanda Ruth alleine zu treffen, ich freute mich allerdings auch auf die Rückkehr nach New York, auf mein Studium und den neuen Bekanntenkreis, in den Dave mich eingeführt hatte – Leute, die es beruflich zu etwas gebracht hatten, mit geschmackvoller Garderobe und interessanter Wohnungseinrichtung. Dave nahm mich in kleine experimentierfreudige Theater und exotische Restaurants mit, in die ich vorher nie gegangen wäre: äthiopische und griechische, indische und malaysische. Ich war achtzehn, er war vierundzwanzig und kam mir unglaublich reif vor, ganz anders als die grünen Jungen aus der Highschool. Ich fand ihn attraktiv, nett, humorvoll und konnte nicht umhin, mich zu fragen, wie es wohl sein mochte, ihn zu küssen.

»Habt ihr noch einen Wunsch?«, fragte Nancy.

»Nein danke.«

Sie entfernte sich ein paar Schritte von unserem Tisch, dann drehte sie sich um und kam zurück. »Ihr habt es vermutlich schon gehört, oder?«

»Was gehört?«

Nancy stützte beide Hände auf die Tischplatte und beugte sich vor, als wollte sie uns ein Geheimnis verraten. Sie sprach mit leiser Stimme, ihre Augen waren weit aufgerissen. Auf der rechten Schulter ihres T-Shirts hatte sie einen Ketchup-Fleck. Ein blauer Bic-Kugelschreiber fiel aus ihrer Schürzentasche und landete auf unserem Tisch. »Ein Mädchen aus unserer ehemaligen Klasse wurde heute Morgen tot aufgefunden. Ihre Leiche lag hinter der Rollschuhbahn. Erwürgt.«

»Wer denn?«

In dem Augenblick verspürte ich eine ungezügelte, geradezu krankhafte Neugierde, die nicht das Geringste mit Bedauern zu tun hatte. Ich konnte es kaum erwarten, alle Einzelheiten zu erfahren – wer, wann, wo, wie und wenn möglich warum. Das Erste, was mir in den Sinn kam, war das Gesicht von Samantha Arnold, eine Cheerleaderin mit einem Freund, der nicht mehr ganz dicht war und sie einmal während einer Party verprügelt hatte, im Beisein ihrer Freunde, die untätig herumstanden. Sie gehörte zu der Sorte Mädchen, die solche Tragödien geradezu heraufbeschworen, Mädchen, deren Tod schlussendlich niemanden wunderte.

»Ich kannte sie kaum«, sagte Nancy. Ihr Familienname war Lee.«

Ihr Familienname war Lee. Das war der Augenblick, in dem meine Welt aus den Fugen geriet, der Augenblick, in dem nichts mehr so war wie früher. Ich ging die Liste der Namen durch, überlegte krampfhaft, wen ich sonst noch mit dem Nachnamen Lee kannte. Panik, gleich darauf erleichtertes Aufatmen, die vage Erinnerung an ein Mädchen namens Danielle, die im Chemieunterricht vor mir saß. Sie war schlampig gekleidet, aber nett und bestand selten einen Chemietest. In unserem letzten College-Jahr drückte sie mir an Halloween eine kleine Papiertüte in die Hand, die mit Süßigkeiten gefüllt war.

»Danielle Lee.« Das war keine Frage, sondern eine Feststellung. Ich sah Nancy an, Bestätigung suchend.

»Nein, nicht Danielle. Amanda Ruth Lee. Erinnerst du dich? Hübsches Mädchen. Chinesin oder so.«

Dave war aufgesprungen. Er setzte sich neben mich,

legte seinen Arm um meine Schultern, das Gesicht zu mir herabgebeugt. »Wir möchten zahlen«, sagte er.

»Tut mir Leid, ich wusste nicht, dass ihr befreundet wart.«

»Bring uns bitte die Rechnung.« Dave schloss mich in seine Arme. Er schaffte es zu zahlen, ohne mich loszulassen, holte irgendwie sein Portemonnaie aus der Tasche und legte einen Stapel Dollarscheine auf den Tisch. »Komm, wir fahren«, sagte er, half mir beim Aufstehen und führte mich nach draußen, in das warme Licht der Dezembersonne. Es war Spätnachmittag. Er schloss die Autotür auf und verstaute mich auf dem Sitz – ich hatte meinen Körper nicht mehr in der Gewalt, er kümmerte sich um alles. Der Wagen sprang an und er fuhr los, eine Hand auf meinem Bein, während er lenkte, keiner von uns beiden sprach, im Radio spielten Oldies, Smokey Robinson sang eine Schnulze, *Tracks of my Tears*. Binnen einer halben Stunde hatten wir die Küste erreicht. Die Fensterscheiben waren heruntergekurbelt, es roch nach Salz und Eiche und sonntäglichen Grillfesten, nur ein Hauch Kälte lag in der Luft, alles war sauber und frisch, der Himmel wolkenlos und das Meer schien sich kaum zu bewegen, mehr weiß als blau im Sonnenlicht. Dave hielt am öffentlichen Strand, dann kam er um das Auto herum auf die Beifahrerseite, öffnete die Tür und half mir beim Aussteigen. Er nahm meine Hand und führte mich zu den Sanddünen, an den Strandduschen vorbei, zum Wasser hinunter.

Von der Straße aus hatten die Wellen läppisch gewirkt, doch aus der Nähe betrachtet sah ich, dass der Ozean schäumte, hörte das Tosen der Brandung, die sich im Sand verlief. Gelbe Warnschilder waren aufgestellt, warnten die Strandgänger vor der gefährlichen Strömung, der Ripptide. An diesem entlegenen Strandabschnitt gab es keine Rettungswacht, sondern nur Schilder: *Warnung! Starke Unterströmung. Baden auf eigene Gefahr.* Da war das Geräusch der Wellen, die sich überschlugen, und das Knistern der Schaumkronen, als sich ihre Kraft erschöpfte, das Geräusch von Autos, die vorüberfuhren, ein Motorrad, das mit voller Geschwindigkeit die zweispurige Fahrbahn entlangröhrte, und der Schaum, der in alle Himmelsrichtungen zerstob, gefolgt von der nächsten Welle. In der Ferne ein weißes Segel. Beerentang, im Sand verstreut, eine Qualle, an Land gespült, verendend. Dave kniete sich vor mich hin und band mir die Schnürsenkel auf. Er streifte mir die Schuhe von den Füßen, zog mir die Strümpfe aus und rollte meine Hosenbeine hoch, weit über die Knöchel.

In dem Moment erinnerte ich mich, wie Amanda Ruth in der Turnhalle vor mir kniete und meine Schnürsenkel aufband. Die Enden der Schuhbänder waren ausgefranst und hatten sich in den Ösen verheddert. Ihre Haare glänzten im Neonlicht, das von oben herabschien. Auf der anderen Seite der Halle spielten die Jungen »Abmurksen«. Der Abgemurkste war Roland: er trug ein blaues T-Shirt und lag ächzend auf dem Boden, während ich spürte, wie ihr Atem meine Knie, ihre Fingerspitzen meine Knöchel streiften.

Dave zog seine Schuhe aus und wir marschierten los. Ich kam mir vor wie in Trance – es konnte nicht sein, dass ich eingedenk eines solchen Wissens in der Lage war, zu atmen, mich zu bewegen, den Strand entlangzugehen, dieses Wissen hatte nichts mit der Realität zu tun. Die Sonne brannte vom Himmel. Bei unserer Abreise hatte es in New York City geschneit, während es in Alabama für diese Jahreszeit zu warm war. Amanda Ruth hatte sich zu Weihnachten immer kaltes Wetter gewünscht. »Ich komme dich im Winter besuchen, während der Semesterferien«, hatte sie an unserem letzten gemeinsamen Abend im Bootshaus gesagt. »Vielleicht haben wir ja Schnee. Ich möchte den Weihnachtsbaum vor dem Rockefeller Center sehen.«

Dave bückte sich und hob zwei *Angel Wings* auf, die mit der Brandung an den Strand gespült worden waren. Er hielt meine Hand auf und legte sie mit einer Hand voll Sand hinein. Die Schalen schillerten gelb und rosa und blau und die winzigen Kreaturen, die über die paar Sandkörner hinaus keine Perspektive hatten, gruben unentwegt weiter, gruben sich durch den nassen Sand zu meiner Handfläche vor. Ich spürte den federleichten Druck, das Kitzeln der gummiartigen Tentakeln auf meiner Haut. Ich legte den Sandklumpen ins Wasser zurück und spülte meine Hände ab.

»Baby«, sagte er zu mir, zum ersten Mal. Das einzige Wort, das bis zu mir vordrang, das Wort, das mich umfangen hielt, bewirkte, dass ich unversehrt blieb. Woran ich mich am besten erinnere, ist das Gefühl der Auflösung, ein schrittweises Erlöschen, das in der Brust begann, das Gefühl des Verfalls. Doch Dave war bei mir, breitschultrig, groß, ein Fels in der Brandung. Er zog mich an sich und hielt mich umschlungen, sein Körper und seine Stimme ein schützender Kokon. »Baby«, sagte er abermals.

Wäre seine ruhige Gegenwart, der starke Halt seiner Arme nicht gewesen, hätte ich niemals dort am Strand stehen, einen Fuß vor den anderen setzen, sprechen, essen oder den Nachmittag über die Runden bringen können.

»Erzähl mir was«, sagte ich. Dave verstand auf Anhieb meinen Wunsch, in die Welt der Fakten, der Wissenschaft und der Gewissheit einzutauchen, ein Gebiet, auf dem er sich gut auskannte. Er musste nur entscheiden, welche Fakten er mir an die Hand geben sollte, mit welcher Methode er mich zu ihm zurückholen könnte. Wir gingen einige Minuten schweigend nebeneinander her. »Schau«, sagte er schließlich und bückte sich, um eine große Muschel mit spiralförmigen Rillen aufzuheben. Er hielt sie an mein Ohr. Das Meeresrauschen drang in meinen Kopf ein. »Ich werde dir etwas über Schallwellen erzählen«, sagte er.

»Okay.« Jetzt hatten wir ein Thema, etwas Greifbares. Mein einziges Ziel bestand darin, aufmerksam zuzuhören.

»Die Schallwellen dringen durch die Ohrmuschel, die sie sammelt und an den äußeren Gehörgang weiterleitet, in unser Ohr. Sie versetzen das Trommelfell in Schwingung.« In einem Ohr das hohl klingende Meeresrauschen der Muschel. Im anderen Daves Stimme, klar und monoton, die mir sagt, es sei nicht das Meer, das man in dieser Muschel rauschen hört, sondern lediglich Schwingungen, um ein Vielfaches verstärkt. Auf diese Weise lüftete er das Geheimnis der Meeresmuschel, verwandelte einen Mythos in eine hieb- und stichfeste Tatsache, führte mich aus der Dunkelheit, zu ihm zurück.

Wir blieben am Strand, bis es dunkelte, gingen spazieren, standen schweigend da, saßen in den Schatten, die Mondlicht und Dünen schufen. Während der Heimfahrt sagte er: »Möchtest du zum Fluss?«

»Okay.« Ich hörte meine Stimme im geschlossenen, geschützten Raum des Wagens. Die Fensterscheiben waren hochgekurbelt, die Klimaanlage lief. Wir waren die Einzigen, die auf der dunklen Landstraße unterwegs waren. Neben der Straße Pfahlbauten, Dünen, die Dunkelheit des Strandes.

Die kurze Strecke zum Fluss schien Stunden zu dauern. Als wir zu Amanda Ruths Haus kamen, fragte er: »Möchtest du alleine sein?«

Er blieb im Wagen sitzen, während ich durch den Garten, zum Steg und zum Bootshaus hinunterging. Ich verbrachte über eine Stunde auf der alten Matratze im Grillraum, in dem Amanda Ruth und ich in der Woche vor ihrer Abreise nach Montevallo übernachtet hatten. Irgendwann schlief ich ein. Ich träumte von ihr. Als ich aufwachte, drehte ich mich um und erwartete, sie neben mir zu finden. Ich wusste, dass ich träumte, und Nancys Worte kamen mir ebenfalls wie ein Traum vor, auch mein Strandspaziergang mit Dave war ein Traum gewesen. Ich würde an ihrer Seite wachen und sie würde aus dem Schlaf hochschrecken, zerzaust und verwirrt wie immer. Doch als ich mich umdrehte, war da nichts, nur ein klammes Kopfkissen ohne Bezug, eine modrige Decke. Ich öffnete meine Augen und blickte aus dem Fenster. Der Fluss glitt gemächlich vorüber, tiefschwarz und warm im Mondlicht. Im Halbdunkel konnte ich die Umrisse vertrauter

Gegenstände erkennen. Amanda Ruths Sonnenbrille auf der Metallkiste neben dem Herd. Ihre Flipflops neben der Tür, aufs Geratewohl von den Füßen geschleudert. Ich trat auf den Steg hinaus und hielt Ausschau nach ihr. Nichts. Ich war alleine. Ich war einer Panik nahe. Ich ging wieder hinein, hoffte noch, glaubte immer noch an die Möglichkeit, dass ich alles nur geträumt hatte, dass Amanda Ruth nicht umgebracht worden war, dass sie im Boot saß und auf mich wartete, in dem Wissen, dass ich sie auch im Dunkeln finden würde, dass ich im Halbschlaf zu ihr kommen und mit meinen Lippen ihre Schultern, ihr Haar berühren würde.

Der Wasserstand in unserem blauen Raum war niedrig. Das Boot wurde hin und her geworfen und stieß überall an. Einen Moment lang war ich glücklich, redete mir ein, das Geräusch stamme von Amanda Ruth, die sich unter Deck aufhielt, mit den Knöcheln gegen die Fiberglaswände hämmerte und mich rief. Ich stieg ins Boot und wich den beiden Angelruten aus, die auf dem schlüpfrigen Boden lagen, die Rollen zum Auswerfen der Schnur nicht ganz bis zum Anschlag zurückgedreht, die Leinen schlaff. Ich ging in die Kajüte hinunter, die modrig und klamm war, meine Finger fanden den Lichtschalter. Da waren die beiden langen Sitzkissen, die im Bug zusammentrafen und ein V bildeten, dort lagen wir oft, Kopf an Kopf, und unterhielten uns. Da war der kleine Herd, die Nasszelle mit der niedrigen, wackeligen Toilette, die Türschwelle, auf der man sich tief ducken musste, um sich nicht den Kopf anzustoßen. Hier war sie auch nicht. Ich kletterte wieder an Deck und tastete mich zu dem Segeltuchstuhl vor, der steif vom Salz war und ließ den Kopf auf das Steuerrad sinken.

Mondlicht schimmerte durch die Ritzen in den Holzwänden. Das Wasser unter dem Boot war schwarz. Hier roch es nach Nacht und abgestandenem Regen, nach etwas Dunklem, das im Verborgenen schlummert. Ich dachte an die langen Sommertage, wenn die Persenning oben war, Sonnenlicht den Raum durchflutete und das Wasser den tiefblauen Schimmer von Lapislazuli annahm. Amanda Ruth saß auf der Kante des Bootes und ließ sich rückwärts ins Wasser fallen, um gleich darauf lachend wieder aufzutauchen, mit Silbertropfen, die an ihren Wimpern hafteten. Sie trug einen gelben Badeanzug, die Träger waren aus winzigen blauen Glasperlen gemacht. Doch nichts war so blau wie unser Raum und nichts so real wie Amanda Ruth.

Ich ging barfuß über den Steg zurück, durch den Garten, auf die Straße hinaus, wo Dave auf mich wartete. Er war wach, hörte Radio. Der Schlüssel steckte im Zündschloss. »Fertig?«, fragte er, als hätte er nur wenige Minuten gewartet, als wären wir gerade erst angekommen.

Es war in den Stunden und Tagen nach Amanda Ruths Tod, als sich die Beziehung zwischen Dave und mir zu verändern begann. Eines Abends fuhren wir nach Golf Shores, breiteten ein altes Laken auf dem Sand aus und tranken Bier bis spät in die Nacht. Am Himmel war kein einziger Stern zu sehen, nur das flackernde Licht der Autoscheinwerfer auf dem Highway hinter uns, und vom Pink Pony Club unten am Strand wehte gedämpfte Musik zu uns herüber. Wir saßen so nahe am Meer, dass wir die

Gischt der brandenden Wellen spürten. Die Luft roch nach Fisch, Salz und Wärme, sie war berauschend, typisch für den Golfstrom. Irgendwann beugte sich Dave zu mir und küsste mich. In jener Nacht entdeckte ich seinen Körper mit einer Leidenschaft, die ich noch nie für einen Mann empfunden hatte. Meine Sehnsucht ging über jedes Wort, über jede Lust hinaus. Seine Berührung war Balsam für meine Seele. Die nächsten Tage verbrachte er im Haus meiner Eltern, die vorgaben, nicht zu bemerken, dass er vom Gästezimmer in mein Zimmer umgezogen war. Nur wenn wir miteinander schliefen, war ich in der Lage, mich von dem schrecklichen Wissen um Amanda Ruths Tod zu befreien. Nur wenn er in mir war, seine Hände über meinen Rücken glitten, meine Beine um seine Taille geschlungen, sein Mund an meinem Ohr, nur dann existierte der Tod in einer anderen Dimension, in einer anderen Welt, die ich verdrängen konnte.

Ein Jahr später machte er mir einen Heiratsantrag. Es gab keine andere Antwort als Ja. Es ist möglich, einen Menschen zu lieben, weil er sich in einem einzigen Augenblick des Lebens als stark und zuverlässig erwiesen hat, weil es ihm gelungen ist, mit perfektem Gespür für den richtigen Zeitpunkt und absoluter Präzision auf unausgesprochene Bedürfnisse zu reagieren.

17

Später am Abend, als die Reparaturarbeiten wie durch ein Wunder beendet sind, spüren wir das Grollen der Maschine unter uns, der Motor springt an. Dann ein lautes Ächzen, ein ohrenbetäubender Lärm, und wir bewegen uns von der Stelle. Die Lichter der Bojen blinken auf dem Fluss. Ich kann meinen Blick nicht von Graham lösen – die zerzausten grauen Haare über seinem Hemdkragen, die angespannte Sehne an seinem Hals, die Art, wie er auf der Unterlippe kaut, wenn er in Gedanken versunken ist. In solchen Augenblicken fällt es mir schwer zu glauben, dass er sich mit seinem Tod abgefunden hat.

Der Morgen dämmert herauf, als wir Wuhan erreichen, eineinhalb Tage später als geplant. Die Stadt stinkt nach Kohle, selbst bei strömendem Regen. Im Hafen wimmelt es von Booten. Hunderte haben sich an den Ufern des Flusses eingefunden, um die Flut mit Sandsäcken einzudämmen. Männer mit nacktem Oberkörper, die im Licht von Taschenlampen und Autoscheinwerfern Knochenarbeit verrichten.

Die Passagiere sind unzufrieden. Im Raum der Alten Dichter wird ein Kriegsrat einberufen. Riesige chinesische Kalligraphien schmücken die Wände, reichen von der Decke bis zum Fußboden. Elvis Paris setzt seine grüne

Gruppe davon in Kenntnis, dass unser Schiff weiterfährt, da es eine andere Reisegruppe in Chongquing abholen und flussabwärts bringen muss. Wir können an Bord bleiben oder uns, gegen einen kleinen Aufpreis, ein Zimmer in der Stadt nehmen und »Alternative Reiseroute genießen, wie in Broschüre beschrieben«. Ich habe meine Reiseunterlagen gründlich gelesen, doch kein Wort von einer alternativen Route entdeckt. Laut Elvis sieht sie einen Flug nach Xian zur Besichtigung der Terrakotta-Armee vor, gefolgt von einer Zugfahrt nach »zaubersame Stadt Guilin, uralte Inspiration von Maler und Dichter«, und eine dreistündige Fahrt auf dem Li Fluss, »noch schöner als Jangtse«.

»Ich muss zu den Drei Schluchten«, sage ich zu Dave, an die rote Blechdose denkend, die sicher in unserer Kabine verwahrt ist.

»Natürlich. Schließlich haben wir die weite Reise deshalb auf uns genommen.«

Ich entdecke Graham am Rande der versammelten Menge. »Wie sind deine Pläne?«

»Ich bleibe«, sagt er.

Stacy taucht auf und möchte wissen, ob wir bleiben oder von Bord gehen. Dave erklärt ihr, dass wir uns für den »langen Schlag« entschieden haben. Stacy sieht erleichtert aus. »Ich auch.«

Diejenigen von uns, die bleiben, werden informiert, dass sie sich für den Rest der Reise auf eigenes Risiko an Bord aufhalten. Die Red Victoria Cruise Line sieht sich außerstande, die Verantwortung für unvorhergesehene Gefahren zu übernehmen, denen wir angesichts des unverhofften

Hochwassers ausgesetzt sein könnten. Diese Erklärung, mit der die Reederei jede Haftung ausschließt, wird während des ganzen Vormittags in regelmäßigen Abständen mittels Lautsprecher übertragen. »Sie werden Tag mit Besichtigung von herrliches Wuhan verbringen«, verkündet Die Stimme. »Für Interessenten von Alternative Reiseroute bitte in einzigartiges Hotel Doppelglückseligkeit einfinden, um Gruppe Punkt fünfzehn Uhr treffen. Wenn lange Weg nach Chongquing wählen, bitte Punkt siebzehn Uhr auf Schiff einfinden.«

»Was kann man denn in Wuhan unternehmen?«, erkundigt sich Stacy.

»Wir sollten uns den *baiji* anschauen«, schlägt Graham vor.

»Den was?«

»Ein Flussdelphin, der den Jangtse Millionen von Jahren bewohnt hat«, erklärt Graham. »Inzwischen gibt es nur noch fünfzig dieser Art. Einer wurde gefangen und befindet sich meines Erachtens noch im Delphinarium des Instituts für Hydrobiologie in Wuhan. Wir müssen jemanden finden, der uns dorthin bringt.« Graham warnt uns, dass wir den Ausflug unter Umständen umsonst machen, weil der QiQi, der Flussdelphin, die Gefangenschaft möglicherweise nicht überlebt hat. Er hatte ihn zuletzt vor drei Jahren gesehen, als er eine Bekannte besuchte, eine renommierte Wissenschaftlerin am Institut. Sie hatte sich mit der Erforschung der Bedrohung befasst, die der Staudamm für den Lebensraum vieler Tier darstellte. In Folge ihres unausgesprochenen Widerstands gegen das Großprojekt wurde sie ihres Amtes enthoben und aufs Land geschickt, um harte körperliche Arbeit zu leisten.

Wir wenden uns mit unserer Bitte an Elvis Paris. Er schüttelt den Kopf. »Delphinarium ist Betreten verboten für Ausländer.«

»Besteht die Möglichkeit, eine Eintrittskarte zu *kaufen*?«, fragt Graham.

Elvis tritt von einem Fuß auf den anderen und denkt einen Moment angestrengt nach. »Wie viel bezahlen für Eintrittskarte?«

»Vierhundert Yuan für uns vier.«

»Ich denke, nicht genug. Ist sehr schwierig, *baiji* sehen. Vielleicht Institut geschlossen, ich muss machen Spezialverfahren.«

Graham erhöht sein Angebot auf zweihundert Yuan pro Person. Elvis zieht es kurz in Erwägung. »Vielleicht ich kann arrangieren«, sagt er schließlich und nimmt ein Bündel zerknüllter Geldscheine von Graham entgegen, die er glättet und flugs in einer Börse aus Lederimitat verschwinden lässt. Er holt sein Handy aus der Tasche und tätigt einen Anruf, dann begleitet er uns zum Kai, wo er ein rotes Taxi herbeiwinkt. »Ich mitkommen«, sagt er und nimmt auf dem Beifahrersitz Platz.

Während der nervenzerreißenden Fahrt durch das Verkehrsgewühl auf den Straßen von Wuhan erklärt Graham, dass die Chinesen verschiedene Bezeichnungen für den *baiji* haben: galoppierendes weißes Pferd, Fluss-Panda, Herrscher des Jangtse oder Flussgöttin. Letztere geht auf die Song-Dynastie und eine Legende zurück, die sich um die Entstehung des *baiji* rankt. Graham sagt, er habe sie erstmals vor zwanzig Jahren von einem Fischer in der Provinz Anhui gehört, als man im Fluss noch viele *baiji* sah, die neben den Sampans einherschwammen.

Der Legende zufolge gab es einmal ein wunderschönes junges Mädchen, das gefangen genommen und ihrer Familie geraubt wurde. Als sie ans andere Flussufer gebracht und in die Sklaverei verkauft werden sollte, versuchte der Fährmann sie zu schänden. Um ihre Ehre zu bewahren, sprang sie in den Fluss, doch der Fährmann folgte ihr. Gott erbarmte sich des Mädchens und verwandelte es in einen Delphin. Zur Strafe wurde der Fährmann in einen schwanzlosen Tümmler verwandelt, bei den Fischern heute als Flussschwein bekannt.

Niemand achtet hier groß auf Fahrspuren und unser Fahrer ist keine Ausnahme. Er hat den Fuß auf dem Gaspedal und schert sich nicht um Autos oder Radfahrer. Schließlich hält das Taxi mit quietschenden Reifen vor einem hässlichen Gebäudekomplex aus Beton neben einem See. Wir werden von einem freundlichen Mann in weißem Baumwollhemd und grauer Hose begrüßt, der sich als Dr. Wu vorstellt. »Haben Sie Genehmigungen?«, fragt er.

Elvis Paris zeigt ihm ein abgegriffenes Dokument mit einem roten Siegel, das offiziell aussieht. Ich habe keine Ahnung, woher er es bekommen hat, heute Morgen war ihm gewiss keine Zeit geblieben, um Sondergenehmigungen gleich welcher Art einzuholen. Vielleicht ist dieses vergilbte Pergament mit dem kunstvollen Siegel eine Art Sesam-öffne-Dich für viele Türen. Dr. Wu sieht skeptisch aus, doch er akzeptiert das Dokument als Beleg, dass wir uns im Besitz einer offiziellen Besuchserlaubnis befinden.

Von Eintrittskarten ist keine Rede und Elvis Paris bietet ihm auch nicht den geringsten Anteil an den achthundert Yuan an, die er von uns kassiert hat.

»Ich freue mich sehr, dass Sie gekommen sind«, sagt Dr. Wu in tadellosem Englisch. »Heute besteht nicht mehr viel Interesse an dem Delphin. Jeder hat nur noch Elektrizität und Ökonomie im Kopf.«

Elvis Paris lächelt. »Millionen Menschen von Fluss abhängig. Nur fünfzig *baiji*. Wer mehr wichtig?«

Dr. Wu lacht nervös, dann verstummt er. Er führt uns in ein Gebäude mit einem kleinen kreisrunden Wasserbecken, kaum mehr als drei Meter tief. »Er ist der einzige *baiji,* der in Gefangenschaft lebt«, sagt Dr. Wu. »Wir haben versucht, ihn zu züchten, doch es ist sehr schwer, eine Gefährtin für ihn zu finden. Das Weibchen, das wir vor zwei Jahren hierher brachten, starb.«

QiQi ist ungefähr zwei Meter lang, hat eine beinahe komisch lange Nase, die spitz wie eine Nadel ist, und erschreckend menschliche, kindliche Augen. Er zieht seine Bahnen im Becken, immer im Kreis, dreht und wendet sich und führt uns seine Künste vor. Er kommt so nahe heran, dass ich ihn berühren kann, dann dreht er sich auf den Rücken und winkt mit seiner weißen Flosse. Zum Schluss dreht er sich wieder zurück und stößt einen langen, hohen Pfeifton aus.

Dr. Wu sagt, dass QiQi aus den rotierenden Angelhaken eines Fischers befreit wurde und sich glücklich schätzen darf, noch am Leben zu sein. Die Stellen, an denen die Haken eingedrungen sind, sieht man heute noch, hunderte von kleinen Narben auf QiQis Rücken zeugen davon.

Dave beugt sich vor und späht ins Becken. Wir hatten nie ein Haustier, weil er die Ansicht vertritt, Tiere sollten nicht in einer New Yorker Wohnung eingesperrt sein. Ich sehe, dass ihn der Anblick des gefangenen Delphins aufwühlt. »Wie alt kann er werden?«, fragt er.

Dr. Wu schüttelt den Kopf. »Der *baiji* gehört zu den geselligen Tieren. Alleine zu leben ist nicht gut für ihn. Als Junge sah ich viele Delphine im Fluss. Mein Vater war Fischer. Die Fischer hegten damals noch große Bewunderung für die Delphine. Einmal verfing sich ein *baiji* in den Netzen meines Vaters. Obwohl wir arm waren und oft Hunger litten, ließ mein Vater den *baiji* frei. Kurz darauf verkündete Mao, dass die Fischer den Delphinen keine Schonung mehr angedeihen lassen sollten. Ihm missfiel, dass der *baiji* ›Flussgöttin‹ und ›Herrscher des Jangtse‹ genannt wurde. Er sagte, es gäbe weder Göttinnen noch Herrscher und den *baiji* zu verehren sei konterrevolutionär.«

Elvis Paris lächelt, enthüllt eine Reihe kleiner, schimmernder Zähne. »Das war vor lange Zeit. Heute nicht wichtig.«

»Der Delphin ist nicht die einzige Tierart, die wegen des Staudamms auszusterben droht«, sagt Dr. Wu. »Auch der Schneeleopard, der schwanzlose Tümmler und der sibirische Kranich sind gefährdet.« QiQi gleitet an uns vorüber, den silberweißen Bauch nach oben gekehrt, und Dr. Wu greift ins Wasser und lässt seine Finger über die vernarbte Haut des Delphins gleiten. Vor zwanzig Jahren, erklärt er, gab es tausende von *baiji.* Doch der Delphin hatte zu viele Feinde: Boote, Wasserverschmutzung, Nahrungsknappheit. Im Verlauf von Abermillionen Jahren passten sich die *baiji* der Dunkelheit des Flusses an und heute sind sie beinahe blind. Sie orientieren sich anhand akustischer Signale. »Doch heute gibt es hier zu viele Boote«, sagt Dr. Wu. »Zu viel Lärm.«

»Okay, sehr gut, jetzt wir gehen«, erklärt Elvis Paris. Doch Dr. Wu möchte uns noch etwas zeigen. Er führt uns in einen anderen Raum, wo die *baijis* ausgestellt sind, die das Pech hatten, von den rotierenden Haken getötet zu werden. Ihre silbergraue Haut ist zerfleddert und zerfetzt, die Augen sind gebrochen. Ich mache ein Foto und sofort schreitet Elvis Paris ein. »Kein Foto hier! Sie Foto von QiQi machen, aber tote *baiji* nicht gut. Bitte Film geben!«

»Ist das Ihr Ernst?«

Graham nimmt mich beiseite. »Du solltest tun, was er sagt. Er kann Dr. Wu Schwierigkeiten machen.«

Ich entferne den Film aus der Kamera und reiche ihn Elvis Paris. Er wirft ihn in den Abfalleimer und führt uns nach draußen, in den grauen Nachmittag hinaus.

In der Nacht, unter einem Sonnensegel an Deck, das mich vor dem anhaltenden Nieselregen schützt, träume ich von dem *baiji*. In meinem Traum schwimmt der Delphin im Fluss hin und her, doch plötzlich verwandelt sich der Fluss in einen Swimmingpool – und am Ende hat er auch keinen Swimmingpool mehr, sondern nur noch eine Badewanne. Dann befinden wir uns wieder auf dem Fluss und der Delphin schwimmt neben unserem Schiff her. Er ist glänzend und weiß, schlank, die Haut zum Zerreißen gespannt, die Augen tieftraurig. Das Schiff stampft durch das Wasser, Autos donnern über eine Brücke. An Land das Heulen von Kränen, das Hämmern von Breithacken. Der Delphin, verwirrt von dem Getöse, dreht und wendet sich. »Seht doch! Da ist ein *baiji*!«, rufe ich dem Kapitän unseres Schiffes, den vorbeifahrenden Sampans und dem Paar aus Texas zu. »Es gibt weltweit nur noch fünfzig von ihrer Art!« Doch niemand kommt, um einen Blick auf ihn zu werfen. Am Horizont erhebt sich ein Tempel auf dem Steilhang eines Hügels und Die Stimme verkündet über Lautsprecher: »Weltberühmte hängende Tempel von China.« Alles eilt zum Heck des Schiffes, um Fotos von der Landschaft mit dem Tempel im Hintergrund zu machen. Als ich wieder in die Fluten hinabschaue, ist der Delphin verschwunden. Ich höre einen furchtbaren Schrei, der wie der Schrei eines Menschen klingt. Der aufgewühlte Fluss färbt sich blutrot.

18

ETWA DIE HÄLFTE DER PASSAGIERE ist in Wuhan geblieben, zusammen mit einem unverhältnismäßig großen Anteil der Crew. Wir verwandeln uns in ein Schiff mit Gestrandeten, die man mutwillig ihrem Schicksal überlässt. An Bord herrscht Chaos. Die Besatzungsmitglieder sind mit einem Mal lax geworden und nur noch auf ihr eigenes Vergnügen bedacht. Die ganze Nacht sieht man sie bei Glücksspielen oder Scharaden mit den Passagieren bis zum Umfallen trinken. Die Krawatten der Stewards wurden gelockert. Der zweite Kapitän hat das Regiment übernommen, der erste hat sich für ein paar Ruhetage in Wuhan entschieden. Elvis Paris ist in seinem Element, er nennt uns die Meuterer.

Am nächsten Tag gießt es in Strömen. »Hier entlang«, sagt Graham.

»Wohin gehen wir?«

»So viele Fragen.«

Wenige Minuten später finde ich mich in seiner Kabine wieder. Er räumt ein paar Dinge vom Sessel, der frisch mit einem steifen pinkfarbenen Stoff bezogen wurde. Ich nehme Platz, unsicher, wohin mit meinen Händen, meinen Füßen. Ich schlage die Beine übereinander, stelle sie wieder nebeneinander, blicke mich im Raum um. Ein

Druck von der London Bridge bei Einbruch der Nacht hängt über dem Bett. Die Lampe auf dem Tisch ist mit einem britischen Militäremblem gekennzeichnet. Auf der Frisierkommode steht eine Batterie brauner Arzneiflaschen, die Aufkleber sind mit unaussprechlichen Namen beschriftet. Daneben steht ein Schraubverschluss-Glas mit einzeln verpackten Spritzen, ein weiteres mit Wattepads. Im Raum riecht es nach Medizin und abgestandener Luft.

Wir sitzen eine Minute oder zwei schweigend da, bevor er fragt: »Wie ist Amanda Ruth gestorben?«

»Das sagte ich bereits. Sie wurde ermordet.«

»Ja, aber wie genau?«

Seine Detailbesessenheit, sein Bedürfnis, etwas über die Hintergründe zu erfahren, überrascht mich. Ich drehe mich um, blicke durch das Bullauge. Die ganze Welt verbirgt sich hinter einem Regenschleier. Ich möchte die Welt außerhalb des Schiffes sehen, außerhalb dieses erstickenden Raumes, doch drinnen herrscht mehr Licht als draußen und alles, was ich wahrnehme, ist mein eigenes müdes Gesicht und das verschwommene Spiegelbild von Grahams marineblauem Hemd, das am Türgriff hängt.

»Sie wurde erdrosselt.«

»Von wem?«

Langes Schweigen. Ein Wolkenbruch geht nieder, das Schiff schaukelt, alles ist grau in grau. Ich drehe mich um und blicke ihn an. »Es fällt mir schwer, darüber zu reden.«

»Wo hat man sie gefunden?«

»Hinter der Rollschuhbahn, gegenüber der Kirche, der ihre Eltern angehörten.«

Als wir noch in der Junior High waren, verbrachten wir jedes Wochenende auf der Rollschuhbahn. Ich schließe meine Augen und höre das Surren der Rollen auf dem Boden, die schlitternden Gummistopper, jemand fällt hin, eine knochige Schiedsrichterin in hautengen Hosen führt das Tohuwabohu an. Ich erinnere mich an die purpurroten Pompons, die Amanda Ruth zum zwölften Geburtstag von ihrer Mutter geschenkt bekam und an den Schnürsenkeln ihrer Rollschuhe befestigte. Die Rollschuhe hatten Glitzerpartikel in den Rollen. Ich sehe sie vor mir, wie sie über die glatte Lauffläche gleitet, die Hüften schwenkt und laut eine Melodie mitsingt, die über Lautsprecher erschallt, ein Lied von *Earth Wind and Fire* über einen hellen Stern, der uns den Weg zu einem erfüllten Leben weist. Sie setzt ein Bein vor das andere, schlank und geschmeidig und neigt sich zur Mitte der Rollschuhbahn. Die rotierende Diskokugel wirft tausende bunter Lichtreflexe auf den Boden, Sterne, denen sie folgt, leichtfüßig wie eine Tänzerin über die Lauffläche wirbelnd, mit wehendem braunem Pferdeschwanz.

So möchte ich sie in meiner Erinnerung behalten, doch immer wieder schiebt sich das andere Bild dazwischen: Amanda Ruth in Jeans und weißem T-Shirt auf dem Pflaster, in einer Position, die aussieht wie beim Figurenwerfen, aufs Geratewohl eingenommen, einen Arm weit ausgestreckt, das rechte Bein seltsam angewinkelt und den gelben Schal um den Hals geschlungen. Auf einem anderen Foto sah man eine schmale purpurfarbene Linie, nachdem die Polizei den Schal entfernt hatte, die zu geringfügig erschien, um ihren Tod verursacht zu haben.

Drei Tage nach dem Fund der Leiche ließ der Detective, der die Ermittlungen leitete, die Fotos aus einem Manilaumschlag auf den Tisch gleiten. »Kommt Ihnen irgendetwas auf dem Bild bekannt vor?«

»Der Schal«, sagte ich.

Der Detective strich sich mit den Fingern über den Bart. »Woher hatte sie ihn?«

»Von mir.«

»Ein Geburtstagsgeschenk?«

»Nein, nur so.«

»Ein Geschenk ohne besonderen Anlass?«

»Ja.«

»Merkwürdig.«

»Sie war meine Freundin.«

»Was für eine Art Freundin?«

»Meine beste Freundin.«

»Gab es irgendetwas Ungewöhnliches an dieser Beziehung?«

»Was meinen Sie damit?« Ich war bereit, mein Scherflein zur Aufklärung des Falls beizutragen. Ich begriff nur nicht, worauf er mit seinen Fragen hinauswollte. Während er mir ein Foto nach dem anderen vorlegte, mich genau hinzuschauen nötigte und mir endlose Fragen stellte, die auch nicht mehr Klarheit zu bringen schienen, wurde mir bewusst, dass mich dieser Mann als Verdächtige betrachtete.

»Ich möchte wissen, ob es irgendetwas Ungewöhnliches an dieser Beziehung gab«, wiederholte er, dieses Mal mit mehr Nachdruck. Die Art, wie er das Wort *ungewöhnlich* aussprach, gab mir das Gefühl, der letzte Dreck zu sein.

Das Wort hatte den üblen Beigeschmack von schäbigen Spelunken und dunklen Straßenecken, wo der Bodensatz der Gesellschaft Tauschgeschäfte abwickelt: schneller Sex gegen ein paar schweißgetränkte Geldscheine.

»Nein.«

Es entstand eine lange Pause. Er beugte sich über den Tisch, sein Gesicht so nahe an meinem, dass ich seinen Atem auf meinem Mund spürte. Er roch nach Zigaretten und Pfefferminzbonbons und nach den Bohnen-Burritos von Taco Bell. »Amanda Ruths Vater sah das anders, oder?«

Ich zuckte die Achseln. Der Detective stand auf und ging im Raum auf und ab, wie ein Polizist aus irgendeinem Kaff in den regionalen Fernsehserien. »Mr. Lee hat uns erzählt, dass Sie etwas mit seiner Tochter hatten. Sagen Sie, sind Sie lesbisch?«

Inzwischen zitterte ich am ganzen Körper, war in Tränen aufgelöst. Er trat hinter mich, legte die Hände rechts und links neben mir auf den Tisch, so dass ich von seiner massigen Gestalt, von seinem Fastfood-Atem umfangen war. Sein Gesicht direkt an meinem, flüsterte er mir ins Ohr: »Treibst du es mit Mädchen?«

»Nein!«

Sofort bedauerte ich meine Reaktion, doch sie ließ sich nicht mehr ungeschehen machen. Dieses Leugnen, ein einziges Wort in dem schummerigen Verhörraum einer vorsintflutlichen Polizeistation, hat mich seither verfolgt – mein ultimativer Verrat an Amanda Ruth.

Er nahm mich eine Stunde lang in die Mangel. Ich verfolgte auf der großen Metalluhr an der Wand, wie die

Minuten verstrichen. »Am besten bleiben Sie in der Stadt«, sagte er schließlich, bevor er mich gehen ließ. »Möglich, dass wir noch Fragen an Sie haben.« Er stand direkt vor der Tür, die Hand auf der Klinke, so dass ich nur hinauskonnte, wenn ich mich an ihm vorbeiquetschte. Er ließ seine Hand über meinen Rücken gleiten, beugte sich vor und flüsterte in mein Ohr: »Ich wette, ich könnte dich dazu bringen, dass dir Männer gefallen.« Sein Atem war nass und rauchig – mir drehte sich der Magen um. Im Vorzimmer drückte mir die Sekretärin eine Diät-Cola in die Hand. Die Dose war so eisig, dass meine Finger schmerzten. Ich kannte die Frau aus dem Videoladen unweit meines Elternhauses. Sie tauchte dort immer mit mehreren Kindern im Schlepptau auf und lieh Disney-Filme aus. Einmal, an der Kasse, hatten wir uns über *Star Wars* unterhalten, ein Film, der mir gut gefiel. Ich sah ihr an, dass sie alles mitgehört hatte. »Machen Sie sich nichts draus, Schätzchen«, sagte sie und reichte mir ein Kleenex. »So geht das hier immer zu. Soll ich Sie nach Hause fahren?«

* * *

Die Rollschuhbahn befindet sich direkt gegenüber der First Baptist Church von Greenbrook. Die Kirche ist groß und schneeweiß, der Turm so riesig, dass er ein Loch in den Himmel zu bohren scheint. Als Kind hatte ich Angst vor dem Turm, der so hoch über den Telefonleitungen, Verkehrsampeln und der Rollschuhbahn aufragte. Alles, was sich im Umkreis der Kirche befand, wirkte vergleichsweise unbedeutend. In hellen, klaren Mondnächten warf der Turm seinen langen, spitzen Schatten über den Parkplatz. Die Mädchen, die in ihren engen Jeans und weichen pastellfarbenen Wollpullovern der Rollschuhbahn zustrebten, machten sich einen Spaß daraus, in der Mitte des Schattens entlangzugehen.

Die Rollschuhbahn war ein rechteckiges Gebäude mit Aluminiumverkleidung und einzelnen Paneelen, die abwechselnd in Gelb und Blau gehalten waren. Dahinter befand sich eine Müllkippe, die sonntags immer fürchterlich stank. Nach dem Essen im Gemeindehaus, das jeden Sonntagabend im Anschluss an den Gottesdienst stattfand, entsorgten die Leute dort den Abfall – riesige Pappteller mit Kartoffelsalat, Überreste von frittiertem Hähnchen und das Dessert, ein pappsüßes Gemisch aus Fertigsahne und Maraschino-Kirschen, das an eine rosa Wolke erinnerte.

Die Polizei meinte, der Täter habe geplant, sie auf der Müllkippe verschwinden zu lassen, unter dem Abfall, sei jedoch offensichtlich bei seinem Vorhaben gestört worden, »bevor er sich der Leiche in der beabsichtigten Weise entledigen konnte«. Es hieß, Amanda Ruth sei nicht hinter der Rollschuhbahn ermordet worden. »Tatort und Fundort stimmen nicht überein. Der Mörder brachte sein Opfer erst nach begangener Tat zum Fundort.« Diese Information wurde mehrmals in den Tageszeitungen wiederholt, als hätten alle ein Anrecht darauf, als wären die Einzelheiten des Verbrechens Allgemeingut und jedem zugänglich, der sich die Mühe machte, sie zu lesen, jedem, der seinen Spaß daran hatte, Amanda Ruths Schauergeschichte bei ein paar Gläsern Bier in *The Watering Hole* oder einer anderen Kneipe zum Besten zu geben. Diane

Shelby, Moderatorin bei Channel 5, trug einen knallrosa Lippenstift und ein makelloses Lächeln zur Schau, als sie erklärte: »Miss Lee war bereits tot, als sie zur Rollschuhbahn gebracht wurde.«

Graham will wissen, womit sie erdrosselt wurde.

»Mit einem Schal.« Ich kann immer noch nicht fassen, dass ein zartes Stück Stoff, ein hübsches Seidentuch, ein Leben auszulöschen vermag.

»Wer war es?«

»Müssen wir darüber reden?«

Er setzt sich aufs Bett und blickt mich lange an. Sein Gesicht hat etwas Verzweifeltes, was mir bisher nicht aufgefallen ist. »Was ist?«, frage ich. Er bleibt stumm. Er lässt mich nicht aus den Augen. »Was ist?«, frage ich abermals.

»Wärst du in der Lage, jemanden zu töten, wenn es sein müsste?«

»Was für eine Frage soll denn das sein?«

»Ich frage nur so. Also?«

»Nein.«

»Unter gar keinen Umständen?«

»Darüber habe ich noch nie nachgedacht.«

»Was wäre, wenn dich die Person darum bitten würde? Also ... Tötung auf Verlangen?«

»Ich denke, nein.«

»Nehmen wir an, dass es für diese Bitte einen guten Grund gibt.«

Ich gehe zu ihm und setze mich rittlings auf seinen Schoß. Ich presse meine Knie mit aller Kraft gegen seine Hüften, nehme sein Gesicht in meine Hände und blicke ihm in die Augen. »Sag mir eines. Verbindest du damit einen Hintergedanken?«

Er wendet den Blick ab, die Arme liegen schlaff zu beiden Seiten seines Körpers. Ich bin beinahe froh, dass er schweigt. Mir graut vor seiner Antwort.

»Und was ist mit dir?«, frage ich und gebe sein Gesicht frei.

Er lässt sich auf das Bett zurückfallen und starrt an die Decke. »Das käme auf die Umstände an.« Er hält inne, dann sagt er: »Ja. Ich nehme an, ich wäre dazu in der Lage.«

19

Kurz nach zwölf am nächsten Tag legen wir in Sashi an. Dave ist nirgendwo zu sehen. Er ist gestern Nacht nicht einmal mehr in die Kabine gekommen. Er hat aufgehört so zu tun, als ob. Vielleicht müsste ich jetzt wütend oder niedergeschlagen sein, doch ich vermag die angemessenen Gefühle nicht mehr aufzubieten. Dave beginnt bereits, sich im Nebel der Vergangenheit zu verlieren, traumähnlich und verblasst, während ich Graham immer mehr als reale, greifbare Gegenwart empfinde. Wir gehen gemeinsam in die Stadt und bestellen in einem kleinen Restaurant unweit des Eingangs zu einem Park verschiedene Gemüsesorten mit Rindfleisch, die köstlich schmecken, und trinken dazu starken Tee.

Nach dem Mittagessen eröffnet mir Graham, dass er einen alten Freund in der Stadt besuchen will. »Du kannst ja in der Zwischenzeit den Park erkunden. Wir treffen uns in drei Stunden am Eingang.«

Es nieselt, als er mich in einem Pavillon unweit eines kleinen Teiches zurücklässt, in dem es von schillernden *Koi* wimmelt. Die Säulen des Pavillons sind mit farbenprächtigen, kunstvoll gestalteten Fliesen geschmückt. In einem anderen Pavillon auf der gegenüberliegenden Seite des Teiches sitzt ein Mann im Nadelstreifenanzug und meditiert. Ich nehme mein Reisejournal heraus und beginne zu schreiben, weil ich denke, dass ich mich eines Tages an diese Szene erinnern möchte. Wenn ich wieder zu Hause bin, werde ich Amanda Ruths Mutter anrufen und ihr meine Eindrücke von China schildern. Ich sehe wieder ihr Gesicht vor mir, an dem Tag, als sie mir die Asche ihrer Tochter überbrachte: Sie stand mit einer großen Sonnenbrille und zerknitterten weiten Hosen, die Haare unter einem grünen, nach hinten gebundenen Kopftuch verborgen, unangemeldet auf meiner Türschwelle. Sie wirkte ungepflegt und irgendwie jünger, wie ein verlorener, verängstigter Teenager.

Regenpfützen bilden sich auf dem Pflaster. Ich sitze etwa zehn Minuten auf meiner Bank, als sich mir eine attraktive junge Frau nähert. Sie trägt ein gelbes Sommerkleid und teuer aussehende Ledersandalen, ihre Fußnägel sind in einem blassen Pink lackiert. Sie setzt sich mitten auf die Bank, direkt neben mich.

»Hallo«, sagt sie. »Mein Name Yuk Ming. Sprechen Sie Englisch?«

»Ja. Ich heiße Jenny.«

Sie trägt winzige goldene Ohrringe, Kreolen, und einen Diamantring. Ich schätze, dass es sich um Modeschmuck handelt. Die meisten chinesischen Arbeitnehmer könnten sich niemals einen solchen Luxus leisten. »Sie Amerikanerin?«

»Ja.«

»Ich treffe viel Amerikaner«, erklärt sie eifrig. »Ich versuche, Englisch lernen. Mein Englisch sehr schlecht. Ich will besuchen New York City ein Tages.«

»Ihre Aussprache ist außergewöhnlich gut«, erwidere ich anerkennend. Es stimmt. Obwohl es an der Grammatik hapert, sind Aussprache und Betonung perfekt.

Sie deutet auf mein Reisejournal. »Sie schreiben für Zeitung?«

»Nein, das ist nur eine Art Tagebuch, das mir helfen soll, mich an die Reise zu erinnern.«

»Sie in China für Urlaub?«

»Ja, wir machen eine Jangtse-Kreuzfahrt.«

»Oh! Ist sehr schön. Längster Fluss von Welt!«

»Der drittlängste«, berichtige ich sie, obwohl ich mir unverzüglich wünsche, ich hätte es bleiben lassen.

»Nein, ich sicher, er ist längste.«

Ich wechsle das Thema. »Was machen Sie beruflich?«

»Ich Verwaltung in Hospital.«

»Macht Ihnen die Arbeit Spaß?«

»In China alle Leute lieben heute Arbeit, nicht wie Amerika. In Amerika alle Leute hassen Arbeit. Ist wahr?«

»Bei manchen Leute schon. Ich finde meine ganz in Ordnung.«

»Wie viel bezahlt?«

»Genug zum Leben.«

»Hier Arbeiter sehr gut behandeln. Bezahlung nicht viel hoch, aber okay, weil Arbeitgeber gibt Medizin-Versorgung, Wohnen, alles. Kein Menschen auf Straße leben in China.«

»Haben Sie Kinder?«, frage ich in der Hoffnung, die Unterhaltung in persönlichere Bahnen zu lenken.

»Ich habe ein Sohn. Er sieben Jahre alt. Sehr helle Kopf!« Und dann geht Yuk Ming nahtlos dazu über, die

Ein-Kind-Politik in höchsten Tönen zu loben. »Ein Kind ist Beste. Mehr nicht, ist zu viel. Wenn ein Kind, dann hat Zeit für verbringen mit ihm, kann perfekt Mutter sein.«

Hätte ich den Wunsch gehabt, mit Propaganda überschwemmt zu werden, befände ich mich jetzt mit Elvis Paris bei der Stadtbesichtigung. Lächelnd stehe ich auf, schicke mich zum Gehen an. »War nett, Sie kennen zu lernen.«

»Bitte gehen Sie noch nicht!« Lächelnd steht sie auf, berührt meinen Arm. »Ich bin sehr an einem Gespräch und einem Kulturaustausch interessiert. Bitte kommen Sie mit zu mir nach Hause, ich möchte Sie zum Mittagessen einladen.«

Der abrupte Wandel in den Englischkenntnissen meiner neuen Bekannten verblüfft mich. Vielleicht hat sie die letzten Sätze aus einem Lehrbuch, wie man Kontakt zu Ausländern knüpft, zitiert.

»Wir werden einen schönen Spaziergang machen«, sagt sie. »Ich zeige Ihnen einige malerische Winkel.« Noch mehr Phrasen, die wie auswendig gelernt klingen. Das Lehrbuch muss erstklassig sein. Ich nehme die Einladung an, ich warte gespannt auf die Gelegenheit, einen echten chinesischen Haushalt kennen zu lernen, nicht die Touristenattraktionen, in die uns Elvis Paris dauernd schleift.

»Ich muss nur noch einmal telefonieren«, sagt sie und holt ein schmales rotes Handy aus ihrer Handtasche. Sie schaltet es ein, wählt und wartet auf die Stimme am anderen Ende der Leitung, dann sagt sie schnell etwas auf Mandarin. Sie steckt das Handy wieder ein. »Gehen wir. Kommen unter meinen Schirm.« Der Regen trommelt auf die Blätter der Bäume, welche die Straße säumen. Yuk

Ming summt leise vor sich hin. Das Blumenmuster ihres Regenschirms spiegelt sich in den Pfützen auf der Straße wider. Unsere Spiegelbilder hüpfen Seite an Seite auf und ab – meines ein wenig größer, ihres ein wenig dünner. »Was für Musik gefällt Ihnen?«

»Louis Armstrong, Nina Simone, Ella Fitzgerald. Ich gestehe es nicht gerne ein, doch ich habe außerdem ein Faible für einige Bands aus den achtziger Jahren, wie *Culture Club* und *Simple Minds*. Kennen Sie die?«

»Nein, doch ich liebe amerikanische Sänger – Elvis Presley und Michael Jackson.« Sie beginnt *Are You Lonesome Tonight* zu summen.

»Perfekt«, sage ich.

»Oh!« Sie sieht erfreut aus. »Ich kenne die Worte nicht.« Ich singe ihr den Text vor, treffe allerdings kaum einen Ton. Sie lacht. Wir biegen nach links ab, in eine schmale Gasse. Etwa ein dutzend junger Männer arbeitet mit nacktem Oberkörper auf einem Schutthaufen, sie zerkleinern Ziegelsteine mit der Breithacke, während eine Gruppe älterer Frauen die verkohlten Überreste eines abgebrannten Gebäudes durchstöbert. Alle halten wie auf Kommando inne und starren uns an, als wir vorübergehen. Und dann erhebt sich vor uns, wie Phönix aus der Asche, ein brandneues Gebäude, ein zehnstöckiges Hochhaus, wie viele Neubauten in China mit glänzenden weißen Kunststoffplatten verkleidet, die aussehen, als würden sie nicht einmal dieses Jahr überdauern. Ich könnte mir vorstellen, dass es sich hier um eine chinesische Erfindung handelt: das Einweggebäude, nach einmaliger Benutzung wegzuwerfen, Säubern oder Renovieren entfällt.

»Da sind wir«, sagt Yuk Ming, legt ihren Schirm zusammen und schüttelt das Wasser auf dem winzigen Vorhof des Gebäudes ab. Sie gibt eine Reihe von Zahlen in ein Tastenfeld ein und die Eingangstür öffnet sich wie von Zauberhand.

Wir fahren mit einem makellosen Fahrstuhl in den zehnten Stock und gehen durch einen langen Korridor. Als wir uns ihrer Wohnung auf Armeslänge genähert haben, geht die Tür auf, wie auf ein Stichwort, und ein gut aussehender junger Mann in frisch gebügelten Khakihosen und einem karierten geknöpften Hemd erscheint auf der Schwelle. Yuk Ming stellt ihn als Wang, ihren Ehemann, vor. »Wir freuen uns sehr über Ihre Gesellschaft«, sagt er und schüttelt mir die Hand.

Alles in der Wohnung riecht neu: Farbe, Teppichboden, Möbel. Yuk Ming führt mich stolz herum. Die Wohnung hat zwei geräumige Schlafzimmer, in dem einen steht ein breites Doppelbett mit einer Tagesdecke aus schwarzem Satin und eine kleine Kommode mit Schubladen. Ein gerahmtes Bild mit ungelenk gemalten Blumen hängt an der Wand neben dem schmalen Fenster. »Und das Zimmer gehört mein Sohn«, sagt sie mit einer ausholenden Geste in Richtung des zweiten Schlafzimmers. In einem anderen Leben hätte sie Vanna White sein können, die in einer bekannten amerikanischen Fernsehshow die »Glücksfee« spielt. Die Miniatur-Matratze in der Ecke ist mit Mickey-Maus-Bettwäsche bezogen. Irgendetwas stimmt nicht ganz mit der Mickey Maus, obwohl ich nicht genau sagen könnte, was. Und dann wird mir klar, dass die Ohren nicht schwarz sind, entsprechend dem Markenzeichen der pfiffigen Maus, sondern scharlachrot.

»Hier ist unser Arbeitszimmer, bequem und praktisch«, sagt Yuk Ming und öffnet eine gläserne Schiebetür, die in einen dritten, kleineren Raum führt. Der Schreibtisch besteht aus dem gleichen glänzenden Material wie die Truhe im Schlafzimmer und auf dem Schreibtisch steht ein brandneuer Computer. Wie bei der Mickey Maus scheint auch bei dem Rechner etwas nicht ganz zu stimmen. Es dauert einen Moment, bis mir bewusst wird, dass er nicht angeschlossen ist. Es gibt keine Kabel, keinen Drucker, nicht einmal eine Tastatur, sondern nur einen riesigen Bildschirm und einen CD-ROM-Turm. An der Wand hängen drei Fotos in schwarzen Kunststoffrahmen, die sich wie ein Ei dem anderen gleichen: Auf dem einen ist Mao Zedong zu sehen, auf dem zweiten Jiang Xemin und auf dem dritten ein kleiner Junge, der vor einem Springbrunnen steht und die Arme seitlich an den Körper gepresst hält, er sieht überrascht und ein wenig ängstlich aus. »Mein Sohn!«, sagt Yuk Ming. »Er ist jetzt in Schule.«

»Hübsch.« Ich trete näher heran und sehe, dass es sich bei dem Foto des Jungen um eine Postkarte handelt.

Yuk Ming ergreift meine Schulter und zieht mich weg. »Warum setzen wir uns nicht Wohnzimmer und lernen kennen?« Ich komme mir vor, als würde ich die Kulisse einer amerikanischen Fernsehshow betreten, etwa 1970. Ich erwarte halb, dass Yuk Ming einen Thunfischauflauf herbeizaubert und mir ihre Tupperware-Sammlung zeigt.

Das Sofa mit dem schwarzen Velourpolster sieht völlig unbenutzt aus. Die ganze Wohnung wirkt seltsam steril.

Sie hat nicht die geringste Ähnlichkeit mit den winzigen Apartments der Chinesen in Chinatown, die ich dutzendweise zu Gesicht bekam, als ich mich mit einer Freundin auf Wohnungssuche begab. Sie hatten Atmosphäre, weil sie von Leben zeugten. Sie waren angefüllt mit Essensgeruch, mit Topfpflanzen in verschiedenen Gesundheitsstadien, mit Stühlen und Hockern und Betten und Tischen, die abgenutzt wirkten. Diese Wohnung hier hatte etwas entschieden Unchinesisches, als würden mir Yuk Ming und ihr Mann eine von Grund auf sanierte Version des chinesischen Lebens vorführen, ohne den Schmutz und das Elend, das Gewimmel der Freunde und Verwandten, die Geräusche und Gerüche und die kleinen Katastrophen des Alltags. Das hier scheint kommunistischer Edel-Look zu sein, das neue China, mit allen Segnungen des modernen Lebens, von denen ich meinen Landsleuten nach der Rückkehr in die Heimat berichten soll.

Yuk Ming wirft mir ein Marcia-Brady-Lächeln zu, ihre Zähne sind strahlend weiß, sie könnte für die Zahnpasta Reklame machen. »Das ist also ein typisch moderne chinesische Wohnung«, sagt sie.

»Sehr schön«, sage ich.

»Nun werden wir Lunch in bequemes Esszimmer zu uns nehmen«, sagt Yuk Ming. Sie geht voran, durch die Küche in einen kleinen Raum, der ebenfalls durch eine gläserne Schiebetür abgetrennt ist. Der Tisch biegt sich unter den Speisen, die aufgefahren wurden: Schweinefleisch, Fisch, Huhn, gedämpfter Reis, mehrere Arten Klöße, verschiedene Gemüsesorten, gekonnt in Schälchen mit zarten floralen Mustern angerichtet. Eine mit Schnitzereien verzierte weiße Schale in der Mitte des Tisches enthält Haifischflossensuppe. Yuk Ming schenkt Tee ein und legt etwas von jedem Gericht auf meinen Teller, bevor Wang und sie sich bedienen.

»Das schmeckt köstlich«, sage ich und beginne, mich zu entspannen. »Wo haben Sie das her?«

»Wang hat dieses gemacht«, sagt Yuk Ming.

Das kann nicht sein, denn die Küche ist makellos und ich bin sicher, dass der Kühlschrank leer wäre, wenn ich die Tür öffnen würde. Während des Essens erkundigen sie sich nach meiner Familie, meiner Arbeit, meinem Mann. Sie wollen wissen, ob ich die Reise genieße, und ich antworte zu ihrer offenkundigen Zufriedenheit, dass ich China faszinierend finde. Als sie wissen wollen, warum ich hier bin, flunkere ich. »Ich wollte schon immer nach China.«

Nach dem Mittagessen ziehen wir uns ins Wohnzimmer zurück. Yuk Ming bringt das Dessert, eine Schüssel mit durchscheinenden weißen Litschis. Nachdem ich sie gekostet habe, fragt sie: »Was halten Sie von wunderbarem Drei-Schluchten-Damm?«

Die Frage kommt überraschend, ich wäge meine Worte sorgfältig ab. »Viele namhafte chinesische Wissenschaftler und Ingenieure machen sich Sorgen wegen des Damms.«

Yuk Ming und Wang sehen sich an und lachen nervös. Wang trägt die Litschi-Schüssel in die Küche. Als er zurückkehrt, rückt er einen Stuhl vor das Sofa, auf dem ich sitze. Er beugt sich vor, die Ellenbogen auf die Knie gestützt. »In China gibt nur wenige richtige Wissenschaftler und Ingenieure von diese Anschauung«, sagt er. »Wer gegen Damm spricht, will Volk Angst machen und Regierung untergraben. Damm ist gut für China. China erzeugt viele Produkte für Ihr Land und Rest der Welt. Wir brauchen Strom für Herstellung von diese Produkte. Und zu viele Menschen jedes Jahr sterben bei Überschwemmung. Damm rettet Leben.«

»Mag sein«, erwidere ich. »Doch was ist mit den Bauern, die auf die fruchtbaren Böden in den Überschwemmungsgebieten angewiesen sind, um ihren Lebensunterhalt zu fristen?«

»Für sie Regierung errichtet saubere neue Dörfer«, sagt Yuk Ming. Als wollte sie ihr Argument untermauern, reicht sie mir nun eine Broschüre, die, welch ein Zufall, auf einem kleinen Beistelltisch neben dem Sofa liegt. In ihr befinden sich Aufnahmen von Kindern, die freudestrahlend vor modernen Wohnklötzen spielen. Auf einem der Bilder sieht man hinter dem hellen, sauberen Gebäude, das der Fotograf offensichtlich ablichten wollte, ein weiteres, auch modern, doch bereits im Verfall begriffen. Yuk Ming erklärt, das sei Ling Bau, ein Modelldorf für Umsiedler, dreißig Kilometer von Yichang entfernt. »Regierung hat genug Wohnraum für alle Familien von Yichang errichtet. Jede Wohnung hat Fernsehgerät. Ist sehr gut für Volk.«

Während ich in der Broschüre blättere, fällt mir ein Nachmittag in meinem Studio-Apartment während des ersten College-Jahres in New York City ein. Seit Amanda Ruths Ermordung waren vier Monate vergangen und ich hatte das Frühjahrssemester wie in Trance hinter mich gebracht. Ich war unfähig, die zugewiesenen Arbeitsprojekte zu beenden, schwänzte oft Vorlesungen, kapselte mich völlig ab und wollte tagelang keinen Menschen sehen, außer Dave, der mit einer Pizza von John's oder einem chinesischen Gericht zum Mitnehmen vor meiner Tür stand und mich zwang, etwas zu essen. Es war zwei Uhr nachmittags, ein Donnerstag, und ich lag noch im Bett. Dave war seit dem vergangenen Samstag in Florida, bei irgendeinem Seminar, und in seiner Abwesenheit hatte ich jedes Zeitgefühl verloren. Es gab kaum etwas Essbares in der Wohnung, das Telefon war ausgestöpselt und meine Lehrbücher steckten ungelesen in einem Rucksack, den ich seit einer Woche nicht mehr angerührt hatte. Es läutete an der Tür, doch ich achtete nicht darauf. Es läutete und läutete. Ich lag auf dem Rücken, starrte die Decke an und fragte mich, wer das sein mochte. Mehrere Minuten herrschte Stille, dann klopfte jemand an die Tür. Ich stand auf und streifte das Einzige über, was ich in der Eile finden konnte, ein blaues T-Shirt, das gerade bis zum Ansatz meiner Oberschenkel reichte. Ich schlich auf Zehenspitzen zur Tür und spähte durch das Guckloch. Ein junger Mann stand auf der Schwelle – niemand, den ich kannte. Er trug ein weißes geknöpftes Hemd und eine dunkle Krawatte. Seine Haare waren blond, ordentlich gebürstet.

Er klopfte abermals. »Hallo? Ich weiß, dass Sie zu Hause sind.«

»Was wollen Sie?«

»Ich komme von der Kirche Jesu Christi der Heiligen der Letzten Tage.«

»Ich bin beschäftigt.«

»Ich möchte Sie bitten, mir nur fünf Minuten Ihrer Zeit zu schenken, Ma'am.«

»Woher weiß ich, dass Sie der sind, für den Sie sich ausgeben, und nicht irgendein durchgeknallter Spinner?«

Eine Visitenkarte wurde unter der Tür durchgeschoben, die ihn als John Slattery auswies, Mitglied der Kirche Jesu Christi der Heiligen der Letzten Tage. Nach der Visitenkarte folgte eine Broschüre mit dem Titel *Die Frohe Botschaft.* »Ich tue Ihnen nichts, Ma'am. Ich bin hier, um mit Ihnen über die Liebe Christi zu sprechen.«

»Moment«, sagte ich. Ich ging ins Bad und putzte mir die Zähne, kämmte mich und legte Lippenstift auf. Als ich zurückging und erneut durch das Guckloch spähte, stand er immer noch da. Aus Neugierde, vielleicht auch aus Langeweile, öffnete ich die Tür, trat einen Schritt zurück und ließ ihn schweigend eintreten. Er starrte auf meine bloßen Beine, errötete und wandte hastig den Blick ab. Ich machte die Tür hinter ihm zu. »Möchten Sie etwas trinken? Kaffee?«

»Nein danke.« Er rückte seine Krawatte zurecht. In einer Hand hielt er eine Aktentasche. Bemüht, seine Verlegenheit zu überbrücken, blickte er sich im Raum um, doch der Raum war klein und es gab nicht viel zu sehen – eine Frisierkommode aus dem Trödelladen mit weit herausgezogenen Schubladen, eine große weiße Papierlaterne und ein paar Lattenkisten, die mit Büchern voll gestopft waren.

»Tut mir Leid. Hatte ich vergessen. Mormonen trinken ja keinen Kaffee, oder? Ich kann Ihnen Mineralwasser anbieten oder Sprite. Dürfen Sie Sprite trinken?« Ich schob mich an ihm vorbei in die Küche, die knapp einen

Quadratmeter maß, mit einem winzigen Kühlschrank unter dem Spülstein.

»Leitungswasser wäre gut.«

Sein Blick fiel auf das Bett. Es war aufgedeckt und das Kopfkissen eingedellt. Mit Sicherheit sah er mir an, dass ich geschlafen hatte. Ich spülte ein Glas aus, füllte es mit Wasser aus dem Hahn und reichte es ihm. Unsere Finger berührten sich. Er wurde rot. »Danke.«

»Ich schlafe nicht immer so lange«, sagte ich. »Ich war bis nach Mitternacht auf, habe gelernt.« Ich überlegte, ob er wohl merkte, dass ich log. Vielleicht gehörte das Durchschauen von Lügen zur Ausbildung eines Missionars. »Nehmen Sie doch Platz.« Er sah sich so angestrengt im Raum um, als könnte jeden Moment ein Sofa auf der Bildfläche erscheinen. »Auf dem Bett«, fügte ich hinzu. »Ich bin noch nicht komplett eingerichtet.«

Er ließ sich vorsichtig auf der Kante der Matratze nieder, stellte sein Wasserglas auf den Fußboden und warf abermals einen flüchtigen Blick auf meine bloßen Beine. »Es gibt einen IKEA-Bus«, sagte er. »Ein Zubringer, der die Leute an der Penn Station einsammelt und nach New Jersey rausfährt. Dort können Sie ziemlich preisgünstig Stühle kaufen. Ich bin mal mit meinem Freund Joseph hingefahren.«

Als ich mich neben ihn setzte, sackte das Bett unter dem gemeinsamen Gewicht nach unten. Sein Gesicht wurde feuerrot. »Sie haben dort auch Teller, Servietten, Bilderrahmen, alles, was Sie wollen.« Und dann, als besänne er sich mit einem Mal, weshalb er hier war: »Wissen Sie etwas über Jesus?«

Ich nickte. »Ich bin in Alabama aufgewachsen. Dort bekommt man Jesus und Football mit der Muttermilch eingetrichtert.« Er lachte nicht. »Entschuldigung. Das war vermutlich eine Gotteslästerung oder so.«

»Keine Sorge. Gott ist barmherzig, er verzeiht selbst die schlimmste Sünde.« Er zupfte an seinem Kragen, als fürchtete er plötzlich zu ersticken. Er roch gut, wie Brot. Ich hätte gerne gewusst, ob er schon einmal mit einer Frau geschlafen hatte. Vermutlich nicht. Er öffnete seine Aktentasche, zog das *Buch Mormon* heraus, dann schloss er die Aktentasche wieder und stellte sie auf den Fußboden. »Ich möchte mit Ihnen über ein ganz besonderes Werk sprechen. Es enthält das Wort Gottes.«

»Nichts für ungut, doch woher wollen Sie das wissen?«

»Am 21. September 1823 erschien der wieder auferstandene Prophet Moroni einem Mann namens Joseph Smith. Er unterwies ihn in der alten Schrift und wie er diese in die englische Sprache übertragen sollte.« Als wollte er die Stichhaltigkeit seiner Behauptung beweisen, hielt er mir das Buch vors Gesicht und beobachtete meine Miene. Offenbar hoffte er, ich würde ihm das Buch vor lauter Begeisterung aus den Händen reißen, in dem verzweifelten Verlangen nach Gottes Wort. In dem Moment wurde mir bewusst, dass es mich danach verlangte, ihn zu verführen – nicht nur, weil er attraktiv war, sondern weil ich wissen wollte, ob es mir gelingen würde. Dave und ich kannten uns seit vier Monaten und zwischen uns herrschte die stillschweigende Übereinkunft, dass wir beide ungebunden waren, obwohl ich seit unserer Rückkehr aus Alabama mit niemandem mehr zusammen gewesen war. Mir war indes klar, dass die Beziehung zwischen Dave und mir auf etwas Dauerhaftes hinauslief, und möglicherweise hielt ich nach einer letzten Gelegenheit Ausschau, mich auszutoben, bevor ich mich endgültig auf ihn einließ.

Ich rückte näher an John Slattery heran, so dass sein Hemdsärmel meinen Arm streifte. Er öffnete hastig das Buch. »Ich möchte Ihnen ein paar Verse vorlesen«, murmelte er.

»Haben Sie schon einmal mit einem Mädchen geschlafen?«

»Ich.« Er schluckte. »Ähm.«

Ich nahm ihm das Buch aus den Händen und deponierte es auf dem Kopfkissen, legte meine Hand auf seinen Schenkel. Er spähte zum Buch hinüber, doch um es zu holen, hätte er an mir vorbeigreifen müssen. Er wirkte völlig hilflos. Ich drückte mein nacktes Bein gegen seine Cordhose und strich mit der Hand langsam über seinen Oberschenkel. Er schnappte überrascht nach Luft. Ich stieß ihn aufs Bett zurück, erwartete Widerstand, doch es kam keiner. Er lag starr da und blickte mich an, die Lippen aufeinander gepresst, die Augen weit aufgerissen. Ich lockerte seine Krawatte, knöpfte sein Hemd auf, küsste nach jedem Knopf seine Brust. Sein Atem ging schwerer. »Das darf nicht sein«, sagte er, doch er machte keinerlei Anstalten, mir Einhalt zu gebieten. Ich öffnete den Reißverschluss seiner Hose. »Nein«, flüsterte er. Ich kniete mich vor ihn auf den Boden und zog ihm die Schuhe aus, dann brachte ich ihn dazu, die Hüften anzuheben, damit ich ihm die Unterhose herunterstreifen konnte.

»Wir dürfen nicht alleine von Haus zu Haus gehen«,

sagte er. »Das verstößt gegen die Regeln. Doch mein Partner ist krank und ich wollte keinen Tag versäumen, deshalb habe ich mich alleine auf den Weg gemacht. Das hätte ich nicht tun sollen.«

»Entspann dich«, sagte ich. Er trug eine kurze weiße Hanes-Unterhose, so makellos und steif, als wäre sie heute Morgen erst aus der Verpackung gekommen. Ich ließ meine Hand unter den Bund gleiten, wölbte meine Hände unter seinen Hoden. Er riss den Mund auf und verdrehte die Augen. Ich zog ihm die Unterhose aus, rückte ihn auf dem Bett zurecht und ließ meinen Mund über seinen Penis gleiten. »O Gott.«

Ich blickte hoch. »Ich glaube, das solltest du lieber nicht sagen.«

»Tut mir Leid.«

Langsam bearbeitete ich ihn mit dem Mund, meine Hand strich über seine Brust, meine Finger umschlossen seine Kehle. »Ich muss jetzt gehen.« Ich zog mein T-Shirt aus, legte mich auf ihn und küsste ihn lange. Er sog an meiner Zunge und erwiderte meinen Kuss so heftig, dass ich befürchtete, eine Platzwunde an der Lippe davonzutragen. Ich kniete mich rittlings über ihn und berührte meine Brüste, meine Beine und beobachtete die Wirkung auf ihn, dann beugte ich mich wieder zu ihm hinab und ließ ihn in meinem Mund kommen. Sein Sperma war dickflüssig, beinahe geschmacklos. Ich ging ins Bad und spülte mir den Mund aus, dann kehrte ich zurück und legte mich neben ihn. Er weinte.

»Keine Sorge«, sagte ich. »Niemand wird etwas erfahren.«

»Gott sieht alles.« Er starrte zur Decke empor, zu den Sternen und dem Mond in Miniaturformat, die von der früheren Bewohnerin dort angeklebt worden waren.

»Du hast mir doch vor fünf Minuten erzählt, dass Gott barmherzig ist und jede Sünde verzeiht. Ich bin sicher, er wird es verstehen.«

Er weinte noch eine Weile, dann drehte er sich zu mir um und begann, an meinen Brüsten zu saugen. Kurze Zeit später sah er mich an und sagte: »Ich weiß nicht, was ich machen soll.«

»Leg dich einfach auf mich.«

Er gehorchte und ich spreizte meine Beine und wies ihm den Weg. Er bewegte sich sehr behutsam. Ich umklammerte seinen Rücken und zog ihn tiefer in mich hinein. Er blickte mich mit großen Augen an, als ich kam, dann rollte er von mir herunter. »Das ist umwerfend!«, sagte er. Seine Haut glänzte vor Schweiß.

»Deshalb wird es auch Sex genannt.«

John Slattery beobachtete mein Gesicht so gespannt, als sei das nur der erste Akt, dem weitere folgen könnten. Dann räusperte er sich. »Machst du das oft?«

»Nicht oft genug.«

Wir lagen ein paar Minuten schweigend nebeneinander. Er betrachtete meinen nackten Körper und ließ seine Hände von Kopf bis Fuß über mich gleiten. »Hast du zum ersten Mal ein nacktes Mädchen gesehen?«

»Ja.«

»Hast du keine Schwestern oder so was?«

»Nein. Zwei Brüder. Hey.«

»Hey was?«

»Können wir das wiederholen?«

»Bedaure, mein Freund. Das ist eine einmalige Sache.«

»Okay. Du hast Recht. Ist vermutlich auch besser so.« Nach einer Weile blickte er auf seine Uhr. »Tut mir Leid, würdest du dich bitte umdrehen, während ich mich ankleide?«

Ich blickte aus dem Fenster auf die Backsteinmauer in eineinhalb Meter Entfernung. Ich hörte, wie er den Reißverschluss an seiner Hose hochzog und das Hemd über den Kopf streifte. Als er angezogen war, berührte er mich an der Schulter. Ich legte meine Arme um ihn, zufrieden und zugleich schuldbewusst wegen meines Verhaltens. Er umarmte mich ebenfalls, dann küsste er mich auf die Wange, eine flüchtige Berührung.

»Danke«, sagte er. »Und verzeih mir bitte.« An der Tür deutete er auf das *Buch Mormon,* das noch auf dem Kopfkissen lag. »Bitte lies das Buch. Es wird dein Leben von Grund auf verändern.« Er zog die Tür hinter sich zu und ging, ließ mich mit einem seltsamen Gefühl der Enttäuschung und Leere zurück. Ihn zu verführen war keine echte Herausforderung gewesen, der Panzer seiner Religion war zu leicht durchlöchert. Irgendwie hatte ich mir gewünscht, er möge heldenhaft Widerstand leisten. Ich wollte die Standfestigkeit im Glauben in der Praxis erleben, einen Beweis aus erster Hand für seine Berufung.

Als er weg war, blätterte ich *Die Frohe Botschaft* durch. Überall waren Zeichnungen von blonden Menschen, die beteten, von blonden Familien, die ein Picknick veranstalteten, von blonden Kindern, die lächelten und seilhüpften, während das *Buch Mormon* über ihren Häuptern schwebte.

Yuk Ming blätterte ebenfalls, in ihrer eigenen Broschüre, deutete auf Fotografien von chinesischen Männern und Frauen, die lächelten, chinesischen Familien, die in ihrer neuen Küche aßen, und chinesischen Kindern, die sich auf den zubetonierten Spielplätzen ihrer neuen Wohnsiedlungen tummelten. Mir geht der Gedanke durch den Kopf, dass der Kerngehalt der Propaganda weltweit der gleiche ist, eine allgemein gültige Sprache des entschlossenen, verzweifelten Überzeugungswillens, mögen die Strategien noch so vielfältig und die angepeilten Ziele und Zwecke noch so unterschiedlich sein.

»Schauen Sie, wundervolles Projekt«, sagt Yuk Ming. »Wird Wohlstand und Fortschritt für Volk bringen.«

Lächelnd lege ich die Broschüre auf den Tisch zurück. »Ling Bau mag gut sein, doch das ist nur der Anfang. Die Zeit wird knapp. Glauben Sie wirklich, dass die Regierung ihr Versprechen halten kann?«

Sie lächeln beide so strahlend, dass ihnen das Gesicht wehtun muss. Das Lächeln hat, genau wie der Computer und die Mickey-Maus-Bettwäsche, eine nicht ganz echte Note. »Regierung hält immer Wort«, sagt Wang. »Sie werden sehen. Der Damm wird achtes Wunder der modernen Welt.«

Er erhebt sich aus seinem Sessel und setzt sich zu mir auf das Sofa. Szenen von den Bekehrungsversuchen in meiner Jugend tauchen wieder auf, wenn der Van for the Lord freitags abends vor der Tür hielt, die Kinder der Bay View Baptist Church mein Elternhaus überschwemmten und mich nötigten, stillzusitzen und mit ihnen zu beten. »Zukunft ist strahlend«, sagt Wang und rückt zentimeterweise näher. Sein Atem riecht nach Flying Dragon Pfefferminzpastillen. »Zukunft ist erfüllt mit Versprechen von Vier Modernisierungen: Landwirtschaft, Verteidigung, Wissenschaft und Technologie.«

»Ja«, fügt Yuk Ming hinzu. Ihre Stimme wird butterweich, als sie meine Hand drückt. »Und natürlich mit Fünf Lieben. Liebe zu Arbeit, Liebe zu Volk, Liebe zu Nächsten, Liebe zu Wissenschaft und Liebe zu Gemeineigentum.«

Ich fühle mich einen Moment lang an die Amway-Verkaufspartys erinnert, ich erkenne, dass ich unter dem Deckmäntelchen der Gastfreundschaft hierher gelotst wurde, obwohl mir die beiden in Wirklichkeit etwas aufschwatzen wollen. Ich blicke auf meine Uhr. »Ich muss los.«

»Natürlich«, sagt Yuk Ming. »Ich begleite.«

»Sie müssen wieder besuchen kommen!«, sagt Wang. »Nächstes Mal bringen Sie Ihr Kamera. Sie machen Bilder von Wohnung, um zu zeigen Ihre Freunde in Amerika!«

Der Regen hat aufgehört und die Luft riecht frisch. Ich bin froh, nicht mehr in der Wohnung zu sein, weg von Wang, und mit Yuk Ming, die mich behandelt, als würden wir uns seit langem kennen, alleine ein paar Schritte zu Fuß zu gehen. Sie spricht über amerikanische Kinofilme. »Ich liebe *Titanic* und *Vom Winde verweht«,* sagt sie. Ich erzähle ihr, dass einer meiner Lieblingsfilme in den letzten zehn Jahren *Tiger & Dragon* war.

»Ja!«, sagt sie aufgeregt und hakt sich unter. »Das war sehr guter Film. Ich liebe amerikanische Schauspieler. Brad Pitt ist sehr gut aussehen, und Tom Cruise.« Wir gehen auf einem anderen Weg zum Park zurück und als wir die Bank erreichen, ist Graham bereits da.

»Ich hoffe, du wartest noch nicht allzu lange«, sage ich.

»Nur ein paar Minuten«, sagt er und mustert Yuk Mings Füße.

»Ist Ihr Ehemann?«, fragt Yuk Ming.

»Nein, ein Freund vom Schiff. Graham, Yuk Ming.«

»Ich sehr freue, Sie kennen zu lernen«, sagt Yuk Ming und streckt die Hand aus.

Graham beäugt sie misstrauisch, dann wendet er sich an mich. »Wo warst du?«

»Yuk Ming hat mich zum Mittagessen eingeladen, bei sich zu Hause.«

Graham sagt etwas auf Mandarin zu Yuk Ming. Sein Gesicht ist gerötet und er spricht lauter als sonst. Plötzlich beginnt sie zu brüllen und deutet wild gestikulierend auf mich. Im Nu bildet sich ein Menschenauflauf.

»Lass uns gehen«, sagt Graham und nimmt meinen Arm.

»Was ist los? Was hast du zu ihr gesagt?«

»Komm einfach mit. Glaub mir, diese Frau hat dir keinen Freundschaftsdienst erwiesen.«

Ich will mich von ihr verabschieden, doch nun schreit sie mich an. Als wir uns umdrehen und gehen, folgt uns Yuk Ming, immer noch kreischend, die Menschenmenge im Schlepptau. Allmählich bleiben sie zurück. Während Graham und ich unbeirrt weitergehen und der Mob immer noch hinter uns tobt, denke ich an die Geschichte, die mir mein Freund James unlängst über eine Reise nach Südamerika erzählte, die er mit seiner Frau unternommen hatte. Eine Öko-Wandertour durch den Dschungel am Amazonas, mit Rucksack und Teva-Sportsandalen durch die unberührte Natur. Die beiden waren begeistert von der Flora und Fauna, die sie zu sehen bekamen. Seine Frau entdeckte einen kleinen goldfarbenen Affen, der im Geäst eines Baumes am Wegrand herumturnte, und blieb stehen, um seine Künste zu bewundern. Plötzlich sprang der Affe vom Baum herab, direkt auf die Frau meines Freundes, packte ihren Poncho und krallte sich daran fest. Er hatte es auf ihre Ohrringe, ein Paar goldene Kreolen, abgesehen. Während der Affe an der Frau hochzuklettern versuchte, zog sich der Poncho immer enger zusammen, wie eine Zwangsjacke, so dass sie ihre Arme nicht mehr bewegen konnte, um ihn selbst abzuwehren. Sie schrie und James eilte ihr zu Hilfe, doch jedes Mal, wenn er den Affen wegzerren wollte, wurde er gebissen. Schließlich holte er aus und schlug das Tier mit voller Wucht ins Gesicht. Der Affe war einen Moment lang wie gelähmt, doch er ließ nicht los, seine Klauen gruben sich in den Poncho, in das Fleisch der Frau. James versetzte ihm abermals einen Faustschlag, doch der Affe brüllte nur und versuchte, die Ohrringe zu packen. Unfähig, einen klaren Gedanken zu fassen, zog James seinen Schuh aus und begann, ihn dem Affen über den Schädel zu dreschen.

»Da stehe ich also mitten im Dschungel am Amazonas«, erzählte er mir, »umgeben von extrem friedvollen, grün angehauchten Touristen aus zivilisierten Gegenden wie Berkeley und Seattle, auf einer herrlichen Reise mit hautnahem Kontakt zur Natur und zahlreichen Schnappschüssen, und wie der Blitz aus heiterem Himmel schlägt die

Stimmung um. Ich habe meinen linken Schuh in der Hand und prügele auf dieses boshafte kleine Ungeheuer ein, dass ihm Hören und Sehen vergeht.«

Genauso fühle ich mich jetzt. Gerade saß ich noch bei einem köstlichen, wenn auch bizarren Mittagessen mit meiner sympathischen neuen Freundin und urplötzlich bin ich das Kapitalistenschwein, das vor dem aufgebrachten Mob die Flucht ergreift.

»Was ist denn nur passiert, um Himmels willen?«

»Wohin hat die Frau dich gebracht?«

»Das sagte ich doch schon, zu sich nach Hause, zum Mittagessen.«

»Lass mich raten. Ihre Wohnung war ziemlich geräumig und mit allen Errungenschaften des modernen Lebens ausgestattet. Sie hat dir eine ausgezeichnete Mahlzeit serviert. Irgendetwas stimmte nicht ganz, ohne dass du genau sagen konntest, was. Insgesamt hattest du den Eindruck, dass es ihr finanziell gut geht, dass es ihr an nichts mangelt. Irgendwann wollte sie von dir wissen, wie dir China gefällt, und dann erzählte sie ganz beiläufig, wie gut der Damm für das Land und wie glücklich die chinesische Bevölkerung ist.«

»Woher weißt du das?«

»Sie arbeitet für die Regierung.«

»Ein Spitzel?«

»Sozusagen. Hier haben viele Leute die Aufgabe, dafür zu sorgen, dass die Ausländer einen positiven Eindruck mit nach Hause nehmen. Als sie dich schreiben sah, hielt sie dich vermutlich für eine Reporterin.«

»Wie bist du ihr auf die Schliche gekommen?«

»Als ich zum ersten Mal geschäftlich nach China reiste, konnte ich viel Geld dafür ausgeben, Kontakte zu knüpfen. Ich lernte eine Menge Leute kennen. Natürlich erregte ich Aufmerksamkeit. Wenn ich mich mit vierzig Personen in einem Raum befand – sagen wir, bei einer Besprechung oder Party –, konnte ich mit Sicherheit davon ausgehen, dass sich drei bis vier Spitzel darunter befanden. Ich konnte die Betreffenden bald innerhalb von fünf Minuten identifizieren. Hast du dir ihre Schuhe angesehen?«

»Ganz normale Sandalen.«

»Schon, allerdings aus Leder. Ist dir aufgefallen, dass hier die meisten Schuhe aus Stoff oder Plastik gefertigt sind? Das war das erste Indiz. Das zweite war ihre tadellose Aussprache. Die Regierung hat sie wahrscheinlich zum Sprachstudium ins Ausland geschickt, deshalb ist ihr Englisch um einige Klassen besser als das aller anderen Einheimischen, mit denen du dich unterhalten hast. Und der dritte Hinweis war natürlich die luxuriöse Wohnung. Das Essen, das sie dir vorgesetzt hat, war vermutlich hervorragend.«

Ich denke an die Haifischflossensuppe, eine Delikatesse. »Ich komme mir ziemlich töricht vor.«

»Musst du nicht. So etwas ist mir mehrmals passiert. Pech, kann man da nur sagen, denn im Allgemeinen sind die Chinesen sehr gastfreundlich.«

»Das Mittagessen war trotzdem ausgezeichnet.« Ich lache.

Graham hat eine Hand in der Tasche. Irgendwann zieht er sie heraus und blickt auf die kleine Glasflasche, die mit einer Flüssigkeit gefüllt ist.

»Was ist das?«, frage ich.

»Der Freund, den ich gerade besucht habe, ist Apotheker.«

»Ein Schmerzmittel?«

»Gewissermaßen.«

Ich frage nicht, was er mit gewissermaßen meint. Es gibt Dinge, die ich lieber nicht wissen möchte.

Es ist dunkel, als wir zum Schiff zurückkehren. Graham geht in seine Kabine, um sich auszuruhen. Im Jangtse-Raum höre ich mir einen Vortrag über chinesisches Kulturgut an. Die Referentin, eine distinguiert aussehende ältere Chinesin, die an der BeiDa-Universität arbeitet, führt uns ein Dia nach dem anderen von den Terrakotta-Kriegern vor – eine lebensgroße Streitmacht aus Ton, in Reih und Glied in riesigen rechteckigen Gruben aufgestellt, die aus der festgestampften Erde ausgehoben wurden. Es folgen Dias von anderen Kunstwerken – Vasen und Stühle, Jadeschmuck und meisterhaft gearbeitete Altäre.

Das letzte Dia zeigt Baihe-Liang, den »Grat des Weißen Kranichs«, eine achtzig Meter lange Sandsteinklippe im Hafen von Fuling, mit Felsenzeichnungen und eingemeißelten chinesischen Schriftzeichen. Dr. Tong weist auf ein Karpfenpaar hin, das direkt an der Wasserlinie in Stein gehauen ist. Sie erklärt, dass es aus der Tang-Dynastie stamme, aus der Zeit vor 763. Die Fischbäuche kennzeichneten den Wasserstand zu der Zeit, als die Zeichnungen entstanden. Die Flussschiffer in alter Zeit konnten daran den Wasserpegel und den Zustand des vor ihnen liegenden Flussabschnittes ablesen. Die Fische waren nur etwa fünf Monate im Jahr sichtbar, während der Trockenzeit. Die Anbringung der Schriftzeichen auf dem Grat des Weißen Kranichs wurde im Verlauf mehrerer Jahrhunderte von verschiedenen Dynastien in Auftrag gegeben, wobei jeder Eintrag das Datum festhielt, an dem der Steinkarpfen wieder auftauchte. »Mehr als tausend Jahre haben Bewohner von Fulang Karpfen als Symbol betrachtet, das gute Ernte verhieß«, fährt sie fort. Dann schaltet sie das Licht wieder ein. In der Helligkeit ist der Grat des Weißen Kranichs nur mehr ein Schatten auf der Projektionsleinwand.

Eine Stimme im hinteren Teil des Raumes fragt: »Was passiert mit diesem Kulturgut, wenn der Damm fertig ist?«

»Grat des Weißen Kranichs wird im Wasserreservoir untergehen, wie viele Tempel und Kunstdenkmäler.«

Kaum hat sie die Worte ausgesprochen, reißt ihr Elvis Paris auch schon das Mikrofon aus der Hand. »In China gibt viele Kunstschätze«, sagt er. »Reich Kultur. Diese wenige Dinge nur sehr klein Prozentsatz von Chinas Kostbarkeiten. Volk ist Chinas wahrer Schatz!«

Einige Hände werden gehoben, doch Elvis Paris drängt Dr. Tong ins Abseits. »Vortrag jetzt vorbei!«, sagt er. »Bitte gehen Leuchtende Pagode Halle für Cocktails und chinesische Tanz!« Der Raum leert sich. Beim Hinausgehen schiebt ein unbekannter Mann Dr. Tong in eine Ecke und die beiden beginnen zu streiten.

20

In all den Jahren, die ich Mr. Lee kannte, hörte ich ihn nur ein einziges Mal von China sprechen. Amanda Ruth und ich waren gerade auf die Highschool übergewechselt. Es war an einem späten Abend, in dem weitläufigen Haus in Mobile. Er unterhielt sich leise mit Mrs. Lee im Wohnzimmer, das nur eine dünne Wand von Amanda Ruths Zimmer trennte. Am Morgen hatte Mr. Lee einen Anruf von seinem Bruder aus Taiwan erhalten – ein Bruder, von dem Amanda Ruth noch nie etwas gehört hatte –, der ihm mitgeteilt hatte, dass sein Vater gestorben war.

»Ich wusste gar nicht, dass dein Vater noch lebte«, sagte Mrs. Lee. »Oder dass du einen Bruder hast.« Amanda Ruth sah mich an, während ihr klar wurde, dass ihre Mutter genauso im Dunkeln tappte wie sie, was Mr. Lees Vorleben und seine Familie in China betraf. Amanda Ruth hatte dutzende von Büchern über chinesische Geschichte verschlungen, hatte seitenweise Daten und die Namen von Ortschaften, Dynastien und einander befehdenden Parteien auswendig gelernt, als sei in diesen komprimierten Informationsbruchstücken der Schlüssel zu ihrer eigenen Seele zu finden. Sie wusste um die grauenhaften Zeiten, die ihre Großeltern miterlebt hatten – japanische Besatzung, der Große Sprung Vorwärts, die Kulturrevolution. Sie hatte immer geglaubt, die Eltern ihres Vaters wären beide tot.

Mrs. Lee, die mit allen Privilegien einer Tochter aus gutem Hause in den Südstaaten aufgewachsen war, und die durch ihre Ehe mit einem Mann, den sie hinter vorgehaltener Hand »Schlitzauge« nannten, ihrer Familie und der ganzen Stadt die Stirn geboten hatte, eine Frau, die nie ihre Stimme gegen ihren Ehemann erhob, sondern stets darauf bedacht war, ihm einen sicheren Hafen in einer kleingeistigen Welt zu bieten, in die es ihn *ihretwegen* verschlagen hatte, wurde plötzlich laut. »Wie konntest du mir das verheimlichen?«

Mr. Lees Stimme klang erschöpft, als hätte er sie vom Grund eines tiefen Brunnens heraufgezogen. »Glaubst du, ich würde mich gerne daran erinnern? Seit ich nach Amerika kam, habe ich versucht, mir ein neues Leben aufzubauen, die traurigen Dinge zu vergessen, die vorher waren. Ich habe versucht, meine Familie zu vergessen, besonders meine Schwester.«

»Eine Schwester«, flüsterte Amanda Ruth. Sie hatte auch nichts von der Existenz einer Schwester gewusst. Auf der anderen Seite der Wand fragte Mrs. Lees Stimme verwundert: »Wo ist sie, diese Schwester?«

»Ich habe sie nie kennen gelernt«, sagte Mr. Lee. »Sie ist dreizehn Jahre älter als ich. Bei meiner Geburt lebte sie bereits in Shanghai.«

»Warum hat sie ihr Elternhaus schon so früh verlassen?«

Mr. Lees Stimme schwankte, als er von dem Tag im Jahre 1943 erzählte, als Männer aus der Stadt in seinem

Heimatdorf auftauchten. Die Männer, gut gekleidet und zuvorkommend, gingen in die Schule und wählten ungefähr dreißig Mädchen aus, die jüngsten und hübschesten. Sie versprachen den Eltern, die Mädchen nach Shanghai mitzunehmen und ihnen Arbeit in Seidenfabriken zu verschaffen. Sie stellten ihnen eine gute Bezahlung, eine saubere Unterkunft und reichlich zu essen in Aussicht.

»Chunxiao war damals elf Jahre alt«, sagte er. »Ein Kind. Sie wollte nicht weg, doch meine Eltern bestanden darauf. Erst Jahre später entdeckten wir, dass alle Mädchen in Lager geschickt worden waren, die von japanischen Soldaten geleitet wurden.«

»Die Trostfrauen!«, flüsterte Amanda Ruth entsetzt. Ich hatte keine Ahnung, was sie meinte. Auf der anderen Seite der Wand herrschte lange Zeit Schweigen, dann ertönte Mrs. Lees Stimme, ungläubig. »Mein Gott. Deine Schwester war in den Camps, wo die Mädchen zur Prostitution gezwungen wurden.«

»Sie war jünger als Amanda Ruth heute«, sagte Mr. Lee. Ein sonderbarer, erstickter Laut drang durch die Wand. Mr. Lee weinte. Amanda Ruth und ich saßen wie versteinert auf dem Bett, das Ohr an die Wand gepresst, bestürzt über die Flut von Worten und Gefühlen seitens eines Mannes, der sonst ziemlich einsilbig war. »Sie wurden wie Tiere behandelt, schlimmer noch als Tiere.«

Wir hörten, wie Mrs. Lees Hausschuhe über den Fußboden schlurften. Ich stellte mir vor, wie sie sich neben Mr. Lees Schaukelstuhl stellte und ihm die Hände auf die Schultern legte. »Es ist ein Wunder, dass sie das überlebt hat«, sagte Mrs. Lee.

Mr. Lee sagte, das Lager, in dem sich seine Schwester befand, sei verhältnismäßig früh von den Alliierten befreit worden. Sie wurde nach Shanghai in ein Krankenhaus geschickt, wo sie Arbeit fand. Die Familie hielt sie für tot. Jahre nach dem Krieg, als Mr. Lees Schwester in den Dreißigern war, schrieb sie einen Brief an ihre Eltern. Zu dem Zeitpunkt war die Mutter bereits verstorben, sie war während einer Überschwemmung ertrunken. Der Vater erlitt einen lebensgefährlichen Schock, als er die Nachricht erhielt. Er setzte sich mit Mr. Lees Bruder in Taiwan in Verbindung, der nach Shanghai reiste, wo er seine Schwester als Toilettenfrau in einer Klinik vorfand. Er flehte sie an, mit ihm nach Taiwan zu kommen, versprach ihr ein sorgenfreies Leben im Kreise seiner Familie, doch sie weigerte sich. Sie konnte nach allem, was ihr widerfahren war, die Nähe anderer Menschen nicht mehr ertragen. Im Laufe der Jahre schrieb er ihr dutzende von Briefen aus Taiwan, doch sie antwortete nie.

»Letzte Woche erhielt mein Bruder einen Brief, in dem sie ihm mitteilte, dass sie letztendlich doch in ihr Heimatdorf zurückgekehrt sei«, sagte Mr. Lee. Die Bambushütte, in der sie ihre Kindheit verbracht hatte, war verschwunden. Sie sah bekannte Gesichter in den Straßen, doch niemand erkannte sie. Im Kreiskulturreferat blätterte sie die Sterberegister durch. Sie fand den Namen ihres Vaters – er war erst vor einem halben Jahr gestorben.

An jenem Abend, als wir in der Dunkelheit an der Wand lauschten, erfuhren wir die Lebensgeschichte von Mr. Lee – das Leben, das er vor Amanda Ruths Mutter und vor San Francisco geführt hatte. Mit sechs wurden

Mr. Lee und sein neunjähriger Bruder nach Taiwan geschmuggelt. Für die Schiffsreise mussten die Brüder eine horrende Summe aufbringen, Geld, das ihnen der Bruder ihrer Mutter, ein Ladenbesitzer in Taipeh, geschickt hatte. Dort angekommen, irrten die beiden durch die Straßen von Taipeh, in denen es von Waisenkindern nur so wimmelte.

»Woran ich mich am besten erinnere, ist das Geräusch von Schuhen«, sagte Mr. Lee. »Die Taiwanesen trugen Holzsandalen im japanischen Stil, die auf den Straßen klapperten.«

Nach zweiwöchiger Odyssee fanden sie einen Schlachter, der ihren Onkel kannte. Der Schlachter wies ihnen den Weg zum Haus ihres Onkels. Sie kamen barfuß dort an, in Lumpen, ungewaschen und hungrig. Der Onkel nahm sie auf, gab ihnen zu essen und schickte sie zur Schule, doch ihre Tante und die Cousins und Cousinen hassten die beiden Jungen. Sie schliefen draußen neben der Latrine und nach der Schule streunten sie durch die Straßen und verkauften alles, was nicht niet- und nagelfest war aus dem Haus ihres Onkels: Bindfäden, ein angefaultes Ei, eine Hosentasche voll Reis. Obwohl er nebenbei hart arbeiten musste, war Mr. Lee ein herausragender Schüler. Mit sechzehn hatten er und sein Bruder genug Geld auf die Seite geschafft, um die Schiffspassage für eine Person nach Amerika zu bezahlen. Sein Bruder beharrte darauf, dass Mr. Lee mit seiner angeborenen Intelligenz die besten Chancen hatte, es in Amerika zu etwas zu bringen. Mr. Lee gelobte, seinen Bruder nachkommen zu lassen, sobald er genug Geld beisammenhätte. Mr. Lee war während des größten Teils der Reise seekrank und erbrach die winzigen Rationen von verdorbenem Reis, der mit fauligem Wasser zubereitet war. Als er in Amerika ankam, hatte er fünfzehn Kilo abgenommen.

»Ich war zum Skelett abgemagert. Doch ich hatte es geschafft, ich war in Amerika.«

Er arbeitete vierzehn Stunden am Tag in einer Fabrik, die Spulen herstellte und bot zusätzlich per Aushang am schwarzen Brett den begüterten Studenten der University of San Francisco an, die Wäsche für sie zu waschen. Drei Jahre lang hatte er nur zwei Dinge im Kopf. Zum einen war er bestrebt, die Armut aus eigener Kraft zu überwinden und im Leben Erfolg zu haben. Zum anderen galt es, das Versprechen einzulösen, das er seinem Bruder gegeben hatte.

In San Francisco kam Mr. Lee mit wenig Schlaf und noch weniger Essen aus, sparte eisern und konnte seinem Bruder drei Jahre später schreiben, nun sei es endlich so weit. Er würde ihm das Geld für die Überfahrt nach Amerika schicken. Es dauerte sechs Monate, bis sein Bruder ihm antwortete. Mr. Lee kochte eine Kanne Tee, setzte sich auf das Feldbett, das ihm in dem gemieteten Souterrain-Zimmer als Schlafstätte diente, und riss den Brief auf. Er hatte Angst zu träumen, weil er seinen Bruder nach dem langen Schweigen für tot gehalten hatte.

Sein Bruder hatte geheiratet. Er hatte ein Kind, einen Sohn. Und nicht nur das: Er hatte auch einen kleinen Laden eröffnet, in dem er Ming-Vasen, antike Stühle und andere Kunstobjekte von chinesischen Verwandten, die keine Verwendung dafür und sie außer Landes geschmuggelt hatten, verkaufte. Taiwan stand bei den wohlhabenden britischen und amerikanischen Touristen als Reiseziel hoch im Kurs. Sie strömten in seinen Laden und nahmen die Waren in Augenschein, von denen einige echte Antiquitäten und andere billige Imitate waren. Und sie zahlten horrende Preise. Seine Frau war schön, sein Sohn stark und gesund, sein Leben alles, was sich ein Mann erträumen kann. »Komm nach Taiwan zurück«, schrieb er. »Arbeite für mich.«

»Was hatte ich in den vergangenen drei Jahren anderes getan als für ihn gearbeitet?«, sagte Mr. Lee. »Im Schweiße meines Angesichts hatte ich geschuftet und Opfer gebracht. Die Haut an meinen Händen schälte sich durch das Bleichmittel ab, mit dem ich die Wäsche der Studenten wusch, und ich hatte Tränensäcke unter den Augen in Folge des Schlafmangels. Ich hatte so gut wie nichts für mich selbst verbraucht, hatte mich mit kargen Essensrationen, einer neuen Hose und ein Paar Schuhen, zwei neuen Hemden und einer dünnen Jacke für den Winter begnügt. Alles andere hatte ich für meinen Bruder gespart, damit er nach Amerika kommen konnte. Und nun besaß er die Unverfrorenheit, mir vorzuschlagen, ich solle meine eigenen Träume aufgeben und für *ihn* in Taiwan arbeiten.

An jenem Tag schwor ich mir, niemals zurückzukehren«, sagte Mr. Lee.

Lange nach Mitternacht hörten wir endlich, wie sich Mr. Lee aus seinem Schaukelstuhl erhob und zwei Paar Füße den Gang entlang zum Schlafzimmer tappten. Wir hörten, wie das Bett rhythmisch gegen die Wand schlug, hörten Mr. Lees unterdrücktes Schluchzen und Mrs. Lees leise Beschwichtigungen. Wir lagen in Amanda Ruths Bett und klammerten uns aneinander. In jener Nacht träumte ich von der Tante, die Amanda Ruth nie gekannt hatte, wie sie nackt auf einem Bett lag, während sich die japanischen Soldaten reihenweise über sie hermachten, kamen und gingen, kamen und gingen, ein elfjähriges Mädchen mit ausgetrockneter Kehle, der Körper ein Stück rohes Fleisch, die Lippen des kleinen Mundes aufgeplatzt und blutend. Als ich im Morgengrauen erwachte, war Amanda Ruth bereits aufgestanden und saß vor dem großen runden Spiegel der weißen, aus Weide geflochtenen Frisierkommode. Sie musterte ihr Gesicht so eindringlich, dass sie nicht einmal merkte, wie ich aufstand.

»Mir gefällt der gelbe Farbton seiner Haut«, sagte sie schließlich. »Mir gefällt die Form seiner Augen und seiner Nase. Doch ich habe immer gewusst, dass er genau das an mir hasst, wenn er mich ansieht.«

21

Am Abend vor der Einfahrt in die Drei Schluchten nehme ich den silbernen Schlüssel aus der Innentasche meiner Handtasche, öffne den Schrank und stecke den Schlüssel in das Schloss des Miniatur-Safes. Quietschend geht die Tür auf. Dort, im Safe – die rote Blechdose. Ich stelle sie auf den Tisch neben dem Bullauge und lasse meine Finger über die Fotocollage gleiten, die ich in- und auswendig kenne – Amanda Ruth als Baby, auf den Armen ihres stolzen Vaters, Amanda Ruth in ihrem Majorettenkostüm mit goldenen Schnüren an den Schultern, Amanda Ruth auf dem schmalen Bett ihres Zimmers im Studentinnenwohnheim in Montevallo sitzend. Ich fühle mich heute noch im gleichen Maß zu Amanda Ruth hingezogen wie damals mit siebzehn. Ich kann nicht umhin, mich zu fragen, was für einen Verlauf mein Leben genommen hätte, wenn sie nicht ermordet worden wäre. Hätte ich die Erinnerung an sie schließlich in einen Winkel meines Herzens verbannen können, welcher der ersten Liebe, den kindlichen Schwärmereien vorbehalten ist? Oder hätte mich ihr Bild selbst dann noch verfolgt?

Dave steht unter der Dusche. Ich höre das Wasser rauschen, dann wird der Hahn zugedreht, gleich darauf ertönt das Summen des elektrischen Rasierapparates und zum Schluss das Knistern des Kammes, mit dem er in aller Eile durch sein dichtes Haar fährt.

Ich blicke aus dem Fenster, sehe allerdings bloß mein eigenes Spiegelbild. Ich hasse dieses vertraute Gesicht – die müden Augen, die Grübchen, die sich allmählich zu einer bleibenden Einrichtung entwickeln, die Haare, die ich mir nach dem einunddreißigsten Geburtstag viel zu kurz abschneiden ließ und die sich jetzt über meinem Kragen ringeln. Ich hasse mich selbst, weil ich nicht bereit gewesen war, Amanda Ruth Treue zu schwören, obwohl ich weiß, dass es ein unhaltbares Gelöbnis gewesen wäre. Dennoch, wenn ich geschworen hätte, hätte sie Allison in den Weihnachtsferien nicht mit nach Hause gebracht. Und die beiden wären nicht in Amanda Ruths Schlafzimmer miteinander erwischt worden.

Ich stelle mir vor, wie Mr. Lee durch den Gang seines geräumigen Hauses in Mobile geht, eine verdächtige Stille im Zimmer seiner Tochter bemerkt und die Tür aufstößt. Ich stelle mir vor, wie er den Raum mit den blassgrünen Wänden und den verborgenen Fotos von China betritt und seine Tochter und Allison entsetzt anstarrt. Welcher Teufel mag Amanda Ruth geritten haben, ein derartiges Risiko einzugehen? Als hätte sie es darauf angelegt, ertappt zu werden, als hätte sie ihrem Vater ihre Sexualität vor Augen halten und sagen wollen: »Schau her, so bin ich und nicht anders!«

Mr. Lee war kein Mann, der sich ausgiebig mit seiner Tochter unterhielt. In all den Jahren, die ich Amanda Ruth kannte, hörte ich ihn nur selten eine Frage an sie richten, die über ihre schulischen Leistungen hinausging.

Vielleicht bewog ebendiese Gewissheit, dass keine Aussicht auf ein klärendes Gespräch bestand, Amanda Ruth zu einer solchen Unverfrorenheit in ihrem eigenen Elternhaus, einem Akt der Verzweiflung, denn sie musste sich ausgerechnet haben, wie groß die Gefahr war, entdeckt zu werden. Wenn sie ihm nicht sagen konnte, dass sich ihr Herz und ihr Körper nicht nach Männern, sondern nach der Gesellschaft anderer Frauen sehnten, musste sie es ihm eben zeigen.

Ich habe diese Szene hunderte von Malen Revue passieren lassen und bin mir sicher, ich hätte sie verhindern können. Wenn es mir möglich gewesen wäre, das zu sein, was sich Amanda Ruth wünschte – eine Freundin, eine Partnerin, eine beständige Größe in ihrem Leben –, wäre sie an jenem Tag nicht mit Allison in ihrem Zimmer gewesen. Wenn es mir möglich gewesen wäre, ihr treu zu sein, wäre sie nicht tot.

Die Badezimmertür geht auf. Dampf quillt aus der Dusche. Der Geruch nach Seife, das Wissen um Daves sauberen, nackten Körper in diesem winzigen Raum, sein leichter Schritt auf dem Teppich.

»Hey«, sagt er. »Weinst du?«

Und dann Daves vertraute Gestalt hinter mir, seine starken Hände auf meinen Schultern, die Wärme seines Atems auf meinem Nacken, seine Finger, die langsam über meinen Rücken streichen, mein Schlüsselbein berühren. Es kommt mir völlig natürlich vor, wie sein Körper den leeren Raum hinter mir füllt, wie mich seine Arme umfangen, wie er sagt: »Baby, alles in Ordnung?«

Er wartet die Antwort nicht ab. Seine geschickten Finger

öffnen den Reißverschluss meines Kleides, die Haken meines Büstenhalters, der ganze Stoff, klamm vom Regen, gleitet an mir herab, seine warmen Hände übernehmen die Regie. Ich drehe mich um und löse das Handtuch, das er um seine Taille geschlungen hat. Lange Zeit stehen wir da und küssen uns, unsere Körper neigen sich im Einklang mit jeder Bewegung des Schiffes, das auf und ab schaukelt. Zu Beginn unserer Beziehung, als wir anfingen, miteinander zu schlafen, ging alles immer sehr schnell. Sein Arm, der versehentlich den meinen streifte, ein Kuss auf den Nacken, seine Hand, die plötzlich auf der Innenseite meines Schenkels lag – jede Berührung vermochte die Glut in uns zu entfachen. Wir liebten uns, als liefe eine Stoppuhr mit, die uns jede Sekunde unterbrechen konnte. Doch die Jahre, in denen wir miteinander aufwachten, spazieren gingen, morgens beim Kaffeetrinken Zeitung lasen, Seite an Seite im Auto saßen, Brote mit Erdnussbutter an dem kleinen Tisch mit Blick auf die Columbus Avenue aßen – all diese gemeinsamen Aktivitäten im Alltag und deren kumulative Wirkung haben uns Geduld beim Liebemachen gelehrt. Es dauert einige Zeit, bevor wir auf dem Bett landen, und dann passen wir uns dem langsamen, vertrauten Rhythmus an. Heute macht sich noch mehr Geduld als sonst bemerkbar. Wir beide wissen, auch ohne Worte, dass es das letzte Mal ist.

Rittlings auf ihm sitzend, seine Hände auf meinen Brüsten, meine Knie gegen seinen Brustkorb gepresst, wird mir klar, wie schwierig es ist, ein solches Ausmaß an Intimität und Nähe mit einem anderen Menschen zu erreichen. Zwölf Jahre lang haben wir nicht nur das Bett miteinander geteilt, sondern auch unsere absonderlichsten und schönsten Fantasien. Wir kennen die Vorlieben des anderen besser als unsere eigenen. Es gibt kein Erröten, kein Leugnen, keinen Augenblick, in dem der eine fürchtet, der andere könnte einen Wunsch merkwürdig oder selbstsüchtig finden. Ein Vorteil der Ehe ist das Recht, sich wie ein verheiratetes Paar zu lieben. Was ich am Ende unserer Beziehung am meisten fürchte, ist die Notwendigkeit, wieder bei null anzufangen, den Geschmack des anderen von Grund auf zu erforschen, einem Fremden beizubringen, die gleichen Gefühle wie Dave in mir hervorzurufen. Seine Hände gleiten zu meinen Hüften, seine Finger bohren sich in meinen Rücken. Er blickt mich an, als könnte er bis auf den Grund meiner Seele schauen. Wir haben uns immer mit offenen Augen geliebt.

Das Schiff schaukelt, der Motor dröhnt, der Regen prasselt gegen die kleinen runden Bullaugen. Draußen trostlose Dunkelheit. Drinnen das gelbliche Licht einer vereinzelten Lampe. Die ganze Welt riecht nass, verbraucht, missgestimmt. Zum ersten Mal seit Jahren kommen Dave und ich gemeinsam. Dave bäumt sich auf, drückt mich an sich, verbirgt sein Gesicht in meinen Haaren. »Baby«, murmelt er.

Ich denke an unsere erste Begegnung an einem Brezelstand auf dem Bürgersteig vor dem Hunter College. Er trug eine braune Wildlederjacke, die ihm ein wenig zu groß war, und einen Zweitagebart. Er sah träge aus, doch gleichzeitig auf dem Sprung, als beobachte er die Straße, bereit, beim ersten Anzeichen einer Katastrophe in Aktion zu treten. Als sich unsere Blicke trafen, errötete er –

später erzählte er mir, ich hätte ihn mit meinem eindringlichen Blick völlig aus dem Gleichgewicht gebracht –, doch er gewann seine Fassung bald zurück, bezahlte den Straßenhändler, klatschte Senf auf seine Brezel, kam zu mir herüber und sprach mich an.

Es kommt mir wie Verrat vor, mit Dave eine Fahrt auf diesem Fluss zu machen, Amanda Ruths Fluss, während sich an Bord ein weiterer Mann befindet, für den ich Zuneigung empfinde. Doch kein einziger Mann wird jemals die Stimme in meinem Kopf hören, die einen endlosen Monolog hält, die Stimme, die unüberhörbar zu Amanda Ruth spricht, sie um Vergebung bittet.

Amanda Ruth, weißt du, was du angerichtet hast? Es gelingt mir nicht, meine Beine für einen Mann zu öffnen, ohne den gelben Schal vor mir zu sehen, mit dem schlichten Muster aus kleinen weißen Blüten. Es gelingt mir nicht, einen Mann zwischen meinen Schenkeln zu halten, ohne mir eine Szene vorzustellen, die sich nie zugetragen hat: meine Hände an deinem Hals, die den Schal fester ziehen, fester und fester, bis du nicht mehr atmen kannst.

22

Ich wache auf, Daves Arme um mich. Wir haben die Laken mit Fußtritten aus dem Bett befördert, unsere Füße sind miteinander verschlungen. In den ersten Jahren unserer Ehe wachte ich morgens oft auf, lag im Bett und betrachtete ihn, während er schlief. Ich dachte, wie perfekt alles war – und wie zerbrechlich. An solchen Tagen bangte ich um ihn. Ich dachte an die Unfälle, in die er verwickelt werden könnte, wenn er durch das Verkehrsgewühl in den Straßen raste, stellte mir vor, wie die Ambulanz frontal mit einem Taxi zusammenprallte, wie sich die Reifen drehten, die Scheinwerfer flackerten, wie Daves Sitzgurt riss und sein Kopf mit voller Wucht die Windschutzscheibe durchschlug. Ich stellte mir die Stadtteile vor, in die er während seiner Einsätze fuhr, Slums, die selbst von den Streifenpolizisten gemieden wurden, wie Bedford Stuyvesant, im Osten New Yorks, das größte Schwarzenviertel der Stadt, wo ihm nur seine Arbeitskluft Schutz bot. Ich dachte an Messer und Handfeuerwaffen, an infizierte Nadeln, an denen er sich verletzen konnte. Jeden Morgen, wenn ich aufwachte, betete ich darum, ihn nicht zu verlieren. Ich dachte an die unzähligen Katastrophen, die unser Leben zerbrechen, die Klarheit und Ordnung unserer kleinen Welt zerstören konnten. Damals wäre ich nie auf die Idee gekommen, dass viele Verluste allmählich eintreten, so schleichend, dass man sie kaum bemerkt. Es wäre mir nie in den Sinn gekommen, dass sich manche Dinge einfach in nichts auflösen.

Ich atme seinen Duft ein, den bittersüßen Duft nach Seife und Schlaf. Ich löse seine Arme von meinem Körper und verlasse lautlos das Bett, dusche und ziehe mich an, ohne ihn aufzuwecken und küsse ihn auf die Stirn, bevor ich gehe.

Um 5:30 Uhr stehe ich an der Reling, die Blechdose in meinen Armen, als Die Stimme über Lautsprecher verkündet: »Bitte alle kommen an Deck, wir beginnen faszinierende Fahrt durch herrliche Schluchten.« Ich hatte geplant, die Asche zu verstreuen, bevor die anderen Passagiere aufwachen, doch dafür ist es zu spät. Binnen Minuten tauchen die Leute aus ihren Kabinen auf, wie Zombies, die Gesichter noch gezeichnet vom Schlaf. Ich schiebe die Dose unter meine Jacke. Graham erscheint neben mir.

Vor uns ragt eine Betonmauer auf, das Hebewerk des Gezhou-Dammes, das nur wenige Meilen vom neuen Staudamm flussabwärts entfernt liegt. Wir fahren durch ein schmales Stahltor in eine weitläufige Schleusenkammer hinein, wo sich bereits Schiffe aller Größenordnungen eingefunden haben. Das Schleusentor schließt sich hinter uns. Man hört, wie das Füllwasser hereinströmt, die Schiffe werden unmerklich angehoben. Man hat das Gefühl, sich in einem riesigen Aufzug zu befinden. Trotz der frühen Morgenstunde drängen sich die Schaulustigen auf der Brücke über uns – wie üblich ein Gemisch aus müden Arbeitern und lustlosen Soldaten, dazu einige gelenkige ältere Leute, die ihre allmorgendlichen Dehnübungen machen. Sie winken und tauschen Grußworte mit den Passagieren aus. Einige Straßenhändler gehen bereits ihren Geschäften nach und versuchen Postkarten und Jadebecher, getrockneten Aal zum Knabbern und Dampfbrötchen zu verkaufen. Eine Glocke erklingt, Lichter flammen auf, dann öffnet sich ein weiteres schweres Tor. Binnen fünf Minuten haben wir einen Höhenunterschied von mehr als dreißig Metern überwunden.

Ich höre den Baulärm, noch bevor der Damm zu sehen ist. Als er wie eine Geistererscheinung aus dem mit Staub erfüllten Nieselregen auftaucht, verkündet Die Stimme wie auf Stichwort: »Nun wir fahren in weltberühmte Drei-Schluchten-Damm. Nutzen Jangtse. Wasserkraft für Volk.« Eine Betonmauer säumt eine Seite des Flusses. Riesige Kräne ragen in den Himmel, ihre Hälse verschwinden im rauchigen Dunst.

Graham deutet auf einen Engpass weit vor uns, durch den das dunkle Flusswasser braust. »Dort wird die Mauer verlaufen«, sagt er. »Sie soll zweihundert Meter hoch werden.« In seiner Stimme schwingen sowohl ehrfürchtige Scheu als auch eine gewisse Verlegenheit mit. »Man stelle sich vor, einige von diesen Kränen sind mit meinen Sicherheitsgeräten ausgestattet.«

Was vor uns aufragt, mutet wie ein industrieller Albtraum aus der Ära des Kalten Krieges an. Die sanften Hänge der Hügel, zerfetzt von Sprengstoffladungen, sind nur noch steile, schroffe Böschungen aus erodierender Erde, gesprenkelt mit einem Gewirr von Baracken für die Arbeiter, Schutthaufen und Granit. Graham leiht mir seinen Feldstecher. Als ich hindurchblicke, erkenne ich kleine menschliche Gestalten, die in halsbrecherischer Höhe an einem Bambusgerüst hängen.

»Das war früher ein Berg«, sagt Graham. »Sie haben ihn zweigeteilt, um die Schleusentore zu bauen. Sogar ein Zehn-Tonnen-Schiff wird in der Lage sein, die zweiflügeligen Schleusentore zu passieren, vom Fluss ins Reservoir der Schleusenkammer aufzusteigen und auf der anderen Seite in einem See wieder aufzutauchen, der so spiegelglatt ist wie deine Badewanne.«

Der Lärm von Sägen und Bohrern und der Widerhall einer Explosion hallen durch die Schlucht. Die Luft ist grau und körnig. Jeder Atemzug stellt eine Herausforderung dar. Meine Augen tränen, meine Kehle brennt. Und ich muss es weniger als einen Tag hier aushalten. Die chinesische Regierung verweist mit Stolz darauf, dass sie fünfundsiebzigtausend Arbeitsplätze mit dem Bau dieses Damms geschaffen hat. Tschernobyl, Three Mile Island, Bhopal kommen mir in den Sinn. Die Regierung prahlt mit den Megawatt Energie, die man erzeugen will, mit Ausmaß und Tiefe des Stausees, mit der Anzahl der neuen Wohnhäuser, die für die evakuierte Bevölkerung errichtet wird. Doch ein Element hat man bei dieser Rechnung nicht berücksichtigt: den menschlichen Faktor.

Ich starre die Mammutbaustelle entgeistert an. »Wie können die Leute so etwas zulassen?«

»Was sollen sie denn deiner Meinung nach dagegen tun?« Graham lacht. »Plakate und Spruchbänder malen? Protestkundgebungen abhalten, zum Beispiel ein Sit-in?«

»Nun …«

»1992 demonstrierten einhundertachtzig Mitglieder der Jungen Demokratischen Partei im Verwaltungsbezirk Kaixian gegen den Bau des Damms. Sie wurden verhaftet und wegen Sabotage und konterrevolutionärer Umtriebe vor Gericht gestellt. Die von der Regierung abgesegnete Meinung über Mao lautet, dass er zu siebzig Prozent Recht und zu dreißig Prozent Unrecht hatte. Er brachte eine Atmosphäre nach China, die von Wahnvorstellungen geprägt ist und bis heute nicht überwunden wurde.«

»Was ist mit den einhundertachtzig Dissidenten passiert?«

»Sie sind spurlos verschwunden.«

Eine kleine Gruppe von Passagieren schart sich um Elvis Paris, der eine Lobeshymne auf den Damm singt. Er deutet auf eine riesige Ansammlung von Felsgestein, Kies und Zement, durchsetzt von Baukränen und Bohrgestellen. »Das früher Zhongbao Insel«, sagt Elvis. »Dank modernes Ingenieurkunst nutzlose Insel ist nun Fundament für größtes Damm in Welt.«

Die *Red Victoria* stampft vorwärts, dem ersten Engpass entgegen. Der Fluss scheint unbezwingbar zu sein. Hier ist er tief und hat eine gewaltige Strömung. Ich sehe die Kräne, den Beton, die felsigen Hügel aus gesprengtem Granit, höre das Getöse der Drillbohrer und Meißel. Doch diese nackten Tatsachen reichen nicht aus, um mich zu überzeugen. Ich kann nicht glauben, dass sich dieser schnelle, machtvolle Fluss einfach aufhalten, hinter eine von Menschenhand errichtete Mauer verbannen lässt, zur Reglosigkeit verdammt. Ich verstehe nichts von Physik, Mathematik und den höheren Weihen der Ingenieurtechnik, doch ich sehe und spüre die Kraft dieses uralten, wunderbaren Stromes. Mein Instinkt sagt mir, dass er sich nicht so leicht zähmen lässt.

Bald darauf erreichen wir die Xiling Schlucht. Graham übersetzt mir eine Reihe riesiger chinesischer Schriftzeichen, die in Weiß auf die nackte Wand einer Klippe gemalt sind: *Dient dem Volk. Baut den Drei-Schluchten-Damm.* Grüne Hügel erheben sich schichtweise aus dem Wasser. Durch den Dunst erkenne ich kleine Häuser, die sich dicht ans Ufer schmiegen, dahinter steile, terrassierte Berge. Vereinzelte Gestalten stehen auf Bambusflößen, sie benutzen lange Stangen, um durch die Stromschnellen am Rande des Flusses zu steuern. Boote mit flachem Rumpf fahren stromabwärts an uns vorüber, beladen mit goldenem Heu. Magere Ziegen streifen über die Hänge, auf der Suche nach Futter. Die Luft ist schneidend kalt, nur ein verschwommener Schatten der Sonne ist durch den Dunst sichtbar.

Die Stimme zählt die Namen der Sehenswürdigkeiten auf, die an unserem Weg liegen: Sanyou Höhle, Drei Messer, Lampenschatten, Ochsentempel. Hinter dem Tempel ragt ein hoher Berg auf. »Schauen genau auf Berg und Sie sehen starken jungen Mann, der Ochsen führt«, sagt Die Stimme. Plötzlich tauchen die Klippen von Kongling auf, auch Tor zur Hölle genannt, weil schon viele Boote auf den gefährlichen Riffen zerschellt sind.

Die Felshänge sind nackt und steil. An manchen Stellen stehen die Bergsockel zu beiden Seiten des Flusses so dicht beieinander, dass ich sicher bin, der Durchlass ist zu schmal für uns. Doch jedes Mal, wenn es scheint, als würden wir auf eine Katastrophe zusteuern, dreht sich das Schiff, genau im richtigen Augenblick und im richtigen Winkel, so dass wir unsere Fahrt flussaufwärts unbeschadet fortsetzen können. Ich habe das Gefühl, in einem bizarren Traum gefangen zu sein – die grünen Berge, der blasse Dunst, die schwere Blechdose, die unter meiner Jacke verborgen ist.

»Schau, die Treidelpfade«, sagt Graham. Er deutet auf Einkerbungen im Fels längsseits der Klippen und erklärt, wie die ›Treidler‹ früher die Boote per Hand durch die Schluchten zogen. Sie bildeten Menschenketten zu beiden Seiten des Flusses, ein einziges langes Seil um die Taille geknotet, so dass jeder von ihnen mit allen anderen verbunden war, auf Gedeih und Verderb. Stolperte einer, weil ihn die Kräfte verließen, zogen die anderen das Schiff ohne ihn weiter. Er starb in der Kette, wurde mitgeschleift. Zehntausende verloren auf diese Weise ihr Leben.

»Wo sind die Treidler jetzt?«

»Durch hochleistungsfähige Maschinen ersetzt. Bis Anfang der achtziger Jahre waren sie noch im Einsatz, ich habe sie mit eigenen Augen gesehen. Ein gespenstischer Anblick – eine Armee von Treidlern, zum Skelett abgemagert, die mit ihren Füßen Schicht um Schicht die nackten Felswände abtrugen. Sie hatten nichts Menschliches mehr an sich.«

Ich stelle mir ausgemergelte Männer vor, die den steilen Bergpfad erklimmen und riesige Schiffe hinter sich herziehen, die tonnenweise menschliche und materielle Fracht an Bord führen. Dass die Chinesen mit dem Fortschritt liebäugeln, ist angesichts dessen leicht verständlich. Für die Bevölkerung, die am Fluss lebt, stellt der Fortschritt gewiss einen Luxus dar, ein Ende des menschlichen Leidens.

Nach einigen Minuten des Schweigens stößt Graham mich sacht an. »Woran denkst du?«

»An nichts. Und du?«

»An vieles. Vor allem denke ich daran, was für ein Glückspilz ich bin, dich gefunden zu haben.«

»Ich muss dir etwas sagen. Gestern Nacht …«

»Nicht«, sagt er. »Es spielt keine Rolle.« Nach einer Pause sieht er mich an. »Würdest du mir einen Gefallen erweisen, wenn ich dich darum bäte?«

»Natürlich.«

»Auch wenn es dir schwer fällt?«

»Worauf willst du hinaus?«

Er dreht sich um, legt die Hände auf meine Schultern und sieht mich mit einem Blick an, der mich beunruhigt. »Versprich es mir.«

Die Sonne blendet. Der Fluss scheint endlos. Die Schluchten mit ihren hoch aufragenden Klippen sehen aus wie ein aufgerissener Schlund, der uns zu verschlingen droht. »Natürlich«, höre ich mich sagen. »Alles, was du willst.«

23

Die Reisebroschüre versprach die Durchfahrt der Wu- und Qutang-Schluchten bei Tageslicht, doch seit die Hälfte der Passagiere von Bord gegangen ist, nimmt es der Kapitän mit unserer Route nicht mehr so genau. Heute Abend ist der Vollmond in gelben Dunst gehüllt, das blasse Licht wandert über die Schwärze des Flusses. Klippen steigen senkrecht aus dem Wasser empor. Der gedämpfte Laut einer Karaoke-Darbietung unter Deck dringt nach oben, Gloria Gaynors Klassiker »I Will Survive«, Rhythmus und Tonlage völlig daneben. Vorher hatte ich einen Abstecher zum Raum der Doppelten Glückseligkeit gemacht, wo Elvis Paris den Passagieren gerade den Macarena-Tanz beibrachte. Dave und Stacy nahmen an der Veranstaltung teil, klatschten in die Hände, schwangen die Hüften und sahen aus, als gehörten sie zusammen.

Irgendwann entdeckte mich Stacy auf der Türschwelle. Zwischen zwei Melodien gesellte sie sich zu mir und bat mich um eine Zigarette.

»Tut mir Leid«, sagte ich. »Ich habe vor sechs Jahren mit dem Rauchen aufgehört.«

»Wie hast du das geschafft?«

»Mit Schokolade.«

»Oh.« Sie sah mich einen Moment an, als versuchte

sie, die richtigen Worte zu finden. »Es tut mir Leid«, sagte sie.

»Was denn?«

»Du weißt schon, das mit Dave. So was ist gemein. Ich hatte mir immer geschworen, dass ich niemals zu den Frauen gehören würde, die ... die jemandem den Ehemann wegnehmen.«

Wegnehmen klingt nach Diebstahl und ich frage mich, ob man es als solchen bezeichnen kann, wenn das Objekt der Begierde so willig mitspielt. Mir fiel keine Antwort ein. Schließlich fragte ich: »Warum tust du es dann?«

»Dave ist so nett. Nie war jemand so nett zu mir, abgesehen von Psychiatern. Er gibt, ohne eine Gegenleistung zu erwarten.«

»Jeder Mensch erwartet etwas.«

In diesem Moment gesellte sich Dave zu uns. Er hatte die Hände in die Hüften gestemmt, sein Gesicht war vom Tanzen gerötet. Er sah glücklich und eine Spur verlegen aus. »Bitte sag, dass du keine Fotos gemacht hast.«

»Eine ganze Rolle. Ich bin neugierig, was deine Kollegen im Krankenhaus dazu sagen.«

Stacy lachte nervös, dann stimmte Dave ein. Das Lachen kam mir wie ein Sakrileg vor, wie bei der Beerdigung meiner Großtante Isabelle, als ich nicht mehr aufhören konnte zu kichern. Ich hätte gerne gewusst, ob ich in diesem Augenblick als Einzige den Tränen nahe war.

Nun ist es halb ein Uhr nachts. Ein kalter Wind pfeift durch die Schluchten.

Es tut gut, einen Moment alleine zu sein. Der Wind lässt nach. Der Dunst verwandelt sich in Regen. In der

Dunkelheit, unter dem Mond, der mittlerweile blutrot leuchtet, haftet der Landschaft etwas Magisches an. Hier ist die Katastrophe des Dammbaus nur noch eine ferne Erinnerung. Der Fluss und die hohen schwarzen Felswände scheinen für die Ewigkeit gemacht, vor den Launen des Menschen gefeit. Die meisten Orte auf der Welt, die ich kenne, gleich ob städtisch oder ländlich, imposant oder mittelmäßig, haben eines gemein: Sie vermitteln das Gefühl, im großen Plan der Dinge nicht mehr als ein Punkt auf der Landkarte zu sein, Teil einer Topographie, die einem stetigen Wandel unterworfen ist. Doch diese drei Schluchten stehen auf einem anderen Blatt. Der Gedanke, dass diese Landschaft von der Bildfläche verschwinden wird, dass der Jangtse noch vor dem Ende dieses Jahrzehnts gebändigt werden soll, ist unvorstellbar. Selbst jetzt spüre ich, wie sich der Fluss dem Menschen widersetzt, wie er uns mit seiner mächtigen Strömung, die so alt ist wie die Menschheit, in die Richtung zurückdrängt, aus der wir gekommen sind. Ich stelle mir das Plateau im Tibetischen Hochland vor, wo er entspringt, den reinen weißen Schnee Zentralasiens, der schmilzt und den dunklen, schlammigen Fluss speist. Es ist, als wären alle Kräne und Abflussgräben, die unansehnlichen Schutthaufen, gesprengten Granitfelsen, harten Betonmassen und Abermillionen Tonnen Kies nichts als Requisiten auf der gigantischen Bühne, die China im Namen des Nationalstolzes errichtet hat.

Ich drücke die Blechdose an meine Brust. Es ist zu dunkel, um die Collage anzusehen, doch ich kenne sie in- und auswendig – jedes noch so kleine Detail, jede belanglose

Einzelheit. Auf dem Bild, das in Amanda Ruths Zimmer im Studentinnenwohnheim in Montevallo aufgenommen wurde, sitzt der Lampenschirm neben dem Bett leicht schief. Auf dem Foto von der Marschkapelle der Junior High ist die Spitze ihres rechten Stiefels abgewetzt. Ich könnte genau sagen, welche Gegenstände auf jeder Aufnahme zu sehen sind, wo sich Amanda Ruths Hände befinden, wie die Lichtqualität ist oder ob der Schatten einer anderen Gestalt ins Bild fällt. Doch es sind nicht nur die Fotos, die sich mit einer Unauslöschlichkeit, die ich abwechselnd tröstlich und beunruhigend finde, in mein Gedächtnis eingebrannt haben. Ich erinnere mich deutlich an ihre Gesten und Gebärden – an ihren anmutigen Gang, an die Art, wie sie einen Fuß vor den anderen setzte, mit der gleichen Präzision wie ein Akrobat auf dem Drahtseil. Ich erinnere mich an die Achtlosigkeit, mit der sie das Geburtsmal auf ihrem rechten Oberschenkel mit dem Finger nachzeichnete, wie sie sich eine Haarsträhne mit dem Handrücken aus dem Gesicht strich.

Ich habe vierzehn Jahre gebraucht, um an diesen Punkt meines Lebens zu gelangen. Vierzehn Jahre, angefüllt mit Amanda Ruth, ein Schatten in einem verborgenen Winkel meines Gedächtnisses, ein kalter Stein, den ich in meiner Brust mit mir herumtrage, eine schmerzliche Erinnerung, ein Versprechen. Vierzehn Jahre lang habe ich auf ein Zeichen gewartet, das mir sagt, es sei an der Zeit, sie gehen zu lassen. Wahrscheinlich habe ich erwartet, ihre sanfte Stimme im Nebel nach mir rufen zu hören. Wahrscheinlich habe ich erwartet, mich eines Abends umzudrehen und ihre Gestalt zu erspähen, schlank und überschattet im Mondlicht, wie sie mir zum Abschied zuwinkt. »Setz dein Leben endlich fort«, würde sie sagen und sich lachend umdrehen, um in die Dunkelheit zurückzukehren – ihr Gesicht würde zuerst verblassen, dann ihr Haar, ihre ausgestreckte Hand, der Saum ihres Rockes, ihr zarter Fußrücken. Natürlich kam kein Zeichen. Sie flüsterte mir nie etwas aus dunklen Ecken zu. Ihr Bild verblasste nie, so wie es Toten geziemt. Im Lauf der Jahre wurde es sogar noch klarer.

Und nun befinde ich mich auf diesem Fluss, mit einer Mission. Ich habe nichts von ihr gehört, doch ich muss sie loslassen. Sie ist tot und kann mir nicht mehr verzeihen. Ich muss mir selbst verzeihen.

Der Deckel der Dose klemmt. Ich versuche, ihn mit den Fingern aufzumachen, doch er bewegt sich nicht. Ich hole eine Münze aus meiner Tasche und bearbeite damit die Ränder. Endlich gibt der Deckel nach. Ich stoße auf ein zweites Hindernis, einen billigen Plastikbeutel, zugeschweißt. Ich versuche, ihn zu öffnen, doch meine Fingernägel sind nutzlos. Ich versenke meine Zähne hinein, so wie Amanda Ruth einer Tüte Kartoffelchips zu Leibe rückte. Ich kämpfe mit der Materie. Plötzlich reißt der Beutel und Amanda Ruths Asche weht in sämtliche Himmelsrichtungen davon.

Oft stellt man sich ein wichtiges Ereignis jahrelang in allen Einzelheiten vor. Man hat gewisse Erwartungen, wie der große Augenblick verlaufen sollte. Ein feierliches Ritual, eine Erleuchtung, eine bedeutungsvolle Situation. Vielleicht glaubt man sogar, dass himmlische Stimme erklingen und die Wolken aufreißen müssten, damit das

Sonnenlicht sich seine Bahn brechen kann. Man redet sich ein, dass die Natur mitspielen, dass alles nach Plan verlaufen wird. Doch die großen Augenblicke im Leben haben die Neigung, zu enttäuschen – der Kuss nach dem Ehegelöbnis ist oft banal, der Name auf der Graduierungsurkunde falsch geschrieben. Statt einer stillen Stunde in China, wenn die Morgendämmerung über dem glasklaren Fluss hereinbricht und die Asche wie weißes Konfetti davonweht, stellt man fest, dass diese Asche aussieht, als bestünde sie aus Kieselsteinen und Knochensplittern, eine feste Substanz von überraschender Schwere und Textur. Kieselsteine klickern über die Reling des Schiffes, gleiten an meinem Rock herab, werden mit dem Wind in Richtung Karaoke-Bar verstreut, wo gerade jemand ein Lied von Jimmy Buffet verunstaltet.

Es fängt als leises Kichern an, dann breche ich in unkontrollierbares, anhaltendes, schallendes Gelächter aus. Tränen laufen über mein Gesicht. Mein Bauch schmerzt vor Lachen. Amanda Ruth würde es gefallen, dass die feierliche Zeremonie schief gelaufen ist. Jahrelang hat eine Stimme in meinem Innern zu ihr gesprochen, hat einen endlosen Monolog geführt, eine Stimme, die mir inzwischen so vertraut ist, dass kein Tag vergeht, ohne dass ich ihr leises Murmeln in meinem Kopf vernehme, wie Gebete, von den Gläubigen an einen Gott gerichtet, in der Hoffnung, dass ER sie hört. Ich stelle fest, dass ich laut rede.

»Wie gefällt dir das, Amanda Ruth? Da bringe ich dich bis nach China, nur damit du einen Möchtegern-Rocksänger hörst, der *Wasting away in Margaritaville* zum Besten gibt.« Der Beutel ist noch nicht leer. Ich lehne mich so weit, wie ich mich traue, über das Heck und lasse die Asche davonfliegen. Ich schüttele meinen Rock aus und noch mehr Asche wird über die Reling verstreut.

Ich erinnere mich an einen Nachmittag am Demopolis River, als Amanda Ruth in einem Sommerkleid mit kleinen blauen Knöpfen an der Vorderseite zu ebendiesem Lied tanzte. Barfuß im hohen grünen Gras, wippte und wiegte sie sich hin und her, schüttelte den Kopf und streckte die Arme aus, um mich zum Mitmachen aufzufordern. Ich betrachtete sie – die Sonne wurde von dem glatten braunen Haar reflektiert, ihrem Haar, das wie Flusswasser glänzte. Damals wusste ich, so sicher wie das Amen in der Kirche, dass ich sie bedingungslos, ohne Wenn und Aber liebte.

Ich blicke in die dunklen Tiefen des Flusses, auf der Suche nach einem Spiegelbild der Frau, die ich heute bin. Gewiss, mein Gesicht hat sich verändert. Gewiss hat das, was soeben geschah, Spuren bei mir hinterlassen. Doch der Fluss ist undurchdringlich und meine Sicht verschwommen. Ich habe die Aufgabe erfüllt, deretwegen ich kam. In ein paar Tagen werde ich ohne sie nach Hause zurückkehren. Ich werde ihre Mutter besuchen. Ich werde Stück für Stück meine Wohnung durchforsten, werde die Dinge, die Dave gehören, von meiner persönlichen Habe trennen. Ich werde mir ein Studio in einem anderen Stadtteil suchen, Lower East Side vielleicht oder Murry Hill, und ein neues Leben beginnen, alleine.

24

Als die Dämmerung hereinbricht, verwandelt sich der Regen abermals in Dunst. Die Sonne erscheint und verschwindet wieder. Das Schiff erwacht. Wir legen in Yueyang an, wo irgendwelche Aktivitäten geplant sind, die einen ganzen Tag und die Nacht in Anspruch nehmen. Ich gehe zu Grahams Kabine. Er kommt im Bademantel an die Tür. Er sieht eingefallen aus, beinahe zerbrechlich, und ist schweißbedeckt. »Ich fühle mich heute sehr schlecht«, sagt er und steht auf der Türschwelle, verwehrt mir den Zutritt.

»Ich bleibe bei dir.«

»Du solltest dir die Stadt ansehen. Ich muss mich ausruhen.«

»Dann bleibe ich neben deinem Bett sitzen. Für den Fall, dass du mich brauchst.«

»Bitte«, sagt er.

»In Ordnung. Ich gehe in meine Kabine. Du kannst mich anrufen, wenn du einen Wunsch hast.«

»Nein.« Seine Stimme klingt hart, beinahe wütend. Und dann, sanfter: »Ich möchte nicht, dass du mich so siehst. Nicht jetzt.«

»In Ordnung.« Ich stelle mich auf die Zehenspitzen und versuche, ihn zu küssen, doch es gelingt mir lediglich, seine Lippen zu streifen, bevor er sich abwendet.

Seit Wuhan greift der Schlendrian auf dem Schiff um sich. Die Frühstückstabletts von gestern säumen die Gänge, ein abgestellter Rollwagen der Putzkolonne blockiert den Treppenaufgang, der mit leeren Baji-Bierflaschen übersät ist. Auf dem Schwimmdock finde ich Dave und Stacy, die leise miteinander plaudern und Kaffee aus Pappbechern trinken. Als ich mich den beiden nähere, nimmt Dave abrupt die Hand von Stacys Schulter.

Ein alter Autobus holt uns am Kai ab und fährt mit uns über schlammige Straßen, bis wir die Ortschaft erreichen. Die Läden stehen so dicht an der Straße, dass wir die Arme zum Fenster herausstrecken und den Leuten, die an den vielen eckigen Tischen auf dem Gehsteig sitzen, leicht die Hand schütteln könnten. Junge Mädchen und alte Frauen quetschen sich gegen den Bus, als sich dieser im Schritttempo vorwärts bewegt. Sie bieten frittierte Teigstangen und mit Schweinefleisch gefüllte Klöße feil. Die Luft riecht salzig und süß. Mir läuft das Wasser im Mund zusammen. Ich drücke einem Mädchen in geblümtem Kleid vier Ein-Yuan-Scheine in die ausgestreckte Hand und sie reicht mir sechs »Pfannenkleber« durchs Fenster, in großen Eisenpfannen knusprig gebratene längliche Teigtaschen mit Fleisch- und Gemüsefüllung. Ich teile sie mit Dave und Stacy.

»Köstlich«, befindet Stacy.

Dave wischt sich mit dem Handrücken das Fett von den Lippen. »Hat jemand Durst?«

Von einer anderen Frau, die neben dem Bus herläuft und ihre Waren mit lauter Stimme anpreist, kaufen wir drei Flaschen Orangenlimonade, die mich an meine Jugend erinnert: sie schmeckt wie *Tang*, ein viel zu süßes grobkörniges Pulver, das mit Wasser aufgegossen wurde. Dave sitzt auf der engen Bank zwischen Stacy und mir. Ihre Anwesenheit ärgert mich nicht mehr. In gewisser Hinsicht macht sie mir die Bürde des schlechten Gewissens erträglicher, erleichtert es mir, meinen Weg mit Graham zu gehen. Trotz der Dinge, die sie durchgemacht hat – Schwangerschaft, Drogensucht –, hat sie etwas Hoffnungsvolles, das mir seit vielen Jahren abhanden gekommen ist. Vor Amanda Ruths Ermordung fühlte ich mich in jeder Hinsicht meinem Alter entsprechend: achtzehn. Die Welt kam mir wie ein fremder Planet vor, den es zu entdecken galt, es war leicht, zu hoffen und zu träumen. Doch irgendetwas starb in dem Moment in mir, als ich erfuhr, dass sie tot war. Mir schien es nichts mehr zu entdecken zu geben. Noch Jahre später hatte ich das Gefühl, der große prägende Augenblick in meinem Leben sei bereits vorüber und kein noch so dramatisches Ereignis könne mich mehr aus der Bahn werfen. Alles, was danach geschehen war, mutete wie eine verspätete Pointe an, geliefert lange nach Beendigung des Witzes. Ich verbrachte mein ganzes Erwachsenenleben mit dem Gefühl, den richtigen Zeitpunkt verpasst zu haben.

Wir verlassen das geschäftige Stadtzentrum und fahren eine idyllische Landstraße entlang. Der Bus hält an. »Alle hinaus!«, ruft Elvis Paris.

Die Türen gehen auf und wir steigen aus. Irgendetwas kommt mir unheimlich vor, unheilvoll, und dann wird mir klar, was meine Aufmerksamkeit geweckt hat: das Fehlen jedweden Geräusches. Es ist das erste Mal, dass ich in diesem Land einer absoluten Stille begegne. Sogar unsere Reisegruppe ist verstummt, als wären wir in eine Falle gelaufen oder befänden uns an einer geweihten Stätte. Die Straßen, die ohne die allgegenwärtigen fliegenden Händler und Fahrräder leer und verwaist sind, muten wie in einer Geisterstadt an. Ich fühle mich an Destiny erinnert, eine kleine Insel vor der Küste von Georgia, die für die Öffentlichkeit gesperrt ist und nur mit dem Boot erreicht werden kann. In den siebziger Jahren war sie ein Marinestützpunkt, auf dem sechstausend Menschen lebten und arbeiteten. In Folge eines Lecks, bei dem Radioaktivität freigesetzt wurde, wurden alle Bewohner an einem einzigen Nachmittag evakuiert. 1988, während meines ersten Jahres an der Highschool, fuhr ich mit einem jungen Mann, dessen Vater darüber wachte, dass die Insel unbesiedelt blieb, dorthin. Dieser Posten erforderte, dass er auf der radioaktiv verseuchten Insel wohnte, in einem kleinen Holzhaus am Strand. Wir fuhren mit einem Motorboot von Briar Island nach Destiny und verbrachten dort mehrere Stunden, schlenderten durch die menschenleeren Straßen. Die Türen der Geschäfte standen offen, Spielzeug rostete in den Zufahrten vor sich hin und hinter den Fenstern der weißen Häuser, die sich wie ein Ei dem anderen glichen, sah man die übliche Ausstattung eines ganz normalen Lebens, das abrupt zum Stillstand gekommen war. Gedecke, ordentlich zum Abendessen aufgelegt, siechten unter einer dicken Staubschicht dahin. Blockhütten zum Selberbauen, im Stil von Lincolns Elternhaus, standen unvollendet auf den Fußböden der Kinderzimmer. Zeitungen waren auf den Armlehnen mottenzerfressener

Schaukelstühle ausgebreitet. Der junge Mann erzählte mir, dass es keine Toten gegeben habe, dass die Evakuierung problemlos vonstatten gegangen und niemand zu Schaden gekommen sei, doch ich spürte dennoch die Anwesenheit von sechstausend Geistern, deren Atem durch die dünnen Wände der leer stehenden Häuser drang.

»Jenny?« Dave berührt meinen Ellenbogen. »Alles in Ordnung?«

Ich nicke stumm, danke ihm mit einem Blick. Mir geht der Gedanke durch den Sinn, dass er vielleicht nur das braucht – eine kaum merkliche Andeutung von mir, dass ich nicht mehr weiterweiß, dass ich es ohne ihn nicht schaffe. Wenn ich ihm das geben kann, würde er vielleicht zu mir zurückkommen, nicht nur jetzt, sondern für immer.

Die Stille ist beunruhigend, doch nach ein paar Minuten hört man einen gedämpften Laut, der sich vom anderen Ende der schmalen Straße nähert – der schwache Laut von tappenden Schritten, begleitet von stetigen, leisen Trommelschlägen. Der Nebel ist so dicht, dass man kaum die Hand vor Augen sieht. Die Trommeln werden lauter, genau wie das Trappeln der Füße, das sich von einem Wispern zu einem Rascheln steigert. In weiße Umhänge gehüllte Gestalten tauchen aus dem Nichts auf. Sie bewegen sich langsam, planvoll, die Säume ihrer langen Gewänder bauschen sich beim Gehen auf. Wenn die roten Stoffschuhe nicht wären, die unter den weißen Umhängen auftauchen und verschwinden, auftauchen und verschwinden, könnte man meinen, dass es sich nicht um Menschen, sondern um die Seelen von Verstorbenen handelt, dazu verdammt, auf immer durch die eisigen Straßen der stillen Stadt zu wandern. Sie nähern sich zielstrebig unserer Reisegruppe, die sich teilt, um sie passieren zu lassen. Offenbar sind wir unsichtbar für sie. Das Dröhnen der Trommeln wird immer wieder von einem anderen Laut untermalt, der nach und nach Gestalt annimmt – ein beunruhigendes Summen, als würden tausende unsichtbarer Fliegen zum Sturzflug ansetzen. Als sich die Prozession vorwärts bewegt, sehe ich, dass es keine Fliegen, sondern Grillen sind, die von jungen Mädchen in Bambuskäfigen getragen werden. Die Mädchen tragen hautenge rote Kleider und ehemals weiße Schuhe, die inzwischen die rostbraune Farbe der Landstraße angenommen haben. Einige halten bunte Papiergirlanden in den Händen. Alle sehen starr geradeaus, wie in Trance, der lange dunkle Zopf auf dem Rücken wippt leise bei jeder Bewegung.

Das Blitzlicht einer Kamera flammt auf, dann ein weiteres. Die Gestalten marschieren weiter, während das Dumm-Dumm-Dumm der Trommeln und das nervöse Zirpen der Grillen in die vom Nebel verborgenen Gefilde hinaufsteigen. Blitz, Klick, Summ. Ich stelle mir vor, dass nur eine kühle Blauschattierung zu sehen sein wird, wenn die Fotos entwickelt und die Videofilme in den Schlitz des Rekorders geschoben sind, und dass die kleine Gruppe von Touristen wie Geistesgestörte aussehen wird, die angestrengt ins Leere starren.

»Ist Beisetzung«, erklärt Elvis Paris über ein Megaphon und bricht den Bann. »Sie verbrennen Bildnisse, für schicken mit Verstorbene in Geisterwelt.«

Ich frage mich, wo die Leiche sein mag. Wurde sie bereits eingeäschert? Einige Männer und Frauen bilden die Nachhut, sie halten leere Blechdosen in den Händen. Sie nähern sich uns und bitten um Geld. »*Guanxi* für Geister«, erklärt Elvis Paris. Als der Leichenzug am anderen Ende der schmalen Straße im wirbelnden Nebel verschwindet, sehe ich Elvis Paris mit einem der Blechdosen-Träger feilschen. Er nimmt ein paar Geldscheine aus der Dose, dann kehrt er lächelnd zu uns zurück. »Nächstes wir sehen Turm über Dongquing-See«, sagt er. »Viel schöne Kalligraphie dort.«

Erst dann kommt mir, dass niemand gestorben ist. Der Leichenzug war für die Touristen arrangiert. Wir wurden zum Narren gehalten. Ich bin offenbar nicht in China, sondern in einer Vergnügungspark-Version des Reichs der Mitte gelandet. Der Werberummel, der um den Drei-Schluchten-Damm veranstaltet wird, hat zur Folge, dass die Touristen in nie da gewesener Zahl ins Land strömen, um die Schluchten zu sehen, bevor sie in ihrer jetzigen Form verschwinden. In Folge der Devisenmengen, die mit den ausländischen Besuchern ins Land gelangen, haben sich viele Städte und Dörfer im Dunstkreis des Flusses in Bühnen verwandelt, auf denen farbenprächtige Komödien aufgeführt werden. Doch ich weiß, dass sich hinter der Kulisse das richtige, lebendige China verbirgt. Für jeden inszenierten Leichenzug ohne Leiche, ohne Beisetzung und ohne trauernde Hinterbliebene, deren Pflicht es ist, einem Angehörigen den Weg in die Unterwelt zu ebnen, findet mit Sicherheit ein echtes Leichenbegängnis statt, sobald die Touristen weg und die Kreuzfahrtschiffe abgefahren sind. Mit Sicherheit ertönt hinter den schwachen Akkorden für die Touristenbranche eine uralte kraftvolle Weise voller Harmonie: Geburten, Todesfälle, Heiraten, Freude, Krankheit, Eifersucht, Begehren – all die chaotischen Dinge, die zum Leben des Menschen gehören, einschließlich Ehebruch und Schmutzige-Wäsche-Waschen, die einem Videofilm über die heile Welt nicht dienlich sind. Ich sehne mich danach, das China aus Fleisch und Blut kennen zu lernen, das verborgene innere Leben. Ich schulde es Amanda Ruth, hinter den Vorhang zu schlüpfen, meinen eigenen Weg zu gehen, die Requisiten und Scheinwerfer hinter mir zu lassen, um herauszufinden, wie es hinter den Kulissen aussieht.

Später, nach einem mit Einkaufen und Essen angefüllten Tag, fängt Elvis Paris die Herde wieder ein und erklärt via Megaphon: »Wir nehmen Bus für traditionelle mongolische Tanz! Wir schlafen heute in traditionelle Jurte.«

Die durchnässte Touristenmeute bricht in Jubelrufe aus. Niemand scheint die Echtheit dieser Erfahrung in Frage zu stellen. Wir sind mehrere tausend Meilen von der Mongolei entfernt. Hier gibt es keine Jurten. Doch das ist »China Light« und niemand protestiert. Der Bus stottert, furzt Abgase in die Luft und alle steigen ein. Dave wartet, um mir den Vortritt zu lassen.

»Geh nur«, sage ich. »Ich möchte die Nacht in Yueyang verbringen.«

»Komm lieber mit, bitte.« Die Aufrichtigkeit seiner Einladung rührt mich, diese neue Ritterlichkeit mir gegenüber, doch ich will alleine sein.

Elvis Paris hat mitgehört. »Unmöglich«, sagt er und tritt zwischen uns. »Keine Ausländerhotel in Yueyang.«

»Macht nichts. Ich könnte ohnehin kein Auge zutun. Ich gehe einfach spazieren.«

»Das nicht gehen.«

»Warum?«

Einen Moment lang ist er verdattert, doch dann fällt ihm ein Grund ein. »Ist zu dunkel! Sie können nicht sehen! Sie fallen und Arm brechen.« Er mustert meinen Arm mit solcher Besorgnis, als sei er bereits gebrochen.

»Danke, doch ich habe mich bereits entschieden.«

»Ist nicht gut. Sie haben Problem mit lokale Behörden. Nicht normal für ausländische Frau, alleine spazieren gehen in Nacht.« Jetzt sehe ich, dass er aufrichtig besorgt ist, wenn schon nicht um mich, so doch um die Konsequenzen, die sich daraus für ihn ergeben könnten.

»Ich werde kein Sterbenswort verlauten lassen. Wenn die Behörden mich ausquetschen, werde ich nicht verraten, dass ich zum Schiff gehöre.«

Er scheint erleichtert zu sein, was ihn allerdings nicht darin hindert, weitere zehn Minuten mit mir zu debattieren. Die Leute im Bus werden unruhig und Elvis merkt, dass er mich nicht zu einem Sinneswandel bewegen kann. »Ist sehr seltsam«, sagt er, auf der Türschwelle des Busses stehend. »Keine amerikanische Frau jemals gemacht. Sie kommen mit uns. Mongolische Tänze sehr schön.«

Doch der Fahrer hat die Nase voll und der Bus fährt, Schlamm hinter sich aufwirbelnd, los. Die Abenddämmerung senkt sich auf Yueyang herab. An den Tischen im Freien reden und lachen die Leute, sie sehen mir nach. Ich biege in die dunkelste Gasse ein, die ich finde, weg von den forschenden Blicken der vielen Zuschauer. Das bläuliche Licht winziger Fernsehgeräte flackert hinter den Fenstern der Bambushütten und *hutongs,* Jahrhunderte alte Häuser aus Natur- und Ziegelstein. Ich kann durch die engen Türöffnungen hindurch in die Innenhöfe blicken. In einem badet ein junges Mädchen in einer Zinkwanne bei Kerzenlicht. Ihre nassen Haare wallen über den Rand der Wanne und berühren den Boden. Neben ihr döst eine alte Frau. In einem anderen Innenhof beugt sich eine Frau mit ebenmäßiger Gestalt über eine Waschschüssel und putzt sich die Zähne. Aus einem verborgenen Zimmer dringen vertraute Geräusche zu mir herüber – zwei Menschen, die sich lieben.

Den ganzen Abend wandere ich umher. Schließlich begibt sich das Dorf zur Ruhe. Irgendwann finde ich mich auf dem Hang eines Hügels wieder, gehe zwischen den terrassenförmigen Stufen eines frisch abgeernteten Reisfeldes entlang. Ich ziehe meine Schuhe aus und spüre den kühlen Schlamm zwischen meinen Zehen. Er reicht mir bis zu den Knöcheln und erzeugt beim Gehen einen saugenden Laut, der mir gefällt. Die Felder wirken grün und feucht im Mondschein. Ich erinnere mich an meine Kindheit, an die Abende, an denen ich in einem fremden Garten an der Epson Down Street erwachte. Wenn ich an mir herunterblickte, sah ich, dass ich mein gelbes Nachthemd trug, und wusste, dass ich geschlafwandelt war. In der nächtlichen Stille, die in der Vorstadt herrschte, verspürte ich einen vertrauten Anflug von Panik. Der Chlorgeruch, der den Swimmingpools der Nachbarn entströmte, verlieh der schwülen Sommerluft etwas Stechendes. Dann hörte ich mit einem Mal Hundegebell. In der Ferne, auf dem Highway, ratterten schwere Lkws vorbei. Grillen zirpten, die Zweige der Eichen ächzten, die Filter der Swimmingpools summten – die Sommernacht erfüllte mich mit geheimer Sehnsucht und einer namenlosen Angst. Ich rannte nach Hause, überzeugt, dass meine nackten Füße verräterische Spuren auf den Rasenflächen der Nachbarn hinterlassen würden. Sie würden morgens aufwachen, hinausgehen, um die Zeitung zu holen, und meine Fußabdrücke auf dem makellosen Rasen entdecken. Ich war sicher, dass sie meine Eltern anrufen würden und ich Hausarrest bekäme, weil ich die Abkürzung durch die Gärten genommen und widerrechtlich fremdes Eigentum betreten hatte.

Irgendwann übermannt mich das Bedürfnis nach Schlaf. Es ist neu für mich, dieses Verlangen, dieses Gefühl, dass meine Lider zunehmend schwerer werden. Mein ganzer Körper schmerzt vor Müdigkeit. Ich kann nur noch an Schlaf denken. Am Rande des Reisfeldes stoße ich auf ein kleines Rechteck aus festgestampfter roter Erde. Ich säubere meine Füße und Knöchel mit Gras, ziehe meine Wolljacke enger um mich und lege mich auf den Rücken. Der Mond ist beinahe kreisrund, der Boden noch feucht vom Regen. Autos fahren auf einer weit entfernten Straße vorüber, es klingt wie ein leises Flüstern. Ich höre die Grillen, so laut wie in meiner Kindheit, ihr aufgeregtes Summen liefert die Hintergrundmusik zum silberhellen Plätschern des Flusses. Ich verspüre ein mir unbekanntes Gefühl – als würde sich mein Verstand abschotten, sich langsam und lautlos verschließen, dann Erleichterung und dann ein tiefes, traumloses Nichts. Schlaf.

* * *

Als ich das Feld im Morgengrauen verlasse, gelange ich in ein anderes, kleineres Dorf. Die Sonne ist gerade erst aufgegangen und das Dorf noch feucht von der Nacht, von einem orange-rosa Hauch überzogen. Als ich den Ort betrete, habe ich das Gefühl, schon einmal hier gewesen zu sein. Die Neigung der schmalen Straße, die Dachrinnen der Häuser, die Schatten auf das Pflaster werfen, das Geräusch von Schritten in einer Gasse – ein Plastikschuh, der gegen eine Ferse schlappt, wieder und wieder und wieder –, an diesen Rhythmus erinnere ich mich, an diesen Geruch nach neuem Regen und alten Kleidern, die tropfend auf einer Wäscheleine hängen. Aus dem Nirgendwo erschallt plötzlich ein anderer vertrauter Laut, das Läuten eines Telefons. Ich gehe durch eine Gasse und sehe unter den aneinander grenzenden Dachtraufen zweier Häuser eine junge Frau hinter einem Tisch sitzen. Vor ihr befindet sich ein rotes Telefon mit Wählscheibe und daneben eine Öllampe, deren Docht orangefarben glüht. Die junge Frau spricht in den Hörer, sieht mich, legt auf und ruft mir etwas zu.

»Ni hao«, sage ich, da ich nicht weiß, wie ich sonst reagieren soll. *»Wo bu hui shuo zhongwen.«*

Die junge Frau steht von ihrem Stuhl auf und folgt mir. »Hundert Yuan Amerika«, ruft sie. »Du reden Amerika, hundert Yuan!«

Ein Vorhang teilt sich an einem Fenster im oberen Stock und eine alte Frau blickt zu uns herab. Dann, an einem anderen Fenster, ein alter Mann. »Nein danke«, sage ich so leise wie möglich, um nicht noch mehr Aufmerksamkeit zu erregen, doch sie hat bereits meinen Arm ergriffen und versucht, mich mitzuziehen. Sie ist überraschend stark. »Hundert Yuan! Du rufen Amerika!«

Bald flammen überall Lichter auf und an den Fenstern der Häuser in der schmalen Gasse drängen sich die Zuschauer. Es scheint, als seien sämtliche Bewohner aufgewacht, um diesem Spektakel beizuwohnen. Ein junger Mann lacht und schreit »Du rufen Amerika!« aus dem Fenster. Er ist nackt, das Dunkel seines Schamhaares ist über dem Fenstersims sichtbar. Ein bloßer weißer Arm schlingt sich um seine Taille, das Gesicht eines Mädchens taucht auf, sie zieht ihn vom Fenster zurück. Der Vorhang schließt sich wieder. Es gelingt mir, mich loszureißen, und ich beginne zu laufen. Hinter mir die anhaltenden Aufforderungen der jungen Frau, das Gelächter der Dorfbewohner an den Fenstern, der hohe, winselnde Klang einer *erhu*. Augenblicke später bin ich wieder alleine auf der Straße, die in orangefarbenes Licht getaucht ist. Die einzigen Laute, die ich noch höre, sind das Rauschen des Flusses und die schnellen Stöße meines eigenen Atems.

Die Welt ist zu klein für mich geworden. Jeder Ort ist ein Ort, an dem ich schon einmal war. Jeden Laut habe ich in meinem Gedächtnis gespeichert, abrufbereit. Jede Stimme hat, auch wenn die Sprache eine andere ist, einen vertrauten Klang. Meine Gedanken kommen zur Ruhe, werden klarer. Amanda Ruth, Graham, Dave – jeder ist von mir gegangen, hält sich woanders auf. Ich denke an die Leichen, die ich gesehen habe, an die roten Schuhe des Jungen, das zum Himmel gekehrte Gesicht der jungen Frau, die zerknitterten weißen Fußsohlen eines vorbeidriftenden aufgeblähten Leichnams, dessen Hand sich in einem Fischernetz verfangen hatte – überall Tod, der mit der Strömung des Flusses dahintreibt. Die Ascheflocken und Kieselsteine, die verbrannten und scharfkantigen Knochensplitter, die ich dem Fluss während der Fahrt durch die Qutang-Schlucht überantwortete. Ich denke an Amanda Ruth, an die Fotos von ihrer Leiche hinter der Mülldeponie, ein Bein unter dem Körper angewinkelt, das dunkelbraune Haar wie ein Fächer auf dem Pflaster ausgebreitet, an den Blutfleck auf der Innenfläche ihrer Hand – ihr eigenes Blut oder das des Mörders? Und an den Schal um den Hals, den gelben Schal, den ich ihr geschenkt hatte, kleine weiße Blüten auf einem sonnigen Untergrund. Auf dem Foto trägt sie den Schal, doch irgendetwas stimmt nicht ganz – auf diese Weise hat sie ihn nie umgebunden. Amanda Ruth legte ihn locker um den Hals, schlug ihn ein einziges Mal an der Seite um, die Enden hingen lose über ihre Schultern.

In meinen Träumen laufen wir zum Strand hinunter und ich versuche, sie einzuholen. Die losen Enden des Schales blähen sich hinter ihr auf. Ich bekomme ein Ende zu fassen, doch der Schal gleitet von ihrem Hals und Amanda Ruth rennt weiter. Erschöpft bleibe ich stehen und halte den Schal in meinen Händen. Amanda Ruth läuft weiter, schneller und schneller, eine Gestalt, die immer kleiner wird und sich in der Weite des Strandes, im weißen Sand verliert. Ich rufe ihren Namen, doch meine Stimme geht im leisen Grollen des Flusses unter. Allein am Strand, in der Dunkelheit, überkommt mich eine grauenvolle Angst. Mit Moos behangene Eichen ächzen im Wind. Schatten nähern sich, entfernen sich, nähern sich abermals. Der Fluss steigt an, schwemmt mich mit fort. Und dann gehe ich auf dem Grund des Flusses entlang, meine Beine kämpfen gegen die Strömung an. Der Schal verfängt sich im Bug eines gesunkenen Schiffes. Ich ziehe und zerre, kann ihn jedoch nicht lösen. Das Rauschen des Flusses in meinen Ohren, der tiefe Schlick auf dem Grund, Fischschwärme, die an meinen Knöcheln knabbern. Ist das mein eigenes Blut im Fluss oder Amanda Ruths? Ich versuche verzweifelt, nach Hause zu gelangen.

Jedes Mal wache ich auf und stelle fest, dass ich mich in Sicherheit befinde, abgeschirmt durch vier undurchdringliche Wände. Es gibt kein Blut und keinen Seidenschal. Der Tag nimmt immer seinen üblichen Verlauf.

Doch es ist kein Traum, dieses Bild in meinem Gedächtnis – das Foto, das mir die Polizei vorlegte, drei Tage nachdem sie Amanda Ruth gefunden hatten. Vierzehn Jahre ist es her, doch jede Einzelheit ist mir noch gegenwärtig, als sei es gestern gewesen, ein dunkler Fleck in meiner Vergangenheit, an dem ich nicht zu rütteln vermag. Ein Schal um ihren Hals, der gelbe Schal, den ich ihr geschenkt hatte, kleine weiße Blüten auf einem sonnigen Untergrund. Auf dem Foto trägt sie den Schal, doch irgendetwas stimmt nicht ganz. Auf dem Foto ist der Schal dreimal um ihren Hals geschlungen und verknotet,

»ein fachmännischer Knoten«, hatte der Detective gesagt. »Außerordentlich schwer zu lösen.« Ihr Gesicht hatte eine unnatürliche Farbe, auf den Lippen waren noch Spuren des pinkfarbenen Lippenstiftes, den sie trug, nur leicht verschmiert. Der Detective sagte, sie sei auf ungewöhnliche Weise stranguliert worden. »Knoten kommen äußerst selten vor. In den meisten Fällen zieht der Täter die Schnur, den Draht oder was auch immer so lange zusammen, bis das Opfer tot ist. In diesem Fall sieht es fast so aus, als hätte da jemand an seiner Fähigkeit gezweifelt, das Vorhaben wirklich bis zum Ende durchzuführen und den Schal deshalb so verknotet, dass er sich nicht mehr lösen ließ, selbst wenn er oder sie es sich anders überlegt hätte.«

Ich konnte nicht umhin zu bemerken, dass der Detective von »er oder sie« gesprochen hatte. Wurden derartige Gewaltverbrechen nicht immer von Männern begangen? Mir war so schlecht, dass ich mich in einen Abfalleimer übergab. »Sie wären überrascht, wie viele Mörder unter Gewissensbissen leiden«, fügte der Detective hinzu.

Amanda Ruth, ich versuche mir vorzustellen, was du gedacht haben magst, als du in seine Augen blicktest. Sahst du deine eigenen Augen im Gesicht eines Mannes, den du seit frühester Kindheit kanntest, so lange deine Erinnerung zurückreichte? Stammeltest du seinen Namen? Ich sehe deinen Mund, der das kleine Wort umschließt: *Dad*. Doch vielleicht waren im Angesicht des Todes formale Worte angemessen. Vielleicht nanntest du ihn bei einem anderen Namen, einem Symbol der Distanz und höchsten Autorität: *Vater*. In welchem Augenblick wurde dir bewusst, was geschehen würde? Als er dir den Schal um den Hals legte, fühltest du dich vielleicht an eine Szene aus deiner Kindheit erinnert, wie er dich in dem roten Stuhl am Fenster zu schaukeln pflegte, das Gesicht heiter und gelöst. *Meine kleine Tochter* nannte er dich damals. Er war so stolz wie ein frisch gebackener Vater nur sein kann, zeigte dich jedem, der bereit war, einen Blick auf dich zu werfen. Er konnte das Glück nicht fassen, dieses kleine Lebewesen in die Welt gesetzt zu haben. Als sich der Schal ein zweites Mal um deinen Hals schlang, sahst du vielleicht den *Papa* deiner frühesten Kindheit in ihm, der dir nichts abschlagen konnte, der in dem kleinen Hof hinter dem Haus Himmel-und-Hölle oder Seilspringen mit dir spielte. Erst als sich der Schal langsam zuzog, musst du dich an etwas anderes erinnert haben – an den Mann, der den Grill im Bootshaus umwarf, das Gesicht verzerrt vor Wut.

Die Szene spult sich wieder und wieder in meinem Kopf ab, mit endlosen Variationen. In einer keuchst du, zerrst an dem Schal um deinen Hals und rufst: »Aufhören!« Doch er hört nicht auf. Ich versuche, mich in dich hineinzuversetzen, in dem Augenblick, als du erkanntest, dass er nicht loslassen würde. Nach Luft ringend, dachtest du vielleicht an einen kühlen Abend im November zurück, als du in der Küche eine Aussprache mit ihm suchtest. »Es ist ganz natürlich für ein Mädchen, ein Mädchen zu lieben«, sagtest du. »Es ist krank!«, brüllte er und schlug dich so heftig ins Gesicht, dass du wochenlang einen blauen Fleck hattest. Während der Mittagspause unter der großen Eiche in der Schule musste ich dich ein Dutzend Mal fragen, Tag für Tag, bevor du endlich zugabst, woher die Verletzung wirklich stammte.

Als er sich so eng zusammenzog, dass er dir die Luft abschnürte, flehtest du ihn gewiss stumm, mit deinen Blicken an.

Ich stelle mir vor, wie er sich über dich beugt, rasend vor Zorn. Ein Bild hat sich klar in sein Gedächtnis eingebrannt – das Bild von dir und Allison, nackt in deinem Zimmer, seine einzige Tochter vom Teufel besessen. Es ist dieses Bild, das ihm die Stärke verleiht, dich auf den Boden zu drücken und taub für dein Flehen den Schal zu verknoten. Doch als du zu röcheln beginnst, die Augen vor Entsetzen verdreht, verwandelt sich die Wut in Angst, dann in Mitleid und zum Schluss in Panik. Er versucht fieberhaft, den Knoten zu lösen. Doch seine Finger sind nicht schnell genug, der Knoten ist zu fest – und das war es doch, was er wollte, oder, die Möglichkeit eines Rückziehers ausschließen? Er bricht in Tränen aus. »Amanda Ruth! Warte! Es tut mir Leid«, und er reißt mit den Zähnen an dem Knoten – daher die Spuren, die der Detective an deinem Hals fand, Bissspuren, hieß es, von menschlichen Schneidezähnen, von den Zähnen eines Menschen, der sich in Panik befand, der den Knoten zu lösen versuchte. Plötzlich hörst du auf, um Atem zu ringen, deine Augen brechen und er schaut sich verzweifelt nach etwas um, womit er den Schal abschneiden könnte, doch da ist nichts. Er sucht und sucht. Er hält dich in den Armen, wiegt dich, weint. Er weiß, es ist vorbei, du bist tot, er kann die Tat nicht ungeschehen machen.

Es bleibt keine Zeit zum Trauern, denn nun gewinnen

praktische Erwägungen die Überhand. Seine Frau verbringt ein paar Tage bei ihrer Schwester in Montgomery. Nach jedem Streit läuft sie davon und kehrt erst wieder zurück, wenn sich die Wogen geglättet haben. Nach der Rückkehr tut sie, als sei nichts geschehen. Es ist nicht allein seine Schuld, denkt er, seine Frau hätte sich mehr um die Erziehung ihrer Tochter kümmern sollen. Sie hätte strenger sein sollen. Doch sie zog es vor, sich in die Scheinwelt ihrer Liebesromane, ihrer Kirche, ihrer beschämend billigen Ginflaschen zu flüchten, während es ihm überlassen blieb, für Disziplin und Ordnung zu sorgen.

Allison ist fort – er kann sich nicht einmal mehr erinnern, was er zu ihr sagte, nachdem er euch beide miteinander erwischt hat. Er wird bis zum Einbruch der Dunkelheit warten. Am späten Abend, als die Straßen menschenleer sind, fährt er den Wagen hinter das Haus und trägt dich hinein. Er lässt die Scheinwerfer ausgeschaltet, als er auf den verwaisten Seitenstraßen zur Rollschuhbahn fährt. Dann verharrt er eine geschlagene halbe Stunde auf dem unbefestigten Weg hinter der Bahn, bevor er den Mut aufbringt, auf den Parkplatz einzubiegen. Er hat vor, dich auf der Mülldeponie abzuladen. Mit etwas Glück wird man dich erst in ein paar Tagen entdecken. Du bist schwerer, als er dachte. Es ist viele Jahre her, seit er dich zuletzt getragen hat. Er erinnert sich, wie du als Baby warst, an deine hübsche hellbraune Haut, die überraschend ausgeprägte Nase. Wie glücklich er über diese Nase war – die Nase deiner Mutter –, eine schmale, amerikanische Nase! Er erinnert sich, wie er dich auf die Schaukel im Garten setzte, als du klein warst, wie du vor

Vergnügen quietschtest, wenn die Schaukel höher schwang als der obere Rand des Zaunes, wie das braune Haar hinter dir herwehte. Und als die Schaukel zu hoch hinaufflog und du Angst bekamst, fing er den Sitz mit seiner Hand auf und bremste den Schwung. Er erinnert sich an die hohen weißen Stiefel deines Majorettenkostüms, wie du am Vierten Juli als Vorhut der Junior-Highschool-Marschkapelle an der Parade teilnahmst, schmuck und stolz auf die rot-weiß-blauen Pailletten – seine amerikanische Tochter, der das Leid erspart bleiben würde, Chinesin zu sein. Und dann eine andere Erinnerung – dein zurückgeworfener Kopf im Bootshaus, du liegst auf dem Fußboden, tust unaussprechliche Dinge mit deiner besten Freundin, einem Mädchen, das ungezählte Nächte in seinem Haus verbracht hat. Er fühlt sich betrogen, verraten, angewidert. Er hat sein Leben lang hart gearbeitet. Er hat sich die Pflicht auferlegt, perfekt Englisch zu lernen, mit einem leichten, bewusst ausgewählten Südstaatenakzent zu sprechen. Er war stets ein treuer Ehemann, ein hingebungsvoller Vater, ein guter Versorger. Er hat alles getan, was man von einem Mann erwartet. Er hat es zu etwas gebracht. Einen Augenblick lang macht er sich Vorwürfe, weil er dich vielleicht zu amerikanisch erzogen hat, du bist zu unabhängig, hast zu viele Rosinen im Kopf.

Er hat dich gerade aus dem Auto gezerrt, als er in der Ferne ein Geräusch vernimmt – ein Wagen, der sich nähert? Keine Zeit, dich zur Mülldeponie zu schleppen. Ein flüchtiger letzter Blick, ein Abschiedskuss, bevor er in seinen Wagen steigt und nach Hause fährt.

Zwei Tage später wird ihn die Polizei vernehmen. Er

wird meinen Namen nennen und Allisons. Er wird den Verdacht auf uns beide lenken. Dass er mit einer Callahan verheiratet ist, wird ihm zunächst einen gewissen Schutz verleihen. Sie werden Allison aus Montevallo herbeizitieren, um sie zu verhören, und dann werden sie auch mich hineinziehen. Sie werden mit Amanda Ruths ehemaligen Lehrern von der Highschool sprechen, mit dem Pastor ihrer Kirchengemeinde. Wenige Tage danach wird Mr. Lee im Wohnzimmer sitzen, als die Polizei eintrifft, um ihn festzunehmen. Er wird Cola trinken und sich die Abendnachrichten im Fernsehen ansehen. Mrs. Lee wird die Haustür öffnen, dann wird sie von der Küche aus zuschauen, wie sie ihren Mann abführen. Der Reporter von Channel 5 wird ihm ein Mikrofon vor das Gesicht halten, als ihn die Polizei ins Präsidium eskortiert. Er ist unrasiert, hat dunkle Ringe unter den Augen, den Blick zu Boden gerichtet. Ein Reporter vom Greenbrook Daily wird nach Montevallo fahren, um sich mit Amanda Ruths Freunden zu unterhalten. »Lesbierin von Erzürntem Vater Getötet«, wird die Schlagzeile lauten. Schon der erste Absatz wird diskriminierend sein, wird Mr. Lee als Chinesen abstempeln, obwohl er die meiste Zeit seines Lebens in Amerika verbracht hat, perfekt Englisch spricht und jeden Vierten Juli, am Nationalfeiertag, das Sternenbanner hisst.

Von da an wird Amanda Ruths Name in keinem Artikel und in keiner Fernsehsendung auftauchen, ohne dass das Wort lesbisch erwähnt wird. Der Pastor der Kirchengemeinde, der die Lees angehören, wird eine häufig zitierte Predigt halten und sagen: »Der Zorn Gottes ist über diese Familie gekommen.« Er wird auf »die Krankheit« anspielen, »eine Heimsuchung für unsere ganze Nation«, obwohl sie nichts mit dem Mord und dem sechsten Gebot zu tun hat. Eltern werden aufgerufen sein, genau unter die Lupe zu nehmen, mit wem ihre Kinder Umgang haben. Die lokalen Rundfunkstationen werden ein täglich ausgestrahltes Präventionsprogramm ins Leben rufen und die Frage stellen: »Interessieren sich Ihre heranwachsenden Kinder für das andere Geschlecht?« Wenn die Antwort Nein lautet, werden die Eltern angespornt, der Sache auf den Grund zu gehen.

Meine eigenen Eltern werden mich beim Abendessen ansehen, als wäre ich eine Fremde. Sie werden mich zum Flughafen bringen, um die nächste Maschine nach New York City zu erwischen, und meine Mutter wird mich in die Arme schließen, als wäre es das letzte Mal. Die Leute in der kleinen Abflughalle werden mich anhand des Zeitungsfotos erkennen. Sie werden mit dem Finger auf mich zeigen, flüstern und krampfhaft meinen Blick meiden.

Und dann, in einer Höhe von dreißigtausend Fuß, endlich die Erlösung: Die Stewardess wird mich ausdruckslos ansehen und mit einem starken Long-Island-Akzent fragen, was ich trinken möchte. Sie wird mir ein Glas Mineralwasser einschenken, das auf den kleinen Eiswürfeln prickelt, und ich werde mich über ihre grenzenlose Gleichgültigkeit freuen, weil ich weiß, sie sieht nur einen Passagier von vielen in mir, keinen Abschaum der Gesellschaft oder eine Mörderin.

Wenn ich in La Guardia aus dem Flugzeug steige, werde ich Dave in der Ankunftshalle stehen sehen, der auf mich gewartet hat. Sein Haar ist zerzaust, eine vereinzelte dunkle Locke fällt ihm in die Stirn. Ich werde mich in seine Arme stürzen und in die wunderbare dunkle Anonymität einer Nacht in New York City eintauchen.

25

Am zwölften Tag halten wir in Fengdu, das in ganz China als Stadt der Geister bekannt ist. Berühmt ist Fengdu vor allem wegen des Minshan Berges, das Tor, das die Seelen auf ihrem Weg zur Hölle vermeintlich passieren müssen. Doch die Ortschaft wird bald auch im zeitgenössischen Wortsinn eine Stadt der Geister sein; nach Fertigstellung des Damms wird sie in den Fluten versinken. Sie ist bereits evakuiert, die drei Millionen Einwohner sind in eine neue, höher gelegene Stadt am anderen Flussufer umgesiedelt worden.

Unser Schiff legt am Kai des alten Fengdu an, um eine nicht menschliche Fracht an Bord zu nehmen und sie flussaufwärts zu transportieren, Bretterverschalungen von zerlegten Häusern, Altmetall, Fahrradteile, eine Myriade von Dingen, die in der Hast des Aufbruchs zurückgeblieben sind. Graham und ich stehen an Deck und sehen zu, wie die Lastenträger sie die Rampe hinaufschleppen. Ein kleiner Seesack liegt zu Grahams Füßen. »Wozu ist der?«, frage ich.

»Das ist die letzte Station meiner Reise.«

»Aber wir sollen hier doch nicht von Bord gehen.«

»Ich habe alles arrangiert. Ich möchte, dass du mich begleitest.«

Die Stadt ist sonderbar still. Mit Ausnahme der wenigen Sampans am Flussufer und der Lastenträger, die Güter an Bord bringen, erweckt sie den Eindruck, als sei sie völlig verlassen. »Hier gibt es doch gar nichts zu sehen«, sage ich.

»Erinnerst du dich, dass du sagtest, du würdest alles für mich tun?« Er fixiert mich mit einem Blick, den ich nicht abschütteln kann.

»Mehr verlange ich nicht.«

Ich nehme seine zitternden Hände. »Warum ausgerechnet hier?«

»Vertrau mir.«

Ein Mann, der eine überladene Rikscha die Rampe hochzieht, verliert sein Gleichgewicht, das Gefährt kippt um und ein Stuhl und mehrere Töpfe landen im Wasser. Matt Dillon, dieses Mal nicht in Uniform, eilt ihm zu Hilfe.

»Das kann ja noch heiter werden mit Dave«, sage ich.

Graham lächelt. »Du kommst also mit?«

»Das wusstest du doch.« Ich lehne mich an ihn, verwegen und zu allen Torheiten bereit. Wir stehen ein paar Minuten reglos da. Er holt tief Luft. Ich blicke ihn an, doch er wendet sein Gesicht ab. »Hast du Schmerzen?«

»Ganz im Gegenteil.« Er lacht. »Ich kann mein Glück nicht fassen. Geh und sprich mit Dave. Pack ein paar Sachen zusammen. Ich warte hier.«

Dave sitzt mit Stacy im Salon und spielt Karten. Ich ziehe mir einen Stuhl heran. Stacy zupft an ihrem Ohrring. »Möchtest du mitmachen?«

»Nein danke. Ich wollte mir nur Dave für eine Minute ausleihen.«

»Was gibt's?«, fragt er.

»Ich muss mit dir reden.« Eine lange Pause. Dave sieht Stacy an.

»Oh«, sagt sie. »Natürlich. Bin gleich zurück.«

»Also?«, fragt Dave.

»Ich gehe von Bord.«

Er runzelt die Stirn. »Hier?«

»Mit Graham.«

»Das geht doch nicht.«

»Warum nicht?«

»Was ist mit deinem Rückflug?«

»Bis dahin hole ich euch wieder ein.«

Dave starrt seine Karten an. Er deckt sie auf, eine nach der anderen. »Muss das sein?«

»Ja.«

Er schiebt das Blatt zusammen, nimmt es in die Hand, klopft damit zweimal gegen den Tisch und formt den Packen zu einem festen Rechteck. »Du machst einen Fehler.«

»Willst du damit sagen, dass du wieder einziehst?«

Er legt die Karten zu einer perfekten Brücke aus. Sie sirren leise, als er sie wie eine Ziehharmonika auseinander zieht. »Ich sage nur, dass du keine Dummheiten anstellen solltest, um es mir heimzuzahlen.«

Ich stehe auf. »Auf Wiedersehen, Dave.«

* * *

Graham führt mich durch die menschenleeren Straßen. In jener ersten Nacht an Deck hätte ich gelacht, wenn mir jemand prophezeit hätte, dass ich diesem Mann knapp zwei Wochen später durch die Straßen einer fremden Stadt folgen würde. Sobald wir das Schiff hinter uns gelassen haben, kommen wir uns vor, als würden wir eine Filmkulisse nach Drehschluss betreten. Nichts regt sich. Alles wirkt wie ausgestorben. Türen stehen sperrangelweit offen und Vorhänge flattern durch die Fenster verwaister Wohnungen. Müll liegt auf den Straßen verstreut. Ein Hund, zum Skelett abgemagert, stöbert im Abfall und schnüffelt an unseren Knöcheln. »Wir haben einen Freund«, sagt Graham. Er nimmt ein Päckchen Dörrfisch aus seinem Seesack und verfüttert es Stück für Stück an den Hund.

Wir gehen eine Meile oder mehr, ohne einer Menschenseele zu begegnen. Dann sehe ich hinter dem Tor eines Tempels einen alten Mönch, der schläft, eine Kerze an seiner Seite. Zu seinen Füßen liegen gebündelte Räucherstäbchen. Der Sockel, auf dem normalerweise der geschnitzte Buddha steht, ist nur noch eine leere, mit Flugschriften übersäte Fläche.

Schließlich gelangen wir zu einem Hotel, der Hund läuft hechelnd neben uns her. Kein einziges Auto ist vor dem Gebäude abgestellt, kein einziges Fahrrad. Die Tür ist offen. Ein junges Mädchen sitzt an der Rezeption, trinkt Tee aus einem großen braunen Becher und blättert in einer Zeitschrift. Als sie unsere Schritte hört, blickt sie hoch. *»Ni hao«*, begrüßt sie uns, ihre Miene spiegelt weder eine Gefühlsregung noch Überraschung wider. Sie sagt etwas und deutet auf den Hund. Graham fordert ihn mit fester Stimme auf, draußen zu bleiben. Der Hund scharrt mit den Pfoten und gehorcht. Graham beginnt ein Gespräch mit dem Mädchen und übersetzt dabei immer wieder für mich. Wie es scheint, wird dieses Hotel, das vor zwanzig Jahren eröffnet wurde, in genau zwei Wochen schließen. Es dient nur noch als Quartier für die Inspektoren, die gelegentlich auftauchen, um zu kontrollieren, ob die Evakuierungsanweisung für Fengdu befolgt wurde. »Leute, die in ihre früheren Häuser zurückkehren oder ihr ehemaliges Stück Land bearbeiten, werden eingesperrt«, erklärt Graham.

Das Mädchen deutet auf eine Werbebroschüre, die mit Reißzwecken an der Wand hinter der Rezeption angebracht ist. Auf dem Deckblatt ist ein imposantes Hotel zu sehen, das über den Worten schwebt: *Wir heißen stolz Gäste im Hotel Tien willkommen, Weltklasse Nummer eins Hotel von China.* »Neues Hotel ist auf andere Seite«, sagt das Mädchen in Englisch und deutet in Richtung der neuen Wohnsiedlung, die hoch über dem Flussufer vis à vis aufragt. »Jeder wohnt neue Hotel, sogar Präsident Jiang Xemin.«

Wir zeigen ihr unsere Pässe, füllen mehrere Formulare in dreifacher Ausfertigung aus und zahlen bar für das Zimmer, bevor sie unter den Tresen greift und einen großen Metallschlüssel hervorholt. Er baumelt an einem provisorischen Schlüsselbund, der aus einem gebogenen Drahtbügel besteht. »Sehr vorsichtig sein«, sagt sie und schiebt den Schlüssel über den Tresen. »Fünfzig Dollar, wenn Sie verlieren.«

Graham erhält eine Wegbeschreibung zu unserem Zimmer, bedankt sich bei dem Mädchen und nimmt seinen Seesack. »Komm.« Wir durchqueren die weitläufige

Lobby, die mit Ausnahme eines erstaunlich feudalen, dunkelgrünen Polstersessels kein Mobiliar enthält. Am Ende der Lobby gelangen wir an eine Türschwelle ohne Tür. Nur die Scharniere sind erhalten geblieben und rosten unter der abblätternden Farbe. Wir betreten einen langen unbeleuchteten Korridor, an dessen Ende sich ein Fahrstuhl befindet. Ich drücke auf den Knopf, doch nichts tut sich, dann drücke ich abermals und werde mit einem lauten Rattern belohnt. Der Fahrstuhl fährt nach unten, er setzt sich gemächlich in Bewegung, wie ein Spielzeugtier zum Aufziehen, das aus dem Winterschlaf erwacht. Schließlich landet er mit Getöse im Erdgeschoss, doch die Tür geht nicht auf. Ich drücke mehrmals vergeblich den Knopf, dann gehen wir durch den langen Korridor und die Lobby zur Rezeption zurück, wo das Mädchen an seinen Haaren zwirbelt und telefoniert. Der Hund, der immer noch draußen steht, sieht uns und wedelt mit dem Schwanz.

Graham stellt dem Mädchen eine Frage. Sie blickt hoch, zuckt die Schultern und brüllt Graham an, eine volle Minute, dann setzt sie ihr Telefonat in aller Ruhe fort.

»Hier entlang«, sagt er. Ich folge ihm zur Eingangstür hinaus. Eine Frau mittleren Alters steht vor dem Restaurant auf der anderen Straßenseite und raucht. Sie ruft uns gutmütig etwas zu und Graham antwortet, winkt.

Der Hund heftet sich an unsere Fersen. Ich bücke mich und tätschele seinen Kopf. »Was hat das Mädchen an der Rezeption gesagt?«

»Der Fahrstuhl ist seit fünf Jahren defekt.«

»Warum hat sie das nicht gleich gesagt?«

Er lacht. »Genau das habe ich sie auch gefragt.«

Die Außentreppe verläuft an der Rückseite des Hotels. Die Holzstufen, krumm und schief, schwanken so heftig unter unserem Gewicht, dass ich fürchte, die Treppe könne jeden Moment zusammenbrechen.

Am Eingang zum dritten Stock ist ein Verkaufsautomat aufgestellt, leer bis auf ein Päckchen getrocknete Ingwerstäbchen. Drei Kronleuchter hängen an der niedrigen Decke des Korridors, doch keiner spendet Licht. Die Türen der Zimmer haben keine Nummern. Graham lässt den Rest Dörrfisch auf dem Boden neben dem Verkaufsautomaten liegen und der Hund, der uns gefolgt ist, nimmt Platz, um ihn bis auf den letzten Krümel zu verspeisen. Wir versuchen jede Tür zu öffnen, eine nach der anderen. Bei der sechsten passt unser Schlüssel. Als wir das Licht einschalten, huscht eine Kakerlake über den fadenscheinigen Teppichboden. Der Raum ist sauber und spartanisch möbliert. Er enthält zwei Lampen mit gelben Schirmen, zwei schmale Betten, eine Frisierkommode, einen Holztisch mit dünnen Beinen, einen Schreibtisch und einen Stuhl. Auf der Tischplatte befinden sich zwei Teebeutel und eine glänzende silberne Thermoskanne, die mit kochend heißem Wasser gefüllt ist, jedoch keine Tassen. Auf der Kommode steht ein rotes Telefon mit Wählscheibe. Eine einzelne nackte Glühbirne hängt an einem Stück Draht über einem der beiden Betten.

Graham steht am Fußende. »Wir können sie zusammenschieben.«

Ich drücke seine Hand. »Oder uns in einem zusammenkuscheln.« Ich schlage die Decken der beiden Betten zurück, doch es stellt sich heraus, dass nur eines bezogen ist. »Sieger«, sage ich, beinahe scheu, wie eine frisch gebackene Ehefrau in den Flitterwochen.

26

In Fengdu nimmt die Zeit traumähnliche Eigenschaften an, sie verläuft so willkürlich wie ein Nebenfluss an der Stelle, an der er in den mächtigen Jangtse mündet, vorwärts drängend und verweilend, sich auf unvorhergesehene Weise verschiebend. Die elf Tage und zwölf Nächte, in denen wir flussaufwärts gefahren sind, muten nun wie eine ferne Vergangenheit an. Gestern hörte ich vom Zimmer unseres kleinen Hotels, das sich hoch über der Stadt erhebt, das leise Signal des Horns, das die Passagiere an Bord rief. Die *Red Victoria* sollte laut Plan um Punkt 16:15 ablegen, doch eine Stunde später lag sie immer noch am Kai vor Anker, mit heruntergelassenem Fallreep. Kurz vor Sonnenuntergang hörte ich die Trossen quietschen, die Glocke läuten und den alten Motor dröhnend anspringen. Gleich darauf verließ das Schiff, auf dem sich mein Mann befand, den Kai, eine Schlammspur im Schlepptau.

Heute Morgen gingen Graham und ich auf die andere Straßenseite, um zu frühstücken. Das Restaurant bestand aus einem dunklen Raum mit drei Metalltischen und sechs Stühlen. Die Frau erklärte uns, das Restaurant müsse laut Anweisung geöffnet bleiben, um die wenigen Arbeiter, die im Hotel einquartiert sind, und die gelegentlich auftauchenden Inspektoren zu verköstigen. Ein Buddha von der Größe eines Marmeladenglases hing an einer goldenen Schnur über der Türschwelle. Wir aßen beide einen Teller flache dampfende Nudeln mit kleinen würzigen Schweinefleischstücken und tranken dazu eine Kanne schwachen Tee. Die gezackten grünen Teeblätter schwammen in unseren Porzellantassen. Einmal sah ich hoch und bemerkte einen Teeblattkrümel an Grahams Lippe, ich reichte hinüber und wischte ihn mit meiner Serviette weg. Er fing meine Hand, führte sie an seine Lippen und küsste jede einzelne Fingerspitze. Die Frau beobachtete uns von der Türschwelle, wo sie stand und rauchte, genau wie am Vortag. Sie formte ihre Lippen zu einem formvollendeten O und stieß einen Rauchkringel aus, der himmelwärts wehte.

In unser Zimmer zurückgekehrt, ziehen wir uns bis auf die Unterwäsche aus. Die hohe Luftfeuchtigkeit und die Hitze sind stärker als jeder Hauch von Befangenheit, den wir im Beisein des anderen noch verspüren mochten.

Sich am Vorabend zum ersten Mal voreinander zu entkleiden war schwieriger gewesen: Wir hatten beide angestrengt in die andere Richtung geschaut, als Baumwollmaterialien über Schultern und Schenkel glitten. Das Geheimnisvolle der dunklen Höhle auf dem Lu Shan Berg und die Spontaneität der Racketball-Halle fehlten. Gestern Abend, als wir uns allein in diesem Raum befanden, dessen Zweck so klar und unmissverständlich war, fühlten wir uns plötzlich befangen. Er hatte seine Socken und Schuhe ausgezogen, sie in den Schrank gestellt und die Tür geschlossen. Dann war er ins Bad gegangen und ich hatte das Wasser in der Wanne plätschern gehört, als er sich die Füße wusch. Heute Morgen waren wir indes wie ein verheiratetes Paar aufgewacht, hatten uns umgedreht und geküsst, noch vor dem Zähneputzen.

»Guten Morgen«, hatte ich gesagt.

»Hungrig?«

»Kurz vor dem Verhungern.«

Als ich nackt zum Fenster gegangen war, um die Vorhänge zu öffnen, hatte ich mich weder der Rundung meines Bauches noch der Unvollkommenheiten meiner Oberschenkel geschämt. Die Befangenheit des Vorabends schien einer längst vergangenen Zeit anzugehören. Zurück in unserem Zimmer sieht Graham mich an.

Ich strecke die Hand aus und berühre die wenigen grauen Haare auf seiner Brust, direkt über dem Brustbein. Er legt seine Hand auf mein Kreuz und führt mich zum Bett. Er rückt mich zurecht wie der Künstler sein Modell, bis ich eine Pose einnehme, die ihm gefällt: die Knie leicht zur Seite geneigt, die Arme über dem Kopf ausgestreckt.

»Wenn ich dich nur malen könnte«, sagt er. »Doch da mir leider das Talent fehlt, wird ein Polaroid-Foto genügen müssen.« Er nimmt seine eckige schwarze Kamera vom Tisch und macht eine Aufnahme nach der anderen, wobei der Apparat klickt und summt. Er staunt angesichts der Biegsamkeit seiner Finger, als er immer wieder auf den schwarzen Auslöser drückte, und der Kontrolle, die er über seine Hände besaß.

»Seltsam«, sagt er. »Ich sehe plötzlich alles ganz klar. Hast du schon einmal von dem chinesischen Dichter Tong Sing gehört?«

Ich schüttelte den Kopf.

»Im Alter litt er unter Gicht, und zwar so schlimm, dass seine Hände wie Klauen gekrümmt waren. Es heißt, kurz vor seinem Tod seien seine Gliedmaßen wie durch ein Wunder wieder biegsam geworden.« Graham hält die Hände gegen das Licht, als sei ihm ebenfalls ein Wunder widerfahren. Sie zittern nicht. Er kommt zu meiner Seite des Betts und kniet sich neben mich. Sanft schiebt er meine Beine auseinander, öffnet sie, dann küsst er die Innenseite meines Schenkels. Während seine Lippen über meine Haut gleiten, spüre ich, wie sich ein Knoten in mir löst, eine lang gehegte Trauer. Ich lege meine Hand auf seinen Nacken, spüre die Zähigkeit seiner Haut, den obersten Knorpel seiner Wirbelsäule, der wie ein winziger Stein unter seiner Schädeldecke liegt.

* * *

Mit dem Gesicht zur Decke auf dem Bett liegend, hebt Graham sein Bein und stößt die nackte Glühbirne mit dem Fuß an. Sie kreist über uns, ihr blasser Schein erhellt Flecken und Risse an den Wänden, deren Tapete verschlissen wirkt. Er folgt dem Lichtschweif mit den Augen, tippt mit dem Finger gegen seine Brust.

»*Tien* bedeutet Himmel. Wir sind im Hotel Himmel, im Paradies auf Erden. Habe ich jemals erwähnt, dass ich als kleiner Junge Zeitungen austrug?« Er dreht sich zu mir um. »Das war in Perth. Ich war damals sieben. Ich fuhr mit einem roten Fahrrad, das viel zu klein für mich war, von Haus zu Haus. Die Zeitungen waren in einem

Metallkorb an der Lenkstange, zwischen den Handgriffen verstaut.«

Ich versuche mir Graham mit sieben vorzustellen, das dichte, raue Haar, das ein wesentlich jüngeres Gesicht umrahmt. Ich versuche ihn mir als kleinen Jungen vorzustellen, ohne Schmerzen, wie er mit Leichtigkeit eine Zeitung aus dem Korb nahm und sie mit einem Schnippen des Handgelenks auf eine menschenleere Veranda warf. Ich stelle mir seine Knie vor, die über die Lenkstange hochschnellen, während seine Füße kräftig in die Pedale treten. Seine Beine müssen schon damals lang gewesen sein. Erst seit ich ihn ausgezogen in diesem Raum sah, ist mir bewusst, dass seine Beine in keinem Verhältnis zum Rest seines Körpers stehen, dass er, gemessen an ihrer Länge, größer sein müsste.

* * *

Im Badezimmer gibt es eine Wanne, jedoch kein Waschbecken. Die Glühbirnen über einem rechteckigen Spiegel flackern. Eine lauwarme braune Brühe sprudelt aus dem Wasserhahn, einer schlichten Muffe aus Kupfer mit einem Rostring am Rand. Ich lasse das Wasser ein paar Minuten laufen, bis es so hell wie Bernstein wird, dann stöpsele ich den Abfluss zu und steige in die niedrige Wanne. Die Badezimmertür steht einen Spalt offen und ich sehe den kleinen Schreibtisch aus Holz mit dem Bogen Reispapier, auf dem Graham Schriftzeichen gemalt hatte, als ich ihn am zweiten Abend ins Bett holte. Ich war hinter ihn getreten, hatte mich wortlos über seine Schulter gebeugt und als mein Schatten über die Seite fiel, war er erschrocken und seine Hand mit dem Pinsel abgerutscht.

»Was schreibst du da?«, fragte ich.

»Eine Mitteilung an das Zimmermädchen. Mit der Bitte, uns in den nächsten Tagen nicht zu stören.«

»Wie lange bleiben wir hier?«

»Nicht lange.«

Er steckte das Reispapier in einen großen Umschlag. Ich sah, dass er noch andere Dinge enthielt – einen Schlüssel, einen Brief, einen Packen Geldscheine. »Was ist das?«

Er versiegelte den Umschlag und legte ihn sorgfältig in die Mitte des Schreibtisches. »Ein Fluchtplan.«

»Wer flieht? Vor was?«

Er zog mich an sich und küsste meinen Bauch, meine Brüste. Er drehte mich um, hob meine Bluse hoch und küsste jede Handbreit meiner Wirbelsäule. Wir liebten uns zum dritten Mal an diesem Tag. Während er auf dem Stuhl saß, ich rittlings auf ihm, und in das Fenster einer leeren Wohnung auf der gegenüberliegenden Straßenseite blickte, fühlte ich mich mit einem Mal wieder jung – als könnte ich irgendwann alles vergessen, was vorher war.

* * *

Es ist Morgen. Unser dritter Tag in Fengdu. Draußen nieselt es. Die Glühbirne über unserem Bett hat ihren Geist aufgegeben. Alles ist verhangen, klamm.

»Ich brauche deine Hilfe«, sagt er.

Mir stockt der Atem. Nicht jetzt. Das kann doch nicht

sein Ernst sein. Ich hatte fast zu glauben begonnen, er würde seine Meinung doch noch ändern.

Aus der Kommodenschublade holt er einen kleinen Plastikbeutel hervor – es ist derselbe, den er von seinem Freund in Shashi bekommen hat. Der Beutel enthält eine Phiole mit einer durchsichtigen Arznei und eine Spritze. Er legt beides behutsam auf den kleinen Holztisch neben dem Bett. Das Glasfläschchen fängt einen Strahl des gedämpften Lichtes ein. »Ich weiß, es ist nicht fair, dich darum zu bitten. Doch du musst mich verstehen.«

»Mich um was zu bitten?«, frage ich, doch ich kenne die Antwort bereits.

Er reiht verschiedene Gegenstände ordentlich nebeneinander auf der zerkratzten Tischplatte auf: Spritze, Phiole, Handtuch, Alkohol, Wattepads. »Ich möchte nicht alleine sein, wenn es so weit ist.« Er blickt mich an. Blickt auf den Grund meiner Seele. »Jenny«, sagt er.

Erst da gestatte ich mir, mir selbst einzugestehen, worum er mich bittet, worauf er mich in den vergangenen Tagen vorbereitet hat. Ich spüre, wie es mir das Herz zerreißt. Ich spüre, wie mir alles entgleitet – der Boden unter den Füßen, die Zeit, alles, was mein Leben zusammenhält.

»Nein«, sage ich. »Das ist verrückt.«

Er sitzt auf der Bettkante, die Finger über den Knien gespreizt. Er blickt zu Boden, wo sich eine winzige schwarze Spinne ihren Weg über den Teppichboden bahnt. Alles verschwimmt vor meinen Augen. Im Raum ist es glühend heiß.

»Ich würde dich nicht darum bitten, wenn es eine andere Möglichkeit gäbe.«

»Das steht außer Frage. Ich kann nicht.«

»Liegt dir etwas an mir?«

»Natürlich.«

»Dann schaffst du es, um meinetwillen.«

»Nein.«

»Stell dir vor, wie es ist, wenn man nicht mehr im Stande ist, zu gehen, zu sprechen, zu essen. Oder Liebe zu machen. Und die letzten Monate, wenn man künstlich beatmet werden muss, weil man nicht einmal mehr das kann.«

Ich weine jetzt. Ich kann meinen Tränen, dem Zittern meiner Stimme keinen Einhalt gebieten. »Warum keine Krankenschwester oder Pflegerin? Eine, die sich auskennt?«

»Ich will nicht im Beisein einer Fremden sterben. Ich will bei dir sein.«

Ich denke an Amanda Ruths Asche, die den langen, uralten Fluss zum Meer hinunterdriftet. Ich denke an Grahams Körper, der, auf dem Rücken liegend, vom Fluss getragen wird, gemeinsam mit ihr. »Das ist absurd«, erwidere ich unter Tränen. »Ich bin nach China gekommen, um einer Toten das letzte Geleit zu geben. Und nun verlangst du das von mir?«

»Es gibt Menschen, die innerlich stark sind und solche Dinge tun können. Du gehörst dazu. Das habe ich schon bei unserer ersten Begegnung gespürt. Und ich spüre es jetzt. Es wurde mir in jener Nacht an Deck klar, als du mir Amanda Ruths Geschichte erzähltest.«

»Du täuschst dich.«

Obwohl ich zur Bekräftigung meiner Worte den Kopf schüttle und leugne, denke ich an Debbie, eine Cousine ersten Grades, die bei einem Autounfall in New Jersey ums Leben kam, in dem Jahr vor meinem College-Abschluss. Wir standen uns nicht besonders nahe. Doch nach dem Unfall war ich diejenige, die ihre Leiche identifizieren musste. Ihr Vater rief aus Georgia an und bat mich darum. Er sagte: »Außer dir fällt uns niemand ein.« Als ich in der kalten Leichenhalle stand und in Debbies starres Gesicht blickte, sagte ich: »Das ist sie.« Ich vergoss keine einzige Träne.

Vor einigen Jahren klopfte meine Nachbarin aus der Wohnung über mir an meine Tür, weil sie eine Ratte in ihrer Badewanne entdeckt hatte, die in der Falle saß. Es war ein Mittwochabend und viele Leute waren um die Zeit zu Hause, doch sie kam zu mir. »Könnten Sie die Ratte töten?«, fragte sie. Ich nahm Daves Baseballschläger vom Schrank, ging nach oben, betrat das Badezimmer meiner Nachbarin und machte die Tür hinter mir zu. Die Ratte war fett und grau. Sie quiekte und versuchte vergebens, sich auf dem glatten Porzellan festzukrallen. Einen Moment lang trafen sich unsere Blicke. Ich schlug fünfmal zu, auf den Kopf. Es war kein Tropfen Blut zu sehen, nichts. Als ich aus dem Badezimmer kam, sagte meine Nachbarin, die in der Diele stand: »Ist sie tot?« Ich nickte. Ich bat um einen Müllbeutel und trug die Ratte nach draußen, auf die schmale Gasse hinter dem Haus. In meine Wohnung zurückgekehrt, wusch ich mir die Hände, ich empfand nur ein überwältigendes Gefühl der Leere.

So war es nicht immer gewesen. Irgendwann nach Amanda Ruths Tod kam eine Stärke in mir zum Vorschein, von der ich nicht gewusst hatte, dass ich sie besaß. Das geschah nicht auf einen Schlag. Es dauerte Monate, sogar Jahre. Für mich war es stets eine Stärke, die mir geliehen vorkam – keine angeborene Eigenschaft, sondern nur eine zeitweilig erworbene, ein Bestandteil der Rolle, die ich notgedrungen spielte. Ich hatte sie mir nicht ausgesucht. Ich hatte nicht darum gebeten, Amanda Ruths Asche an jenem Tag entgegenzunehmen, als ihre Mutter auf meiner Türschwelle erschien, bleich und zitternd. Ich hatte nicht darum gebeten, meine Cousine zu identifizieren oder die Ratte umzubringen. Vor allem hatte ich nicht darum gebeten, Graham auf seiner letzten Reise zu begleiten. Vielleicht besitze ich ein Persönlichkeitsmerkmal, das fälschlicherweise den Eindruck vermittelt, ich sei in der Lage, die unangenehmen, unerwünschten Aufgaben zu übernehmen. Sende ich ein entsprechendes Signal aus, irgendeine vage, beunruhigende Schwingung? Vielleicht sind Dave und ich letztlich doch nicht so grundverschieden, wie ich immer dachte.

* * *

Der Pinsel, in tiefschwarze Tusche getaucht. Graham hält ihn über das Fläschchen, lässt die überschüssige Tusche abtropfen und tupft den Pinsel auf dem gelben Löschpapier ab. Er steht am Fenster, im Dämmerlicht und streckt seinen Arm aus, sucht etwas, berührt mit der Spitze der Borsten die weiche weiße Haut in seiner Ellenbeuge. Ein einziger Punkt, ein perfekter schwarzer Kreis auf der blauen, gut sichtbaren Vene.

Ich starre wie gelähmt die Vene an. Dieses Blau. Es hat etwas Unwirkliches. Ich besitze ein von Hand koloriertes Foto von meiner Mutter als Kind. Ihre Haare sind weizengelb, ihre braunen Augen von einem klaren, erstarrten Blau – so wie sich der Fotograf in der damaligen Zeit offenbar das Idealbild eines jungen Mädchens vorstellte. Ich habe diese Farbe auch schon woanders gesehen. Es ist das Blau von Amanda Ruths Badeanzug auf meinem Lieblingsfoto von ihr – sie steht, leicht nach vorne gebeugt, im Bug des Bootes, das ihrem Vater gehörte, die Arme über dem Kopf, zum Sprung ins Wasser bereit. Es ist das Blau eines ganz bestimmten Raumes – unseres Raumes – zu einer bestimmten Tageszeit, genau dann, wenn die Sonne hinter den Kiefern verschwand, die in einer langen Reihe das andere Ufer säumten. Und ich sah die Farbe noch woanders.

Graham streckt die Hand aus und berührt mein Haar, wischt mir eine Träne aus dem Gesicht. »Woran denkst du?«

»An einen Häuserblock in New York, wo ich manchmal spazieren gehe. An der 86. Straße, zwischen Columbus und Amsterdam Avenue. Dort steht ein riesiges Backsteingebäude. Im siebten Stock befindet sich eine Reihe hoher Fenster, die sich über die gesamte Breite des Bauwerks erstrecken. Von der Straße aus kann man nur dieses unglaublich strahlende blaue Licht erkennen. Jedes Mal, wenn ich an dem Gebäude vorüberging, fragte ich mich, was wohl hinter den Fenstern sein mochte, woher diese seltsame, leuchtende Farbe stammte. An einem Winternachmittag vor drei Jahren, als ich wieder einmal auf der gegenüberliegenden Straßenseite stand und hinaufblickte, traten zwei Mädchen aus den großen Doppeltüren. Sie waren sechzehn, höchstens siebzehn. Sie lachten und tuschelten miteinander, schienen die Welt ringsum vergessen zu haben, als gäbe es außer ihnen keine einzige Menschenseele in New York City. Ihre Haare waren nass und klebten an Wangen und Hals. Sie trugen lange Kleider, die an ihrer feuchten Haut hafteten. Durch die Kleider sah man die Umrisslinie ihrer Badeanzüge schimmern.«

»Es ist ein Schwimmbad«, sagt Graham. Er lächelt.

»Man stelle sich das vor, mitten im Winter in New York City, Schnee im Central Park, alle Leute warm angezogen mit Schals und Fäustlingen. An jenem Wochenende hatte ich gerade zugesehen, wie die Lichter am Weihnachtsbaum vor dem Rockefeller Center eingeschaltet wurden. Ich dachte an all die Leute hoch droben in dem Gebäude, die nur mit Badeanzügen, Badehosen und Bademützen bekleidet waren und barfuß um das große Schwimmbecken tappten. Ich fand den Gedanken irgendwie aufregend – die Vorstellung, dass sich im siebten Stock eines Gebäudes an der Upper West Side ein großes warmes Wasserbecken befand, in einem geschützten Raum, in dem ewig Sommer war. Ich nahm mir vor, dort schwimmen zu gehen. Wer weiß, vielleicht wünschte ich mir sogar insgeheim, mich mit den beiden Mädchen anzufreunden. Deshalb überquerte ich die Straße und sprach sie an, ein Verhalten, das mir völlig fremd war und mich auch heute noch ein wenig überrascht. ›Entschuldigung‹, sagte ich. Sie unterbrachen ihr Gespräch und sahen mich an, höflich, mit einer Spur Ungeduld. Ich erkundigte mich, ob das ein öffentliches Schwimmbad sei oder ob man Mitglied in dem Club werden könne, zu dem es gehöre. Die Mädchen kicherten. ›Es gehört dem Upper West Side Youth Club. Sie müssten, ähm, im Teenageralter sein, um aufgenommen zu werden‹, sagte die eine. Ich bedankte mich. ›Tut mir Leid‹, fügte das größere Mädchen hinzu. Ich konnte sehen, dass sie es aufrichtig meinte, dass sie mich bedauerte.«

»Eine gute Geschichte«, sagt Graham.

»Ich komme immer noch hin und wieder an dem Gebäude vorbei und blicke zu dem blauen Raum hinauf. Das Blau ist so tief und strahlend, dass es beinahe unwirklich erscheint. Obwohl mir der Zutritt verwehrt ist, empfinde ich das Wissen, dass es diesen gibt, irgendwie tröstlich.«

Graham bläst die Tusche trocken. Die Vene ist breit, lässt sich nicht verfehlen, eine harte Linie, eingekerbt in den Muskelstrang seines Armes.

»Warum hier?«, frage ich. »Warum dieses grässliche Hotel?«

Graham blickt einen Moment zur Decke empor, dann sieht er mich an und legt den Finger an die Lippen. »Hörst du das?«

»Was?«

»Der Raum macht nicht viel her, doch der Fluss ...«

Ich schließe meine Augen und lausche. Weit unter uns das Rauschen des Flusses, ein fortwährendes, tröstliches, helles Geräusch. Ich habe mich dermaßen daran gewöhnt, dass ich es nicht länger bemerke.

»Was geschieht danach?«

Er deutet auf den versiegelten Umschlag, der auf dem Schreibtisch liegt. »Ich habe genaue Anweisungen hinterlassen, Verfügungen getroffen. Du verlässt das Hotel, sobald es vorüber ist.«

»Du willst doch nicht etwa in diesem Raum zurückbleiben?«

Er nimmt auf dem Bett Platz und zieht mich neben sich. »Was zählt, ist, dass ich bei dir bin.«

»Was ist mit einem Grab? Oder zumindest einer Einäscherung? Du kannst doch nicht einfach hier bleiben.« Ich lege mich neben ihn, bette den Kopf auf seine Schulter.

Er lacht. »Hier bleiben? Das klingt ja, als wollte ich hier einziehen.« Er küsst meine Augenlider. Die Vorderseite seines Hemdes ist feucht von meinen Tränen. Eine laue Brise weht durch das Fenster und die Glühbirne über dem Bett schwankt.

»Ich komme mit nach Australien, du könntest ein paar Wochen darüber nachdenken und wenn du dann immer noch fest entschlossen bist, werde ich dir helfen. Wäre es nicht besser, wenn es zu Hause geschähe?«

Er richtet sich auf, stützt sich auf den Ellenbogen und sieht mich an. »Heute Morgen, während du schliefst, habe ich Bilanz gezogen. Ich habe den Jangtse sechzehnmal befahren. Ich fühle mich hier mehr zu Hause als jemals in Perth. Das kannst du doch verstehen, oder?«

Ich denke an meine kleine Wohnung am Park in New York City und an den Pfad rund um das Wasserreservoir, wo ich seit Jahren jeden Sonntagmorgen mein Lauftraining absolviere. Das Wasser verändert sich mit den Jahreszeiten – ein undurchsichtiges kaltes Grau im Winter, ein glasklares Blau im Frühjahr und im Sommer ein grünliches Weiß, voller Leben, ein Paradies für Flora und Fauna. Der Rundweg umfasst eine Strecke von knapp zwei Meilen und ich kenne jede Kuhle und jede Biegung: Ich weiß, welche Stellen bei Regen matschig werden und wo ich langsamer laufen muss, um den Touristen Platz zu machen, ich weiß, wo ich meinen Blick auf den Boden richten sollte, um nicht in Pferdeäpfel zu treten, und an welcher Kurve ich anhalten und hinaufschauen sollte, um zu sehen, wie die Ahornbäume ihre Farbe wechseln. Dieser Rundweg hat nichts, was mich an die Stadt erinnert, in der ich aufgewachsen bin, er hat nichts, was jemand aus Alabama als verlockend empfinden könnte. Doch wenn ich dort bin, habe ich das Gefühl, nach Hause zurückzukehren, und das Knirschen der Kieselsteine unter meinen Füßen ist tröstlich, vertraut.

Ich lege meine Arme um Grahams Hals und ziehe ihn an mich. »Ich glaube, ich verstehe. Nur, warum jetzt?«

»Ich bin immer alleine durchs Leben gegangen«, sagt er und streicht mir das Haar aus der Stirn. »Ich hatte den Entschluss schon vor Monaten gefasst. Ich wollte meine letzten Tage auf dem Fluss verbringen, mit einem ganz besonderen Menschen, doch ich fürchtete, das würde ein Wunsch bleiben. Ich hatte Angst, in einer Klinik zu enden, mit Fremden, kalten weißen Wänden, Kantinenessen und all dem Unfug. Versprich mir, dass du nicht lachst, ja?«

»Natürlich.«

»Das ist meine dritte Jangtse-Kreuzfahrt in diesem Jahr. Ich war auf der Suche – ich wusste nur nicht, nach wem. Ich ahnte nicht, dass du es sein würdest. Nun bist du hier und diese letzten Tage waren alles, was sich ein Mensch nur erträumen kann!« Er atmet ein, aus. Eine sanfte Brise rüttelt an der Fensterscheibe. »Stell dir vor, wie dieser Ort in wenigen Monaten aussehen wird. Alles wird in den Schoß des Flusses zurückkehren. Auch ich, und das stimmt mich froh. Es erscheint mir irgendwie – richtig.«

»Wenn du möchtest, dass ich dir die Schmerzen beschreibe, unter denen ich seit einem Jahr leide, wenn du wirklich wissen willst, wie schlimm es um mich steht und wie sehr sich mein Zustand von Tag zu Tag verschlechtert, dann werde ich dir all die unangenehmen Einzelheiten schildern.«

Wir liegen eine Weile stumm nebeneinander. Die Entscheidung ist längst gefallen. Ich versuche herauszufinden, wie es so weit kommen konnte. Wie bin ich auf der Umlaufbahn meines Lebens zu diesem Augenblick in Zeit und Raum gelangt – nach China, auf das Bett eines verlassenen Motels, mich an einen sterbenden Mann klammernd?

»Ich bin froh, dass wir uns begegnet sind«, sage ich. Ich weiß nicht, was ich ihm sonst sagen könnte. Dass nichts, was ich weiß und glaube, mich auf das vorbereitet hat, was mich jetzt erwartet? Worte sind unzulänglich, reichen nicht aus.

Die Spritze, schimmernd im fahlen Licht. Grahams Finger, der gegen die Seite der Spritze schnippt, sein Daumen, der den Kolben herunterdrückt, der dünne Strahl einer Flüssigkeit, der in hohem Bogen aus der Nadel schießt. Er steht auf und geht ans Fenster, blickt noch einmal auf den

Fluss hinab, auf das braune, sich träge vorbeiwindende Band. Er kommt zu mir und legt seine Hände auf meine Schultern. Merkt er, dass mein Körper so angespannt ist, als stünde er unter Strom? Ich stelle mir vor, wie er explodiert, wie eine Stichflamme hochschießt. Ich stelle mir vor, wie das Feuer an den gelben Wänden dieses Raumes emporzüngelt, durch das Fenster springt und um sich greift, das Hotel in Schutt und Asche legt, durch die menschenleeren Straßen rast, glühend wie Lava in den Fluss hinabströmt und dabei alles erfasst, was seinen Weg kreuzt: Schiffe, die wie Feuerwerkskörper explodieren, Rikschas, die wie Streichhölzer zersplittern, streunende Hunde, die winseln, wenn ihr Fell in Flammen aufgeht.

»Du schaffst das«, sagt er und sieht mir in die Augen. Er umfängt mich mit seinen Armen und vergräbt sein Gesicht in meinem Haar. Ich spüre die Wärme seines Atems auf meiner Kopfhaut. »Du rettest mich.«

Ich schluchze an seiner Brust, sein Baumwollhemd wird noch feuchter. Langsam knöpfe ich es auf, öffne den Reißverschluss seiner Hose, ziehe ihn auf das Bett hinunter, nehme ihn in mir auf. Dieses Gefühl der wachsenden Fülle, der tiefen, langsam aufsteigenden Hitze, der Erfüllung, der Vollendung. Wir nehmen uns Zeit, lassen es währen, solange es geht. Eine Stunde vergeht, mehr, dieses Pulsieren, dieses Gefühl, als tue sich die Erde auf. »Komm näher«, sagt er und obwohl dieses Ansinnen unmöglich erscheint, weil wir uns nicht näher kommen können, als wir bereits sind, gelingt es irgendwie: alles ist im Fluss, geschmolzene Materie, jedwede Trennung aufgehoben. Danach liegen wir da, miteinander vereint, schwitzend, erschöpft, wir atmen gemeinsam, einen Atemzug lang, zwei Atemzüge, drei, ein aufeinander abgestimmter Rhythmus, der langsamer und langsamer wird. Ich liege auf ihm, bis er erschlafft, kleiner wird, aus mir herausgleitet.

Wir stehen auf und heben unsere Kleider vom Boden auf. Ich knöpfe ihm das Hemd zu, er schließt den Reißverschluss meines Kleides. Das kühle Metall kriecht wie eine Schlange an meiner Wirbelsäule hinauf und ich denke an die Mädchen in den roten Gewändern bei dem inszenierten Trauerzug in Yueyang, wie sie in ihren schmutzigen Schuhen die staubige Straße entlangtrotteten. Wir stehen lange Zeit am Fenster. Unten auf dem Fluss fahren Schiffe vorüber. Auf den Straßen ist niemand zu sehen, nichts, nur gespenstische geometrische Schatten, die die untergehende Sonne wirft. »Es ist Zeit«, sagt er. Er geht zum Tisch, nimmt die Spritze und drückt sie mir in die Hand. Er legt sich auf das Bett. Sein Körper erscheint mir unglaublich lang. Seine Waden und Füße hängen über der Kante der Matratze. Er trägt Khakishorts und ein weißes Leinenhemd, das frisch und kühl wirkt, sogar bei dieser erstickenden Hitze. Ich setze mich auf die Bettkante. Ich blicke in sein Gesicht, flehe ihn ein letztes Mal an. »Ich kehre mit dir nach Australien zurück. Ich pflege dich. Alles, was du willst.«

»Bitte, Jenny. Wenn du möchtest, dass ich bettle, tue ich auch das.«

Seine Lippen sind voll und blass. Ich beuge mich hinab, um sie zu küssen. Seine zitternden Hände berühren meine Schultern, meinen Hals, meine Brüste, meine Schenkel. Er legt seinen Arm auf das Laken.

Meine Sicht verschwimmt. Ich wische mir über die Augen, konzentriere mich, richte meine ganze Aufmerksamkeit auf den schwarzen Punkt. Die Spritze in meinen Händen fühlt sich kalt an und unglaublich leicht. Ich setze die glänzende Spitze der Nadel auf seine Haut und drücke. Seine Haut ist erstaunlich widerstandsfähig. Ich drücke kräftiger. Mir stockt der Atem, als die Haut nachgibt. Die Vene pulsiert leicht, als ich in sie eindringe. Die lange dünne Nadel beginnt zu gleiten, ich sehe, wie sich ihre Silhouette unter der Haut bewegt. Ich zögere.

»Gut«, sagt er. »Das machst du gut.«

Ich drücke den Kolben herunter. Er bewegt sich so langsam, als würde sich das Blut mir widersetzen. Ich drücke, bis mein Daumen gegen den Boden der Spritze stößt.

»Ja«, sagt er. »Und jetzt leg dich zu mir.«

Ich ziehe die Nadel heraus, presse instinktiv den Finger auf seinen Arm, wo ein roter Blutstropfen schimmert. Ich lege mich hin und er nimmt mich in seine Arme. Lange, lange versuche ich, meine Atemzüge den seinen anzupassen. Zuerst ist es leicht, doch dann werden seine Atemzüge länger und ich halte den Atem an, um mit ihm Schritt zu halten. Er beginnt am ganzen Körper zu zittern, dann hustet er und spuckt Blut. Ich laufe ins Badezimmer und hole Handtücher. Es ist furchtbarer, als ich mir vorgestellt hatte. Es gibt keinen sauberen, leichten Tod. »Ich hole Hilfe«, sage ich weinend.

»Nein.« Er nimmt meine Hand, sein Griff ist überraschend stark, seine Stimme indes so schwach, dass ich sie kaum zu hören vermag.

Die Zeit bleibt stehen. Die Welt hört auf sich zu drehen. Mein Körper fühlt sich leicht und hohl an. Ich liege neben ihm, halte ihn. »Ich liebe dich.« Als mir diese Wort endlich einfallen, ist er schon weit über den Punkt hinaus, an dem er mich hören könnte.

Nun ist das Badewasser, in dem ich liege, kühl geworden. Ein kleines Stück Seife schwimmt an der Oberfläche und hinterlässt eine weiße Spur, verliert seine Worte im Wasser. Als ich das kleine Viereck aus dem Papier wickelte, konnte ich nicht umhin, mich über die Inschrift im Fleisch des Seifenstücks zu amüsieren: *Glückliche Waschung*. Im Raum bewegt sich nichts. Auf dem Teppich liegt ein winziger Glassplitter. Auf dem Tisch neben dem Bett eine Tasse Wasser und das tiefdunkle Grün eines getrockneten Bananenblatts, von dem wir ein Festmahl aus kaltem Reis und Schweinefleisch gegessen haben. Das Horn eines Bootes auf dem Fluss. Draußen im Gang ist die Putzfrau zugange, obwohl es nichts zu putzen gibt.

Wenn ich mich in der Wanne zurücklehne und den Kopf nach links neige, kann ich seine ausgestreckten Beine auf dem Bett sehen, erstaunlich weiß und beinahe unbehaart. Das vergilbte Laken bedeckt seinen Kopf, fällt über seinen breiten Brustkorb, seinen Bauch, sein Becken. Die ausgefranste Kante endet unmittelbar über seinen Knien.

27

In Greenbrook standen Amanda Ruth und ich am Sonntag immer früh auf und gingen auf Zehenspitzen in die Küche, um eine Schüssel mit Blaubeeren und Erdbeeren, in Scheiben geschnittenen Bananen und Melonen zu füllen. In T-Shirt und Slip schlichen wir zum Steg hinunter, setzten uns ans Ende auf die Kante und ließen unsere Zehen ins Wasser baumeln. Wir blieben nur, bis die Sonne über der dichten Baumreihe auftauchte, solange nur ein schwacher Lichtschimmer herrschte und ein vages Wissen um den entstehenden Tag bestand. Wir aßen die Früchte mit den Händen, unsere Finger waren klebrig und süß und wenn wir fertig waren, zogen wir unsere T-Shirts aus und glitten lautlos in den Fluss. Wir schwammen bis zur Mitte, unter dem noch immer sichtbaren Mond, während überall am Flussufer die Vögel zu zwitschern begannen.

Am Strand unweit des Stegs war das Wasser flach und warm, doch je weiter wir hinausschwammen, desto kälter wurde es. Wir vertrieben uns die Zeit mit schwimmen auf dem Rücken und im Schmetterlingstil; wir paddelten wie die Hunde und ließen uns auf dem Rücken treiben, schwerelos. Ich versteifte meinen Körper und bewegte mich mit den Hüften und Schenkeln vorwärts, das Gesicht nach unten, die Arme gerade an den Seiten, den Kopf ins Wasser eingetaucht, wie *Der Mann aus dem Meer*. Wir sprachen nicht, sondern lauschten den anheimelnden Geräuschen unseres Flusses – dem Rauschen und Plätschern des Wassers, das auf die Bewegungen unserer Körper reagierte, dem leisen Ruf eines Ochsenfrosches, dem hohen Sirren eines Fischerbootes in der Ferne. Wenn wir müde waren, schwammen wir zum Landungssteg zurück, kletterten die knarzende Holzleiter hinauf und dann lagen wir mit bloßem Gesäß in der Sonne, bis uns Amanda Ruths Mutter hereinrief.

Im Haus duschten wir und kleideten uns für den Kirchgang an. Ihre Eltern nahmen vermutlich an, dass wir ab einem bestimmten Alter von alleine aufhören würden, miteinander zu duschen, doch mit elf, zwölf und dreizehn schlossen wir immer noch die Badezimmertür hinter uns, warfen unsere nassen Badesachen auf den Fußboden und stiegen Seite an Seite in die schmale Wanne. Sie stand meistens unter dem Strahl, den Rücken mir zugewandt, und ich seifte meine Hände ein, ließ sie über ihre Schultern bis zur Gesäßfalte gleiten. Danach drehte sie sich zu mir um und ich seifte kreisend ihren flachen Bauch ein. Wenn ich fertig war, machte sie das Gleiche bei mir und dann stiegen wir aus der Wanne, wickelten uns in dicke Frotteelaken und öffneten die Schranktür im Schlafzimmer, um die Kleidung für die Kirche herauszusuchen.

Ich besaß keine Kleider für die Kirche und so musste ich mir von ihr etwas ausleihen, was normalerweise um die Brust zu weit und um die Hüften zu eng war. Wenn unsere Haare geföhnt und wir in Halbröcke, Kleider und Sandalen geschlüpft waren, warteten Amanda Ruths

Eltern bereits im Wagen auf uns. Der blaue Impala roch nach einem blumigen Parfum, das ihre Mutter benutzte, eine Duftnote, die bei Amanda Ruth ein Niesen auslöste. Ich erinnere mich, dass ihr Vater an diesen Sonntagmorgen gewöhnlich ernst und in sich gekehrt war. Während ihre Mutter am Radioknopf herumspielte und nach der Stimme von Elvis oder Buddy Holly suchte, saß Mr. Lee mit beiden Händen am Steuer da und fuhr. Gelegentlich warf er einen flüchtigen Blick in den Rückspiegel oder nahm die Hand vom Lenkrad, um seine Krawatte zurechtzurücken. Wenn er den Mund aufmachte, dann nur, um uns zu ermahnen, die Fensterscheiben hochzukurbeln oder während des Gottesdienstes still zu sein.

In Mr. Lees Stimme war nichts, was auf China hingedeutet hätte. Doch an den Sonntagen in Greenbrook war er Chinese und sonst gar nichts. Man konnte es an den Gesichtern der Kirchgänger ablesen, die sich umdrehten und ihn anstarrten, wenn er mit seiner üppigen blonden Frau und der amerikanischen Tochter auf die zweite Bankreihe im Mittelschiff zusteuerte. An jenen Sonntagen aßen wir nach der Kirche im Red Lobster zu Mittag. Amanda Ruth und ich bestellten immer Garnelen mit Puffmais. Die langjährigen Bedienungen kannten die Lees beim Namen, doch die neuen redeten oft über Mr. Lee hinweg statt mit ihm. »Was möchte er?«, fragten sie Amanda Ruths Mutter und machten ein überraschtes Gesicht, wenn er antwortete: »Ich nehme die gebackenen Austern und Eistee.« Einmal hatte eine zaundürre Bedienung mit braunen Haaren, die ihr bis zur Taille reichten, gesagt: »Oh! Sie sprechen ja perfekt Englisch.«

Ich konnte mir nie einen Reim darauf machen, warum sich Mr. Lee darauf eingelassen hatte, dort zu bleiben. Ich verstand nicht, wie jemand freiwillig einen weiteren Sonntag in Greenbrook verbringen konnte oder warum er es auch nur versuchen wollte.

* * *

Und in Fengdu? Was macht man an einem Sonntag in dieser Geisterstadt, diesem Ort, der bald in den Fluten untergehen wird, in einer Stadt, in der es noch Häuser, jedoch keine Menschen mehr gibt, Straßen, jedoch keine Fahrräder, geschnitzte Götzenbilder, doch niemanden, der sie anbetet?

Du kannst deine Kleider aus der Kommode räumen, den Pass nehmen, die leere Blechdose, die Flasche mit der Körperlotion, die Polaroid-Fotos, die er von dir gemacht hat, und all diese Dinge im Rucksack verstauen, den du mitgebracht hast, bevor dir klar war, wie du diesen Ort verlassen würdest. Du kannst aus dem Fenster des Hotelzimmers blicken, auf die Schiffe, die im Hafen einlaufen, um mit einer Fracht beladen zu werden, die vor dem Untergang gerettet werden soll. Es ist ein zeitaufwändiges Unterfangen, eine ganze Stadt in ihre Elemente zu zerlegen.

Du kannst an deinen Ehemann denken, der sich an Bord eines anderen Schiffes befindet, das westwärts fährt, fort von dir. Du kannst das Zimmer verlassen, die Tür hinter dir zusperren und für jeden ersichtlich das Schild mit der Mitteilung daran hängen, die Graham in chinesischen Schriftzeichen hinterlassen hat. »Darauf steht, dass wir noch zwei Tage bleiben, im Voraus bezahlt haben und darauf verzichten, dass unser Zimmer gemacht wird«, erklärte er mir. »Im Klartext: Bitte nicht stören. Das gibt dir Zeit, von hier wegzukommen. Bitte denk daran, die Mitteilung an die Tür zu hängen, wenn du gehst.«

Während du die abbröckelnde Außentreppe hinuntergehst, hältst du den Umschlag in der Hand. Er enthält Anweisungen, die Graham für dich aufgeschrieben hat: *Geh um Punkt 16 Uhr zum Kai hinunter. Ein Sampan wird auf dich warten, um dich nach Chongqing zu bringen.* Der Umschlag enthält außerdem Geld in chinesischer Währung, einen Schlüssel und eine Adresse. Der Schlüssel gehört zu einem Haus in Sydney. »Es ist von jetzt an dein Haus, wenn du es haben möchtest«, hat er dir gesagt. »Mit allem Inventar.«

An einem Sonntag in Fengdu kannst du die tausend Stufen zum Gipfel des Minshan Berges erklimmen, von dem man einen ungehinderten Blick auf die verlassene Stadt hat. Bei dem einzigen Straßenhändler, der hier verblieben ist – mit offizieller Genehmigung, für den Fall, dass der eine oder andere Regierungsvertreter noch einmal den Minshan Berg besteigen möchte, bevor dieser in den Fluten versinkt –, kannst du so genannte Höllenbanknoten kaufen, eine Währung, die auf den Grabstätten der Ahnen verbrannt wird, als Bestechungsgeld für die himmlischen Richter. Das Wasser steigt, die Menschen verlassen die Stadt, die Bildnisse der Götter und Dämonen verbringen ihre letzten Tage im Licht. Dennoch kannst du so tun, als würdest du hier Urlaub machen, in der Stadt der Geister.

Es gibt indes Dinge, die man an einem Sonntag in Fengdu vermeiden sollte, Dinge, die man besser unterlässt.

Du darfst dich nicht weigern, an die irdischen Richter zu denken, die einen Unterschied im Hinblick auf die Begleitumstände der Tat und die Schwere der Schuld machen, denn dieser Unterschied ist deine einzige Rettung. Ohne diesen Unterschied könnte man von der vorsätzlichen Vernichtung eines Menschenlebens sprechen – ungeachtet dessen, dass es sich um Tötung auf Verlangen handelt, weil er dich angefleht hat, es zu tun, weil er viele einleuchtende Worte benutzte, um dich zu überzeugen.

»Ich möchte nicht elend dahinsiechen«, sagte er. Du lagst nackt neben ihm, als er die Worte aussprach. Seine Hand ruhte auf deiner Brust. Du lagst auf den Laken, nicht darunter, weil die Hitze unerträglich war, trotz des Regens. Du konntest den Regen gegen die Fensterscheibe trommeln hören und das schmutzige Rinnsal sehen, das sich auf der zerborstenen Scheibe bildete. »Ich habe dich gewählt«, sagte er. Die ganze Hitze der sterbenden Stadt hatte sich in diesem Raum auf dich herabgesenkt. Eine feuchte Hitze, die das Atmen erschwerte, die Schimmel an den Rändern des Teppichs und im Riss des Mauerwerks hinter der Lampe erzeugte. »Ich kann den Gedanken an einen langsamen Tod nicht ertragen.« Eine Schiffssirene heulte in der Ferne, eine Rikscha ratterte vorüber. »Ich liebe dich.« Türknäufe wurden im Gang gerüttelt, als das Zimmermädchen seine nutzlosen Runden machte. Seine Hand, die selbst in diesem Moment deinen Körper liebkoste. Seine Lippen in der Mulde deiner Kehle, sein Mund auf deinem Mund, der leicht bittere Geschmack des Schmerzmittels auf seiner Zunge. Der Druck gegen deinen Schenkel, die wundervolle Wärme, das langsame Erwachen des Begehrens und der Kontrapunkt. Dann das ganze Spektrum des Lebens im Körper eines Mannes, der den Tod gewählt hat, der dich als Erfüllungsgehilfen gewählt hat.

Was kann man an einem Sonntag in Fengdu tun?

Man kann die Begleitumstände, die feinen Unterschiede zwischen vorsätzlicher Tötung und Tötung auf Verlangen überdenken.

Die Kälte hat begonnen, alles zu durchdringen. Irgendwann überlagerte sie die Hitze, obwohl du nicht weißt, wann diese Umkehr stattfand, in welcher Minute und Stunde du erkanntest, dass deine Haut kalt geworden war, dass du keine Strickjacke, keine Decke, keine andere Möglichkeit hattest, dich zu wärmen, als ein heißes Bad zu nehmen. Du kannst nicht sagen, wie lange es her ist, seit du die Wanne mit Wasser fülltest, darauf wartend, dass die dunkelbraune Brühe heller wurde, bernsteinfarben, bevor du den rostigen Ausguss mit dem Gummistöpsel verschließen konntest. Es regnet unaufhörlich. Du lauscht, vielleicht fährt der Rikschaboy unten auf der Straße vorüber, doch er ist fort. Die Schiffe sind fort. Das Zimmermädchen im Gang ist fort. Das Badewasser, in dem du liegst, ist kühl geworden. Die Seife verliert ihre Worte im Wasser, lässt eine weiße Spur zurück. Du hast nichts vergessen. Du hast genau das getan, was dir aufgetragen wurde.

Es gibt Dinge, die man an einem Sonntag in Fengdu unterlassen sollte, an diesem Sonntag und jedem anderen.

Du solltest nicht an unseren blauen Raum denken und wie du, aus deinem Traum von ihr erwachend, zum Boot hinuntergingst, wie du zuerst über die Angelruten stiegst, deren Leinen durch mangelnden Gebrauch erschlafft waren, und dann über die niedrige Türschwelle in die Kabine. Du solltest nicht daran denken, wie du nach ihr suchtest, sie jedoch nirgends finden konntest – nicht in der schmalen Koje, wo ihr sonst oft lagt, noch in dem Hohlraum unter den Polstern, wo sie sich bisweilen versteckte. Du solltest nicht darüber nachsinnen, dass sie nicht da war, dass der Fluss nicht gegen das Bootshaus schwappte, dass sich das Bootshaus überhaupt nicht bewegte, denn der Fluss lag reglos da, es war Nacht und der Fluss war dunkel. Der Mond schien nicht auf ihn herab und sie lag nicht rücklings auf den verzogenen Planken des Steges oder auf der alten, vertrauten Matratze und eure Finger verschränkten sich nicht im glitschigen warmen Wasser des Flusses.

Du solltest nicht durch den Türspalt spähen, auf die dünnen langen Beine, die auf dem Bett ausgestreckt liegen und erstaunlich weiß und nahezu unbehaart sind. Du solltest keine Schuldgefühle aufkommen lassen.

Wenn du aus der Badewanne steigst, das weiße Handtuch um die Schultern geschlungen, und den Raum betrittst, als wäre es jeder x-beliebige Raum in der Stadt, darfst du nicht in das Gesicht des Mannes blicken, den du gerade getötet hast, obwohl er noch nicht tot aussieht. Läge er nicht so still und reglos da, könnte man meinen, er schläft.

28

Am Morgen liegt dichter Nebel über der Stadt. Die Türen stehen offen, doch die Händler und Handwerker sind fort. In den Wohnungen über den Läden flattern bunte Vorhänge durch die geöffneten Fenster. Ein Plastikbecher schliddert auf mich zu, angetrieben von einer Brise. Am Fuß einer Platane liegt das verrostete Rad eines Fahrrads auf einer Lattenkiste mit verschiedenen Küchenutensilien. Man hört nirgendwo Stimmen, nirgendwo Fahrradklingeln. Hier und da sieht man Relikte des alten Lebens, die zurückgelassen wurden: ein schwarz verkohlter Topf auf einem Herd, drei halb geleerte Schüsseln Reis auf einem draußen stehenden Tisch, aus einem Fenster hängende, steif gewordene Wäsche, Mahjongg-Steine auf einem Pappkarton. Aus der Anordnung der Steine ist zu erkennen, dass das Spiel mittendrin abgebrochen wurde. Ich fühle mich an die Aufnahmen von Tschernobyl, an die verlassenen Häuser auf der Insel Destiny erinnert. Als wäre das Leben, das gerade noch in vollem Gang war, abrupt zum Stillstand gekommen. Als wären die Menschen von einer Minute zur anderen aufgestanden und gegangen, auf Nimmerwiedersehen.

Ich bücke mich, um einen Kieselstein aus meiner Sandale zu entfernen. Als ich mich wieder aufrichte, taucht eine Gestalt aus dem Nichts auf – eine alte Frau, die an einem Teestand steht. Sie trägt blaue Hosen und eine Bluse. Ihr kurzes Haar hat den gleichen Silberton wie der *baiji*, den ich in Nanjing im Reservat, in Gefangenschaft sah. Zuerst halte ich sie für ein Trugbild, doch dann ruft mir die Erscheinung etwas zu. Obwohl ich die Worte nicht verstehe, ist mir die Geste vertraut. Mit der einen Hand schürt sie ihren Ofen. Mit der anderen winkt sie mich herbei.

Sie deutet auf einen Holzstuhl vor ihrem Stand und ich nehme Platz. Vor uns der Fluss. Hinter uns die menschenleere Stadt. Zu unserer Rechten erheben sich terrassierte Hügel, die nahtlos in dunkelgrüne Berge übergehen, die majestätisch im Nebel aufragen und aussehen, als wären sie in Falten gelegt. In der Luft vermischt sich der zarte Duft der Reisfelder mit dem uralten Geruch des Flusses. Die alte Frau füllt zwei Tassen mit dampfendem Tee, dann setzt sie sich neben mich. Sie beginnt zu reden. Sie redet eine Weile, ihre Stimme hebt und senkt sich, gelegentlich lacht sie, wohl über einen Scherz, den sie gemacht hat. Und sie blickt immerzu starr geradeaus.

Ich verstehe kein Wort, doch sie spinnt den Faden ihrer Erzählung unentwegt weiter, hebt dann und wann den Arm, um in diese oder jene Richtung zu weisen oder mit einer ausladenden Geste eine weite Fläche anzudeuten. Ich stelle mir vor, dass sie mir Geschichten aus ihrer Kindheit erzählt, wie sie als kleines Mädchen auf den Straßen dieser Stadt spielte. Meine Gedanken werden auf den Schwingen ihrer Geschichten fortgetragen.

Damals sah man überall Kinder. Wir ließen unten am

Fluss Steine springen. Wir trugen gelbe Kleider. Meine Mutter betrieb diesen Teestand, den sie von ihrer Mutter übernommen hatte, und diese wiederum von ihrer Mutter. Mein Vater arbeitete auf den Feldern. Ich hatte zwei ältere Schwestern und einen jüngeren Bruder, den wir Kleiner Panda nannten, weil er dunkle Ringe unter den Augen hatte. Damals standen wir früh auf, um die hohen Stufen zum Tempel zu erklimmen, wo wir Räucherwerk entzündeten und unsere Gebete verrichteten. Bevor Kleiner Panda das Licht der Welt erblickte, gingen wir mit unserer Mutter dorthin, um zu beten, das nächste Kind möge ein Junge sein. Siehst du den Tempel? Vielleicht ist er fort. Ich habe schon lange niemanden mehr beten gehört.

Morgens besuchten wir die Schule. Wir übten die Schönschrift auf dem Straßenpflaster. Wir tauchten unsere Pinsel nur in Wasser und wenn die Sonne hinter den Bergen aufging, verschwanden unsere Schriftzeichen. Lehrer Li sagte, es sei gut, die Schriftzeichen auf diese Weise zu üben. »Alles ist vergänglich«, sagte er. »Alles schwindet dahin.« Doch ich fand meine Schriftzeichen wunderschön und war erbost, wenn sie verblassten. Und deshalb tauchte ich meinen nassen Pinsel eines Tages in glimmende Kohlen. Als Lehrer Li meine Schriftzeichen auf der Straße entdeckte, lange nachdem die Sonne alle anderen getrocknet hatte, erteilte er mir eine ausgiebige Lektion. Er war erzürnt über meinen Ungehorsam, doch das war es mir wert!

Auf der Straße dort drüben begegnete ich meinem Ehemann. Er war Treidler. Er stammte aus Fuling, einer flussaufwärts gelegenen Ortschaft. Er überragte alle anderen Männer im Dorf und war stark wie ein Ochse. Die

Muskeln seiner Beine waren von den Hügeln, die er erklimmen und den Dschunken, die er durch die Stromschnellen ziehen musste, hart wie Eisen. Das Seil, das er sich um die Taille band, hatte eine tiefe Kerbe hinterlassen. Ich bangte ständig um ihn. Manchmal ging ich ans Ende der Straße und blickte auf die lange Kette der Treidler hinunter, die den Hügel über dem Fluss hinaufstapften und im Schweiße ihres Angesichts das schwere Schiff hinter sich herzogen. Jeden Tag hörten wir von einem anderen Mann oder mehreren, die dabei ihr Leben gelassen hatten. Jeden Tag und jede Nacht wartete ich voller Angst darauf, dass er heimkam. Wenn sich im Dorf die Neuigkeit verbreitete »Heute gab es wieder zwei Tote«, stand ich mit den anderen jungen Ehefrauen Schlange, um die Namen zu erfahren. Doch mein Mann starb erst letztes Jahr, nach dem Umzug unserer Kinder und Enkel in die neue Siedlung.

Die alte Frau redet und redet. Ich wüsste gerne, in welchem Ausmaß sich die Geschichten, die ich mir für sie ausdenke, von denen unterscheiden, die sie wirklich erzählt. Während ich zuhöre, spinnen die Geschichten in meinem Kopf ihre eigenen Fäden, alte Geschichten, die zurückgespult werden, während sie neue Gestalt annehmen.

Die alte Frau hält einen Augenblick inne, als warte sie darauf, dass ich das Wort ergreife. Dann fährt sie fort und ihrem Tonfall entnehme ich, dass sie mir eine Frage stellt.

»Wo bu shui shuo zhongwen«, sage ich. Ich spreche nicht Chinesisch.

Sie verstummt. Sie leert ihre Teetasse, dann rappelt sie sich mühevoll hoch und kommt zu mir herüber. Sie legt eine Hand auf meine Schulter, befühlt mein Gesicht, meine Haare. Obwohl ihre Augen auf mich gerichtet sind, scheint sie mich nicht anzusehen, sondern vielmehr durch mich hindurchzusehen. Ein Ausdruck des Wiedererkennens huscht über ihr Gesicht.

»Aaah, *gweilo*«, sagt sie langsam. Und dann noch einmal, als müsse sie sich selbst von der Richtigkeit ihrer Wahrnehmung überzeugen: »*Gweilo.*« Weißer Geist.

In dem Moment geht mir ein Licht auf: Die alte Frau ist fast blind. Erst jetzt entdeckt sie, dass ich keine Chinesin bin. Seit Wochen ist sie alleine in ihrer verlassenen Stadt, öffnet ihren Teestand und wartet darauf, dass ein anderes menschliches Wesen erscheint. Frühmorgens wacht sie auf und erhitzt Wasser, um in dem kleinen Waschzuber im Garten zu baden. Sie zieht die Markise über ihrem Teestand aus, setzt den Kessel aufs Feuer, löffelt lose Teeblätter in einen Becher und wartet, wie seit Jahren, auf ihren ersten Kunden. Doch es kommt kein Kunde. Alle sind fort, in die neue Siedlung hoch droben auf den Hügeln am anderen Flussufer gezogen.

Früher hatte sie vermutlich zahlreiche Kunden. Die Männer kamen jeden Morgen. Sie lasen Zeitung und erzählten sich unflätige Witze, bevor sie zur Arbeit aufbrachen. Danach kamen die jungen Frauen auf einen Sprung vorbei, um ihren Füßen auf dem Weg zum Metzger eine kurze Ruhepause zu gönnen, oder bevor sie zum Fluss hinuntergingen, um Reis und Feigen an die vorbeifahrenden Dschunken zu verkaufen. Manchmal fanden sich die Kinder nach der Schule an ihrem Teestand ein und bettelten um Erdnusskaramellen und Sesamhäppchen. Die

Schulkinder waren ordentlich frisiert und trugen ihre Bücher in bunten Ranzen.

Vor einigen Jahren kamen Regierungsvertreter, die von Ort zu Ort reisten und Versammlungen abhielten, an denen alle Dorfbewohner teilnehmen mussten. Sie erzählten von dem neuen Damm. Sie sprachen davon, dass der Damm Elektrizität und Wohlstand bringen und dass er viele Menschenleben retten werde. Sie versprachen den Dorfbewohnern schöne neue Wohnungen in Plattenbauweise mit glänzenden weißen Fassaden, in einer neuen Stadt, die viel höher als die alte errichtet werde. »Wozu brauchen wir neue Wohnungen?«, erinnert sich die alte Frau geantwortet zu haben. »Ich wurde hier geboren. Meine Familie lebt seit vielen Generationen in diesem Haus.« Sie konnte sich ein Leben ohne ihren Innenhof, ohne die vertrauten Stimmen der Kinder und Enkel und Nichten und Neffen nicht vorstellen.

»Dein Haus ist zu alt«, sagte einer der jungen Männer sanft. »Du musst bis zum anderen Ende der Straße gehen, um deine Notdurft zu verrichten. Du musst dein Badewasser auf dem Herd erhitzen. Deine neue Wohnung bietet dir die Möglichkeit, dein Alter zu genießen.«

»Mein Haus ist alt, aber robust«, sagte sie. »Ich werde bleiben.«

Der Regierungsmann lachte sie aus. »Das Dorf wird in den Fluten untergehen! Bist du vielleicht ein Fisch? Willst du auf dem Grund des Flusses leben?« Darüber musste sogar sie lachen. Sie stellte sich vor, wie sie unter Wasser an ihrem Teestand saß, während Fische und andere kleine, im Wasser lebende Kreaturen an ihr vorüberhuschten und an den Teeblättern knabberten. Sie stellte sich vor, wie sie Seite an Seite mit dem *baiji* schwamm. Als die Versammlung zu Ende war, kehrte sie zu ihrem Teestand zurück. Sie hatte länger geöffnet als sonst, weil das Dorf an jenem Abend nicht zur Ruhe kam. Die Leute saßen an den Tischen vor ihrem Stand und redeten bis spät in die Nacht. Doch die alte Frau machte sich keine Sorgen. »Unsinn«, versicherte ihr eine Freundin. »Eine ganze Stadt unter Wasser? Niemals! Unser Dorf gibt es seit zweitausend Jahren.«

Schon bald kamen junge Männer mit großen Eimern roter Farbe den Fluss herauf und schrieben Zahlen auf die Felsen hoch über dem Dorf. Es war eine hübsche Rotschattierung, doch die Zahlen hatten für sie keine Bedeutung. In ihrem Dorf hatte schon immer ein reges Kommen und Gehen geherrscht. Die Roten Garden waren vor vielen Jahren aufgetaucht, als sie eine junge Frau gewesen war, und hatten an den wenigen Tempeln, die sie nicht bis auf die Grundmauern niederbrannten, große rote Schriftzeichen angebracht, Parolen, die ihrer Wut Ausdruck verliehen.

Die neuen roten Schriftzeichen sind jedoch anders. Ihr Augenlicht ist zu schwach, um sie zu entziffern – sie kann nur einen verschwommenen grellroten Fleck auf Gebäuden und Hügelabhängen erkennen –, doch ihr Sohn hat ihr erklärt, dass die roten Markierungen den Wasserstand nach dem Bau des Dammes anzeigen.

In manchen Nächten träumt sie von den grellroten Zahlen, sieht, wie der Fluss steigt und zuerst die Straßen überflutet, dann den Boden ihres Teestands. In diesen Träumen steht sie immer an ihrem Stand und sieht, als sie an sich hinabblickt, dass sich ihre Füße mit einem Mal unter Wasser befinden, dann ihre Waden, ihre Knie. Die Baumwolle ihrer weiten Hose bläht sich auf, als sie sich mit Wasser füllt, und danach nimmt ihre Bluse die Form eines prall gefüllten Kissens an. Teeblätter steigen hoch und treiben davon. Zunächst sorgt sie sich um ihre Teekanne aus Porzellan, doch sie ist schwer und schwimmt nicht fort. Sie spürt, wie das Wasser an ihrer Brust, an ihrem Hals emporkriecht. Es ist eisig kalt. Die Kinder, die sich auf dem Heimweg von der Schule befinden, sind klein und das Wasser ist bereits über ihre Köpfe gestiegen. Statt zu rennen, setzen sie einen Fuß vor den anderen, ihre kleinen runden Knie stemmen sich gegen das Gewicht des Wassers. »Großmutter Naschwerk!«, rufen sie und strecken die Hände aus, doch ihre Worte gehen in einem unverständlichen Blubbern unter. Luftblasen strömen aus ihren Mündern. Ihre Haut ist bläulich und gespannt. Die langen Zöpfe der Mädchen driften über ihren Köpfen. Und das Wasser steigt immer noch. Es füllt ihre Münder, ihre Nasenlöcher. Es drückt kalt und grob gegen ihre Augäpfel. Sie hatte sich den Fluss stets als sanfte Wesenheit vorgestellt, weich wie Seide, doch er besitzt eine Textur, eine ureigene Rauheit. Der Fluss ist nicht wie andere Gewässer. Er ist Yang, Der Fluss.

Ich versuche mir vorzustellen, wie es für sie sein muss, mit mir hier zu sitzen. Vielleicht hat sie schon seit Monaten keine einzige Tasse Tee mehr verkauft. Und dann, inmitten der Einsamkeit, die sie umgibt, hört sie Schritte. Sie erkennt anhand der Leichtigkeit der Schritte, dass es kein Mann ist, der sich nähert, und anhand der Schnelligkeit, dass es sich um eine junge und nicht um eine alte Frau handelt. Hocherfreut fordert sie die Passantin auf, zu verweilen. Die Passantin ist schweigsam, deshalb nimmt die alte Frau an, sie müsse müde sein. Die alte Frau redet und redet, äußert alle Gedanken, die sie in ihrem Gedächtnis bewahrt hat, seit sie ihren Sohn das letzte Mal sah. Ihre Lebenszeit neigt sich dem Ende zu und es gibt noch vieles, was sie sagen möchte.

Später fragt sie die junge Frau, ein wenig verlegen, weil sie so viel geredet hat: Wie heißt du? Kenne ich dich? Bist du gekommen, um deine restliche Habe zu holen? Sag mir, steigt das Wasser schon?

Und dann geschieht etwas Seltsames. Die junge Frau spricht zu ihr, mit einer Stimme, die ihr fremd ist. Die Worte kommen ihr vage bekannt vor, doch sie haben keine Bedeutung. Ihr Tonfall ist falsch, die Worte sind zu rund, wie Luftblasen, die einem Fischernetz entweichen. Die Frau denkt über die Worte nach, reiht sie wie die einzelnen Glieder einer Kette aneinander. Ah, die junge Frau sagt, dass sie nicht Chinesisch spricht. Das ist unmöglich! Die alte Frau ist nie jemandem begegnet, der nicht Chinesisch spricht. Jahrelang hat sie die großen Schiffe auf dem Fluss vorbeifahren sehen, flussaufwärts nach Chongqing, oder flussabwärts nach Wuhan oder Shanghai. Sie weiß, dass sich die *waiguoren* an Bord befinden. Sie hat von ihnen gehört, von den Menschen mit der blassen Haut, die wie Geister aussehen, als wären sie in die Sonne gelegt worden und verblichen.

»*Gweilo*«, sagt sie abermals und berührt mein Gesicht, meinen Hals. Sie beugt sich hinab und riecht an meinem

Haar. Vielleicht hat sie keine Ahnung, was sie mit diesem sonderbaren Wesen an ihrem Teestand anfangen soll. Vielleicht mag sie mich. Vielleicht weiß sie einfach nicht, was sie jetzt tun soll. Sie geht zu ihrem Stuhl zurück und nimmt wortlos Platz, abwartend, und da sie so viel von sich preisgegeben hat, beginne ich zu erzählen.

Ich erzähle ihr vom Demopolis River, der warm und klar an heißen Sommertagen war und kühl und braun nach einem Regenfall. Ich erzähle ihr von den Eichen, die seine Ufer säumten, von den Pekannüssen, die wir in das gemächlich fließende Wasser tauchten, von den Kindern, die mit ihren Schlauchbooten unterwegs waren, und wie Amanda Ruth und ich uns an einem Samstag spätnachmittags auf Autoreifen den Fluss hinuntertreiben ließen, vorbei an Familien, die am Ufer ein Picknick veranstalteten mit gekochte Hummer, gebratene Wels und Garnelen-Kebab. Die Picknicktische bogen sich unter der Fülle der Speisen: Maiskolben, Kartoffelsalat, Gurken, Melonen und hohe Glaskrüge mit gesüßtem Eistee, der sich in der Sommerhitze erwärmte. Manchmal kamen wir gerade in dem Augenblick des Weges, wenn Mr. Seymour eine Wassermelone über dem Knie zerteilte und die schwarzen Kerne durch die Luft flogen, und dann warf er uns Melonenschnitze zu. Manchmal paddelten wir zu dem kleinen Strand hinter dem Stonehouse, einem verwaisten Herrenhaus, das nach Mr. und Mrs. Stone benannt war, die seit Ewigkeiten tot waren. Wir gingen die wackeligen Stufen zur Veranda hinauf, setzten uns auf die hölzerne Schaukel und schaukelten stundenlang hin und her, redeten, hielten uns an den Händen, lauschten dem Fluss und wenn es spät wurde, holten wir die Autoreifen und rollten sie auf der Straße zurück, den ganzen Weg bis zu Amanda Ruths Elternhaus, wo ihre Mutter mit dem Abendessen wartete.

Ich erzähle der alten Frau von Amanda Ruths Sehnsucht nach China, dass sie chinesische Sprachkassetten aus der Bücherei auslieh und die Wände ihres Kleiderschranks mit Landkarten beklebte, die sie aus dem Atlas abgepaust hatte, und dass sie das gesamte Geld, das sie zum Geburtstag geschenkt bekam, und ihren Lohn als Babysitter für die Reise sparte, die sie plante. Ich erzähle ihr, wie ich Amanda Ruths Asche auf dem Fluss verstreute.

»Sie ist jetzt zu Hause«, sage ich. »Amanda Ruth hat endlich heimgefunden.« Die alte Frau nickt und lächelt, als würde sie verstehen.

Einige Zeit später blicke ich auf meine Uhr und stelle fest, dass ich hier seit annähernd einer Stunde sitze. Ein ungewohnter Friede hat sich auf mich herabgesenkt. Ich habe hunderte von Meilen auf dem vielleicht wichtigsten Fluss der Welt zurückgelegt. Ich habe Tempel und Pagoden, Fabriken und Antiquitätenläden besucht. Ich habe Berge von unvorstellbarer Höhe gesehen, deren Fuß von einem Dunstschleier verhangen war, so dass sie im Himmel statt in der Erde verwurzelt schienen. Ich habe den Staudamm durchquert, das größte Bauprojekt der Welt. Doch das verborgene Herz Chinas habe ich erst hier entdeckt, an diesem kleinen Teestand in einer ausgestorbenen Stadt. Diese Frau hat Staatsoberhäupter kommen und gehen gesehen. Wahrscheinlich hat sie Kinder geboren, die ihr Enkel und Großenkel geschenkt haben. Sie ist langmütig, wie der Fluss. Der Jangtse mag zeitweilig den Anschein erwecken, als sei er gezähmt, doch er ist nach wie vor mächtig, er ist Der Fluss. Er ist langmütig, wie diese Frau. Doch am Ende wird der Fluss in diesem Kräftemessen den Sieg davontragen, so viel ist gewiss.

* * *

Ich gehe durch die menschenleeren Straßen, meine Schuhe schlappen über den Asphalt. Unten am Kai dümpeln ein paar vereinzelte Sampans vor sich hin. Ein Mann mittleren Alters winkt mich herbei und ruft mich, oder vielmehr eine erheiternde, verfälschte Abwandlung meines Namens. Auf dem Zettel mit Grahams Anweisungen stand, dass ich nach einem Mann Ausschau halten soll, der meinen Namen kennt. Ich solle mit ihm gehen. Als ich nun den Bootsmann mit seinem morschen Sampan sehe, die Hemdsärmel über den muskulösen gebräunten Armen hochgekrempelt, bin ich zutiefst gerührt über Grahams Großmut und Umsichtigkeit. Er hat an alles gedacht, hat bis zuletzt an mich gedacht.

Ich erinnere mich, wie er im Pavillon unweit des Poyang Sees stand, den Arm um meine Taille geschlungen, und über das Reisen sprach. »Ich möchte so weit weg von zu Hause sein, dass keine Möglichkeit besteht, an einem Tag oder binnen zwei Tagen zurückzukehren«, hatte er gesagt. Als ich nun den Fluss und die kleinen Sampans betrachte, gesteuert von Männern, deren Sprache ich nicht verstehe, und die Berge, die so hoch aufragen, dass ich ihre Gipfel nicht erkennen kann, weiß ich, dass die Heimkehr kein Zuckerschlecken sein wird. Ich habe genug Bargeld bei mir, jedoch keinen Reiseführer oder Reiseleiter. Ich habe keine Ahnung von den hiesigen Sitten und Gebräuchen, habe keine Möglichkeit, mich durchzufragen, da ich der Sprache nicht mächtig bin. Und schließlich begreife ich, was Graham meinte: Unterwegs zu sein, weit weg von zu Hause, in der Ferne, in der Fremde, ganz auf sich selbst gestellt und alleine, heißt auch, frei zu sein.

Ich steige in den Sampan und deute flussaufwärts. »Chongqing«, sagt der Mann. Ich nicke. Er zeigt auf ein Sitzbrett in der Mitte des Bootes, eine Handbreit vom Boden entfernt. Ich nehme Platz. Er taucht seine Bambusstange in den Fluss und wir legen ab. Die Sonne lugt hinter einer dunklen Wolkensäule hervor. Der Fluss gleicht einer weiten grünen Fläche, verlockend und harmlos. Die Berge ragen hoch über uns auf, schroffe Klippen in Smaragdgrün und Grau. Ein Aufblitzen, eine silberne Silhouette, die vor dem Sampan entlangschwimmt. Und dann richtet sie sich zu voller Größe auf, tritt auf der Stelle, die Nase gen Himmel gereckt, der Bauch im Sonnenlicht schimmernd. Verblüfft drehe ich mich zu meinem Steuermann um, möchte wissen, ob er das Gleiche gesehen hat wie ich. »*Baiji*«, flüstert er, von Ehrfurcht ergriffen. Der Delphin taucht wieder ins Wasser ein, entschwindet unseren Blicken, flussabwärts.

Einige Minuten steht der Mann reglos da, die Bambusstange in der Hand. Er hat den Motor nicht angeworfen, lässt unseren Sampan mit der Strömung treiben. Er sucht den Fluss mit den Augen ab und wartet. Zu unserer Rechten die verlassene Stadt. Zu unserer Linken die neue Ansiedlung, die weißen Fassaden der Plattenbauten glänzen. Unruhige Wellen plätschern gegen den hölzernen Rumpf des Bootes.

Ich erinnere mich an einen Nachmittag mit Amanda Ruth in unserem Raum. Wir lagen auf Handtüchern im Heck des Bootes, das ihrem Vater gehörte. Das Boot schaukelte heftig auf und ab, den Bewegungen des Demopolis River unter uns folgend. Das Wasser zauberte Lichtreflexe an die Decke, die sich drehten und wendeten. Amanda Ruth lag ausgestreckt da und schlief, die dunkle Mähne über dem pastellfarbenen Muster ihres Handtuchs ausgebreitet. Ihr Arm war gebräunt und nackt von der Schulter bis zur Fingerspitze, der Flaum golden, von der Sonne ausgebleicht. Sie hatte ein Muttermal von der Größe eines Vierteldollar unterhalb des Ellenbogens. Die Glätte ihres Armes, der schwache, süße Duft ihrer Haut, der in der Hitze des Nachmittags aufstieg, ein Sandkorn auf ihrer Wimper, eine Kiefernnadel, die sich in ihrem Haar verfangen hatte. Das Boot hob und senkte sich, hob und senkte sich. Sie gab einen Laut von sich, so sacht, dass ich ihn beinahe überhörte, nicht mehr als ein Seufzer, ein Atemhauch.

Fünfzehn Minuten später rührt sich der Mann immer noch nicht vom Fleck und sucht weiterhin die Umgebung mit den Augen ab. Er kniet im Boot und späht über die Kante, seine Augen nur eine Handbreit von der Wasseroberfläche entfernt, als sei er in der Lage, die schlammige Brühe mit seinen Blicken zu durchdringen. In der Zwischenzeit treiben wir dahin. Der Sampan schaukelt und dreht sich im Kreise. Sein Gesicht ist angespannt, erregt.

Er wartet auf die Rückkehr des *baiji,* als wäre er fest überzeugt, dass solche Wunder geschehen können. Mir geht der Gedanke durch den Kopf, dass dieser Mann eine unendliche Geduld besitzen muss. Vielleicht werden wir eine Stunde warten – oder länger. Ich stelle mir vor, wie meine Lider schwer werden und meine Glieder erlahmen, während er unermüdlich im Bug des Bootes kniet und wartet.

Ich stelle mir vor, wie wir uns durch die Nacht treiben lassen, in den Morgen hinein, in den nächsten Tag und den übernächsten, weiter und weiter durch die Monate und Jahreszeiten, bis der Fluss zu steigen beginnt. Ich stelle mir vor, wie der Fluss anschwillt, wenn sich die gigantischen Mauern des Damms schließen. Der Fluss steigt, überflutet die Kais und braust durch die Fenster der Hütten, die das Ufer säumen. Er strömt durch die menschenleeren Straßen, reißt Töpfe und Pfannen, Fahrräder und Betten, Teetassen und Leinen, Schaufeln und Türen mit sich. Der Jangtse bahnt sich seinen Weg durch die Eingangshalle des Hotel Tien, vorbei an den defekten Verkaufsautomaten und den nutzlosen Kronleuchtern. Er stürzt den dunkel gewordenen Fahrstuhlschacht hinab und ergießt sich über das kleine Bett, den Tisch, die Stühle, die Spritze, die Flasche, die Teekanne. Graham.

Das Wasser bricht plötzlich herein, mit einer mächtigen, schnellen Strömung, wie ein Sturmwind. Die kleine Stadt verleibt sich den Fluss ein, trinkt das süße Nass, nimmt ihn in einem Zug in sich auf, versinkt in ihm.

Dann wird man von den Berghängen einen See erblicken, der sich endlos weit erstreckt – ein See, der klar ist, blau und tief. Schiffe werden über die Oberfläche gleiten und einige werden den Eindruck haben, als sei der Fluss immer so zahm gewesen, ein glänzender Spiegel am Rande einer weitläufigen Metropolis. Es wird den Anschein haben, als fände das Leben des Flusses weit oberhalb der Ufer statt. Doch die Erinnerung wird bleiben, tief in den Eingeweiden der neuen Stadt verborgen. Die Erinnerung an eine andere, ältere Stadt, unter der Wasseroberfläche begraben. Die Erinnerung an Häuser und Tempel, an gewundene Straßen und fruchtbares Ackerland, an Fahrzeuge, die Lasten befördern, und an Boote und Menschen. Die Stadt wird nicht sichtbar sein, doch sie wird da sein, unter der Oberfläche schlummernd. Sie wird da sein wie die Erinnerung an junge Mädchen, Ehemänner und Liebhaber, ein tröstliches, unauslöschliches Wissen. Die Stadt wird nicht ein für alle Mal verschwunden sein, sondern nur warten.

Der Tag wird kühler und Wolken ziehen herauf. Der Mann kniet im Boot und beobachtet das Wasser, doch der *baiji* kehrt nicht zurück. Schließlich steht er auf, dreht sich zu mir und spricht. Obwohl ich seine Worte nicht verstehe, hält er offenbar nach einem Anzeichen Ausschau, dass ich es leid bin, auf den Phantomdelphin zu warten, nach einem Anzeichen von Ungeduld, das ihm sagt, es sei an der Zeit, den Weg fortzusetzen. Sein Blick schweift unschlüssig zwischen mir und dem Fluss hin und her, er wartet auf meine Reaktion. »Ich habe keine Eile«, sage ich, lehne mich zurück und bette meinen Kopf auf ein Kleiderbündel. Wasser plätschert gegen unser winziges Boot. Der Mann beugt sich über die Seite des Sampan, sein Gesicht unweit des Wassers, und plötzlich beginnt er zu rufen. Zunächst nur verlegen. Es ist ein hoher, pfeifender Laut, den er ausstößt, fast wie ein Winseln. Er blickt mich an, lacht, fordert mich mit einem Kopfnicken auf einzustimmen. Es ist nicht leicht, den Laut nachzuahmen, doch ich gebe mir Mühe. Und so vergeht der Nachmittag: zwei Fremde, die mit unzureichender Stimme versuchen, etwas aus der Tiefe heraufzuholen.

DANK

Mein Dank geht an Hedgebrook, für die Zeit und den Freiraum zu schreiben; Mr. King Yiu für die Wohnung in Beijing; Doug Stewart und Jay Phelan für die guten Ratschläge; Wiggins für die Affengeschichte; und Bill U'Ren, Wade Williams und Tracy Singer, die mich auf jede erdenkliche Weise inspiriert haben. Danken möchte ich auch meinen Eltern und meinen Schwestern Monica und Misty. Und nicht zu vergessen den Mitarbeitern von MacAdam/Cage, insbesondere Pat Walsh und David Poindexter, ebenso Sonny Brewer und Frank Turner Hollon, die den Kontakt herstellten.

Und natürlich danke ich Kevin, dessen Fingerabdrücke sich auf jeder Seite befinden.